中公文庫

遮　断

警視庁失踪課・高城賢吾

堂場瞬一

中央公論新社

目次

登場人物紹介

高城《たかしろ》賢吾《けんご》……………失踪人捜査課三方面分室の刑事
阿比留《あびる》真弓《まゆみ》…………失踪人捜査課三方面分室室長
明神《みょうじん》愛美《めぐみ》…………失踪人捜査課三方面分室の刑事
醍醐《だいご》塁《るい》………………同上
森田《もりた》純一《じゅんいち》…………同上
六条《ろくじょう》舞《まい》……………同上
田口《たぐち》英樹《ひでき》……………同上。警部補
小杉《こすぎ》公子《きみこ》……………失踪人捜査課三方面分室庶務担当
石垣《いしがき》徹《とおる》……………失踪人捜査課課長
法月《のりづき》大智《だいち》……………渋谷中央署警務課

六条恒美《つねみ》……………六条舞の父親。厚労省審議官
六条麗子《れいこ》……………六条舞の母親
住田《すみだ》貴章《たかあき》……………住田製薬の相談役
法月《のりづき》はるか…………法月大智の娘。弁護士
田崎《たさき》竜太《りゅうた》…………都議
石岡《いしおか》卓也《たくや》……………暴力団組員
谷中《やなか》…………………厚労省人事課
長友《ながとも》…………………ＮＳワールド社総務部長
ラヴィ・シン………インドのケーララ州出身。ＮＳワールド社勤務
高井《たかい》尚人《なおと》……………インド料理店アショカのウエイター

竹永《たけなが》…………………失踪人捜査課一方面分室警部
長野《ながの》威《たけし》……………警視庁捜査一課の刑事

遮断

警視庁失踪課・高城賢吾

1

「高城《たかしろ》……賢吾《けんご》さん？」

　目の前の少年が、不思議そうに目を細めて名刺を見た。次いで顔を上げ、私の顔に視線を移す。二度、名刺と顔の往復を繰《く》り返《かえ》したが、思い出せないようだった。

「覚えてないか？　君が小学校の低学年の頃、マンションの三軒隣の部屋に住んでた」

君――延原政義《のぶはらまさよし》は、九年前に失踪《しっそう》した娘の綾奈《あやな》の同級生だった。当時の彼の面影《おもかげ》を見つけるのに、私は多大な努力を要した。あの頃は福耳がトレードマークだったのに、今はごく普通の大きさにしか見えない。顔も、まん丸だったのがほっそりしていた。唯一、記憶にある通りだったのが、鼻の右側の大きな黒子《ほくろ》である。今は高校一年生、十六歳なのだが、実際の年齢よりもだいぶ幼く見えた。背が低いせいもあるのだろう、中学生と言った方がぴったりとくる。

　政義は寒そうに両手を擦《こす》り合《あ》わせ、足踏みをした。彼が通う高校から駅へ向かう途中にある小さな公園には、木がほとんどなく、冷たい風が容赦《ようしゃ》なく吹き抜ける。昨日降った雨のせいで地面は湿《しめ》っており、足元からも寒さが這《は》い上《あ》がってきた。今年の夏は猛烈に暑かった分、冬の寒さは厳しいだろうと予想されている。私はコート――二年ほどクリーニングに出していない――のポケットに両手を突っこみ、首をすくめた。

「覚えてないか」

「いえ」政義が首を振った。目に迷いが見える。「そうじゃないんです」

「だったら？」

「あの……」

喋《しゃべ》りにくそうに、すぐに言葉を呑《の》みこみ、唇を閉じる。彼の疑問は、私にも簡単に想像できた。

「分かってる。九年も経《た》ってるのに、どうして綾奈を探してるのかと思ってるんだろう？」

「いや、そういうわけじゃ……」言葉は曖昧《あいまい》で、怯《おび》えが感じられる。自分の言動が彼に悪影響を与えているのを、私は痛いほど感じた。

「普通はそう思うよな」私は前後に体重をかけて体を揺らしながら、彼の目を真っ直ぐ見た。「でも、死んだと決まったわけじゃないんだ。まだ見つかっていないだけなんだよ。だから俺は諦《あきら》めていない……それで、君にも協力して欲しいんだ」

「協力って言っても、僕に何かできるかどうか……できませんよ」政義が早々と泣き言を言った。まだ体が出来上がっていない、ひょろりとした体形のせいか、本当に今にも泣き出しそうに見える。

「できるかどうかはともかく、まず話を聴かせてくれないか」

私はポケットから手を引き抜き、中に突っこんでおいた缶コーヒーを差し出した。政義が、私の顔とコーヒーを交互に見る。

「立ってるのも何だから、そこに座らないか」私は近くのベンチに向けて顎《あご》をしゃくった。反応がないのでさっさと腰を下ろし、政義を待つ。政義はなおも、どうしていいのか分からない様子だったが、やがてのろのろとこちらに近づいて来た。しかし腰を下ろすつもりはないようで、私と少し距離を置いて立ったままだった。急いではいけないと思い、缶を開けてコーヒーを少しだけ啜《すす》る。年々太くなる腹回りには厳しい甘さだ。

こんな公園だった、と思い出す。綾奈が姿を消した公園……住宅地の中で、人通りも多い場所なのに何故《なぜ》いなくなったのか、今もって不思議でならない。九年前のあの日の様子が、脳裏にくっきりと蘇《よみがえ》る。


その日私は、宿直明けで昼過ぎに自宅に戻り、仮眠を取っていた。くたくたで、八時間たっぷりの睡眠が欲しかったが、昼間にそんなに寝てしまうと、夜眠れなくなる。三時間だけ仮眠を取ってから、無理にでも起き出すのを常にしていた。三時間寝れば、ちょうど綾奈が学校から帰って来る時間なのだ。普段あまりかまってやれないから、こういう時にちゃんと相手をしておかないと、父親として嫌われる。

いつもよりほんの少し遅く目を覚ます。枕元の時計は四時半を指していた。昼間でもちゃんと眠れるよう、寝室は特別カーテンが厚いので、目を開けても夜なのか昼なのか、一瞬分からなくなる。ベッドから抜け出してカーテンを細く開けると、外は既《すで》に暗くなり始めていた。冬……部屋の寒さが体に染みこみ、思わず身震いする。

静かだ。

トレーナーとジーンズに着替える。家の中には誰もいないようだった。綾奈は小学校一年生にしては気遣いのできる子どもだから、私が寝ている時はテレビも点《つ》けずに静かに待っている。起き出してからおやつを食べさせ、それから二人で散歩に出るというのが、宿直明けの恒例行事だった。

何故か嫌な予感がした。いつもなら、私が宿直明けで家にいると分かっている時は走って――少しでも早く家に着くように――帰って来るはずなのに……それほど広くないマンションの中を歩き回って、綾奈を探す。いない。部屋を覗《のぞ》いてみたが、ランドセルはなかった。

嫌な予感が増幅され、私は無意識のうちに買い物に行っている妻へ電話をかけた。私が知らない予定を聞いているかもしれない……しかし彼女は何も知らず、電話の向こうで取り乱し始めた。子どもは何も考えずに動くものだから、イレギュラーは当たり前なのだが、彼女も嫌な予感に駆られたのだろう。すぐに帰るから、と慌《あわ》てて電話を切ってしまった。

私は家を飛び出し、思い当たる場所を捜し回った。近所のコンビニ、本屋、公園。よく連れて行く場所にはくまなく目を配ったが、姿は見当たらない。顔見知りに会うと、自分の携帯電話の番号を教え、綾奈を見かけたら連絡をくれるように頼みこむ。最後には学校まで辿《たど》り着《つ》いた。まだ残っていた担任に会って、下校当時の様子を聞く。間違いなく学校を出たのを、彼女はしっかり見送っていた。

その後、すっかり暗くなる中、私は足を棒にして街を歩き回った。何も考えられず、頭の中は綾奈の顔で一杯になっている。途中で妻と合流したが、状況は変わらなかった。二人で手分けして近所を捜す。八時を過ぎ、私は所轄《しょかつ》に届けるべきではないか、と考え始めた。プライベートなことで迷惑をかけるのはどうか、とも思ったが、状況が状況である。妻を携帯電話で呼び出し、近くの公園——綾奈が歩けるようになってからずっと遊んでいた公園だ——で落ち合った。警察に行こうと提案すると妻は難色を示したが、最後は私が押し切った。家族だけではどうにもならないことがある。了解した妻を公園に残し、取《と》り敢《あ》えず近くの交番に足を運ぼうとした途端、妻が悲鳴を上げる。まさか……慌てて駆け寄ると、しゃがみこんだ妻が、何かを胸に抱えて泣いていた。

綾奈の靴《くつ》。

政義の頼りない声で、私は現実に引き戻された。

「ああ、悪い」両手で思い切り顔を擦る。

「あの——」

「何が知りたいんですか?」

「綾奈がいなくなる前の様子」

「あの日のことですか」政義の声が暗くなる。

自分で聴いておきながら、私は申し訳ない気持ちで一杯になった。綾奈の失踪が学校に、同級生たちに落とした影についてはよく知っている。事件と決まったわけではないから、全校集会が開かれるような騒ぎになったわけではないが、綾奈のクラスは全員がパニック状態に陥《おちい》り——大人しい子どもが集まった、仲のいいクラスだったのだ——スクールカウンセラーが大車輪で活躍せざるを得ない時期があった。政義も当然、その中に含まれていた。同じマンションに住んでいたこともあり、ショックは一際大きかっただろう。あの一件の後、彼の顔色はしばらく暗いままで、見かける度《たび》に私は、胸の底を抉《えぐ》られるような気分を味わったものだ。

「あの日より前の話だ。例えば、ストーカーとか」

「小学生に?」疑わしげに言って、政義が缶をきつく握り締める。「ストーカーって、そういうものなんですか?」

「子どもにちょっかいを出したがる変な奴はいるからね。誰かが学校を見張っていたりとか、子どもたちの後をつけていたりとか、そういうことはなかったかな」

失踪から既に十年近くが経っているが、私は子どもたちの記憶に賭《か》けた。失踪直後、私は捜査に加わらなかった——冷静に捜査できるわけがないと上層部に判断された——のだが、捜査記録には逐一《ちくいち》目を通し、捜索を担当していた刑事たちからも情報を得ていた。もちろんあの一件は、事件だと確定したわけではなかったから、公式には所轄が動いただけである。必然的に詰めは甘く、特に子どもたちへの聞き取りはなっていなかった。他にも同僚たちが空き時間にボランティアで捜索を手伝ってくれたが、あくまで私的な行動だったので、バッジを利用して強制的に喋らせるわけにはいかなかったという事情もある。

だから、綾奈の失踪に関する捜査をやり直そうと決めた時、私がまず最初に考えたのは、子どもたちへの再度の事情聴取である。当時の記憶は曖昧になっているかもしれないが、そこは上手《うま》くリードしてやれば何とかなるはずだ、と。そこで当時の同級生たちの名簿を集めることから始め、何人かに事情を聴いてみたのだが、今のところ芳しい結果は得られていない。十年近く前、しかも小学校一年生の頃の記憶を引っ張り出すのは、やはり容易ではないのだ。

失踪課には、子どもの扱いならプロ中のプロである醍醐塁《だいごるい》——何しろ四人の子持ちだ——や、つんけんしている割に子どもの受けがいい明神愛美《みょうじんめぐみ》がいるのだが、彼らを使うわけにはいかない。これは公務ではなく、あくまで私個人の戦いなのだから。

「よく思い出して欲しいんだ」

「でも、小学生の頃の話だし」申し訳なさそうに政義が言った。「全然覚えてないんですよ。って言うか、思い出さないようにしていたっていうか」

「そうか」私は苦いものがこみ上げてくるのを感じた。このやり方は、彼らの嫌な記憶を掘り起こすだけで終わるのではないか。どんな捜査であっても、程度の差こそあれ関係者を傷つけてしまうものだが、私はそういう状況を平然と受け流すことはできない。人を傷つけて平気な顔をしている刑事もいるのだが、そんな人間を見ると、ぶん殴《なぐ》ってやりたくなる。

「すいません」蒼《あお》い顔をして政義が頭を下げた。こうやって見ると、本当にまだ子どもである。私は申し訳ない気持ちで一杯になり、謝罪の言葉を用意しようとした。

その途端に携帯電話が鳴り出した。放置したまま立ち上がり、「申し訳ない」と告げてうなずく。それを解放の合図と判断したようだが、政義はすぐには立ち去らず、手にした缶コーヒーに視線を落としてしまった。

「それは奢《おご》りだよ」と言うと、政義は何とか納得した様子で、ぺこりと頭を下げ、走って——全力疾走に近いスピードで——公園を出て行った。その背中を見送りながら電話に出る。

「高城さん、今どこですか？」

愛美だった。声の緊張具合から、緊急事態だと悟る。

「高円寺」

「すぐ戻って下さい。変な話なんです」

「相談か？」

「ええ……捜索願を出す方向で事情を聴いていますけど、難しい話です。一応、高城さんも会っておいた方がいいと思って」

「失踪者は？」

「インド人なんです」


渋谷《しぶや》中央《ちゅうおう》署に間借りしている失踪人捜査課三方面分室を訪れた男は、ＩＴ企業「ＮＳワールド」社の総務部長、長友《ながとも》と名乗った。駐車場に面していて、常に明るい陽射しが入りこむ面談室の椅子《いす》に浅く座って、醍醐と話をしている。不安そうなその姿を外から確認してから、私は愛美からおおよその事情を聞いた。

「行方《ゆくえ》不明者はラヴィ・シン」いつもメモの内容をすぐにそらんじてしまう愛美だが、今日ばかりは見ながらでないと話せない様子だった。「インドのケーララ州の出身で、一年前に来日してＮＳワールドで働いています」

「ケーララ州」私は淡々と繰り返した。嫌な予感がして、いつもの頭痛が襲ってくる。

「それ、どの辺にあるんだ？」

「南の方らしいですけど、詳しいことはまだ調べてません」

「君でも分からないことがあるんだ」

愛美がむっとして、「インドの州の名前に詳しい人なんて、いないでしょう」と言い返す。

「普通はいないだろうな。で、状況は？」

「昨日から出社しないで、家にもいないそうです。携帯電話もつながらないし、メールにも反応なし」

「出国記録は」

いわゆる出稼ぎ外国人ということになる。雇い主が知らぬ間に、様々な理由で出国してしまうこともあるはずだ。

「今のところはないですね」

「行きそうな場所は？」

「それは今、醍醐さんが聴いています」

傍《かたわ》らを、この春交通部から異動してきた田口英樹《たぐちひでき》が通り過ぎた。左脇に夕刊を抱え、右手に持ったマグカップから音を立ててコーヒーを啜っている。私は頭痛がさらに悪化するのを感じた。でっぷりと肉のついた顎に、薄情そうな薄い唇。目は細く、そこからは何を考えているのか、まったく読み取れない。失踪課に来てからやる気を見せたことは一度たりともなく、朝と夕方、丁寧《ていねい》に新聞を読むことこそが、自分の唯一の仕事だと考えている様子だった。

自席につき、のんびりと新聞を広げる田口をちらりと見て、愛美が嫌悪感を露《あらわ》にした。下唇を嚙《か》み、目を細めて睨《にら》みつける。

「よせよ」

「高城さん、ちゃんと指導して下さい。上司なんですから」

「分かってる」

警察という組織ではよくありがちな、階級と年齢の逆転現象。年上のこの警部補に対する扱いを、私はまだ決めかねていた。最近、大きな事件がないせいもある。渦に巻きこまれてしまえば、否応なく指示を飛ばすことになるのだが。

「それより今は、話の続きだ。どういう会社なんだ？」

「いわゆるソリューションカンパニーで、ＩＴのシステム構築が主な業務です。本社は新《しん》宿《じゅく》。従業員数は三百人。数年前から、インドのＩＴ企業と業務提携をして、定期的に技術者を迎え入れてます」

「要するに助っ人なんだな」

「インドはＩＴ大国ですからね。ソフト開発の技術は、世界的に高く評価されてるようですよ。最近、あちこちで見かけるでしょう？」

確かに。街中でインド人の姿を頻繁《ひんぱん》に見かけるようになってから、もう十年以上になるだろうか。一度、大手町《おおてまち》で聞き込みをしていて、屋外の喫煙所を見つけて一休みしていた時に、周りがインド人ばかりで面食らったことがある。

「その助っ人技術者がいなくなった、と」

「簡単に言えばそういうことです」愛美が手帳を閉じた。「どうします？　こういう案件、私は初めてなんですけど」

「うちではないけど、二年前に、一方面分室で外国人の失踪案件を扱ったことがあったじゃないか」

「ああ」愛美の表情が暗くなった。「あれですか」

来日して、神田《かんだ》の語学学校で英語を教えていたオーストラリア人の男性が行方不明になった事件だ。学校が捜索願を出し、一方面分室が受領して捜査を始めたのだが、自宅近くで誰かと言い争う場面を目撃されていたこともあり、すぐに「事件性あり」と判断された。所轄と協力して捜査を進めた結果、女性問題を巡《めぐ》って、二十五歳の日本人男性会社員とトラブルになっていたことが発覚。その後、新大久保《しんおおくぼ》の廃ビルで遺体が発見され、捜査一課が本格的に捜査を引き取った。

その事件が私の記憶に鮮やかなのは、捜索願が出されてから家族が来日してマスコミに顔を出し、大騒ぎになったからである。まだ事件かどうかも分からない段階で、家族は事件と決めつけ、涙ながらに解決を訴えた。週刊誌とテレビのワイドショーがそれに乗り、一時はかなりの騒ぎになったものだ。結局、行方不明の男性とトラブルを起こしていた男性会社員の犯行と断定され、指名手配されているのだが、未《いま》だに逮捕されていない。

「一方面分室に電話して、当時の状況を確認してくれ。普通の扱いで大丈夫だと思うけど……それと、室長に報告、頼む」

「何で私が」うんざりしたように愛美が言った。「高城さんの仕事じゃないですか」

「俺は総務部長から話を聴く」逃げている、と意識しながら私は答えた。最近、室長の阿《あ》比《び》留《る》真《ま》弓《ゆみ》との距離は開く一方である。

「それ、業務命令ですね？」

大きく溜息《ためいき》をついてから「そうだよ」と答える。愛美はしばし唇を引き結んだまま、内心の不満をじわじわと滲出《しんしゅつ》させていたが、それ以上は文句を零《こぼ》さず、ガラス張りで外から丸見えの室長室——通称「金魚鉢」の中に消えていった。私は肩を上下させて気合を入れ直し、面談室に向かった。一瞬だけ立ち止まって振り返り、田口の様子を見る。ずるずると音を立ててコーヒーを啜りながら、夕刊に視線を落としていた。熱心に読んでいる風ではない。見出しを追っているかどうか……読んでいるふりをして時間を潰《つぶ》しているとしたら、それはそれで大した能力である。

二度ノックし、面談室のドアを開ける。この部屋は、相談に訪れる人を緊張させないようにとの真弓の配慮で、警察らしからぬポップな色合いの什器《じゅうき》で統一されているが、私は時に、場違いだ、と違和感を強くすることがある。外光が明るく入りこむせいもあり、真剣な話をする場所という感じがしないのだ。

私に気づいて、総務部長の長友が顔を上げた。顔色はよくない。四十歳ぐらいだろうか、自信のなさそうな表情が細面《ほそおもて》の顔に張りついている。細身のグレーのスーツ姿で、両手は組み合わせてテーブルに置いていた。醍醐が振り返り、私に向かって軽く会釈をする。ついで、壁の時計をちらりと見た。解放される時間を気にしているのは分かる。四人の子持ちの彼は、家でも何かと忙しいのだ。何もなければ必ず定時に飛び出して帰るのだが、今日はどうなるか、微妙なところである。時間が危うくなったら代わってやろう、と決めた。

名乗ってから、醍醐の横に座る。ちらりと視線を向けると、彼は「今、立ち寄り先を確認しました」と告げた。うなずいてから、長友に目を向ける。

「この男性――」一瞬、名前を引っ張り出すのに苦労した。「シンさんですが、日本語は喋れますか？」

「日常会話程度なら、不自由しません」

醍醐の手元にある所定の届出用紙に視線を落とす。家族の欄《らん》が空白だった。

「ちなみにご家族は？」

「もちろん、インドにいますよ」長友が怪訝《けげん》そうな表情を浮かべる。

「独身なんですか」

「少なくとも、こちらに来る時に交わした契約書の内容を見る限り、そうなってます」

「詳しく確認はしていない？」

「ええ」長友の顔に、わずかに不安の色が射した。「何か問題でも？」

「いや、そういうわけじゃありません」私はワイシャツの胸ポケットに指先を入れ、煙草《たばこ》に触れた。気持ちが落ち着かないのに煙草が吸えない時、こうすると吸ったような気分になれる。「どういう経緯で、日本に働きに来ているのかと思いまして」

「ああ」長友の両肩が、二センチほど落ちた。「会社同士の業務提携として、です。向こうの会社から二年ごとに社員を送りこんでくるんですけど、人選は任せてありますから、どういう人が来るかは分からないんですよ」

「こちらで指名するわけではないんですね」

「ええ。あちらで、優秀な人材を選んでくれています。その際には、独身の人を優先しているようですけど」

「家族を置いて、日本で一人暮らししながら働くのは大変でしょうからね」

「そうだと思います。家族全員が来日ということになれば、それはそれで経済的にきついですしね」長友が二度、うなずいた。

「ちなみに、こちらではうまくやっていたんですか？　仕事上のこととか、私生活の問題でトラブルは？」

「私が把握《はあく》している限りでは、ありません」長友が首を振る。

「まったく？」

「いや、まったくかどうかは……」

急に自信をなくしたようで、長友が首を傾《かし》げる。それはそうだろう、と私は思った。日常会話程度の日本語しか話せないインド人社員と、まともに意思の疎通ができていたかどうかは分からない。トラブルがあっても気づかなかった可能性もある。

「シンさんが来日したのは――」私は醍醐の手元の紙に視線を落とした。「一年前ですね？それから、インドには戻っていなかったんですか？　例えば里帰りのような感じで」

「一度もないですね」

「それは結構きつくないですか？　里帰りなしで一年間ずっと働き続けていたら、ホームシックになりそうですけどね」

シンは二十七歳。その年齢のインド人のメンタリティーに関してはまったく分からないが、異国の地で楽しみもなく、仕事に追われるばかりだったら、精神的に行き詰まりそうなことは容易に想像できる。

「すみません、そこまで福利厚生に金を使えないもので……」申し訳なさそうに長友がうなだれる。「ただ、本人も、里心がついた感じではなかったと思うんですよ。日本での生活にも馴染《なじ》んでいましたし。平気で納豆を食べるぐらいですからね」

「それは確かに、ずいぶん馴染んだ感じですね……社内で特に親しかった人はいますか」

「いや、特に親しいと言われると……全方位外交というか、広く浅くで」

「仕事の内容は？」

「ＳＥです。基本的には社内で仕事をしていますね」

しばしば耳にする「ＳＥ」の仕事の実態が、私には未だに分からないのだが、一応うなずいておいた。

「会社の外ではどうですか？」

「それはどうですかね……」長友がまた首を傾げる。「基本的に、よく働く男なんですよ。朝八時に出社して、夜は十時過ぎまでとか……うちの会社はフレックス制なので、午後にならないと出てこない人間もいるんですけど、彼は朝早くから夜遅くまで、デスクに張りついて仕事をしていました。休日出勤もよくありました」

「だったら、外で積極的に友だちを作っている暇はなさそうですね」

「そう思います。日本に二年しかいないとなると、遊んでいる時間はありませんしね。それに、納豆は食べるんですけど、それほど日本の文化や風俗には興味がないようでしたから」

うなずき、醍醐の手元にあったシンの写真を取り上げる。彫りの深い顔立ちに、濃い黒髪。笑顔はなかなか爽《さわ》やかだった。

「取り敢えず、写真はお預かりします。こちらですぐに捜索を始めますので、何か思い出したら、すぐに連絡してもらえますか」

「分かりました」長友が椅子を引いた。中腰の状態で動きを止め、不安そうに私の顔を見詰める。「見つかるんでしょうか」

「保証はしません」残酷な言葉だと意識しながら告げる。変に期待を持たせる方が、最悪の結果になった時に相手を悲しませるので、大きいことは言わないようにしている。むしろ悲観的に聞こえるかもしれない。自分の言葉に反応して、相手が顔を引《ひ》き攣《つ》らせるのを見るのは、楽しくはなかった。

長友を送り出してから、私は醍醐と情報を詰めた。

「立ち回り先と言っても、あまりないんですよね」

醍醐が不満そうにつぶやいた。確かにリストには、行きつけらしい呑み屋やレストランの名前しかない。中に何軒か、明らかにインド風のレストランの名前がある。

「こういう店を優先的に当たろう」私はボールペンで、いくつかの店の名前にアンダーラインを引いた。「本格的なインド料理の店だったら、在日インド人が集まるんじゃないか」

「そうですね」

「レストランなら、これからでも行けるか……」私は壁の時計を見上げた。醍醐のタイムリミットが近づいている。「今夜は、こっちで聞き込みをやっておく。明日のランチタイムはお前に任せるよ」

「いや、でも、悪いですから」バツが悪そうに、醍醐がうつむく。

「それほどの非常事態じゃない。普段は、奥さんにいい顔しておいた方がいいぞ」

「……すみません」醍醐の顔が少しだけ暗くなる。基本的に子ども好きな男なのだが、さすがに最近は、四人の面倒を見る生活に疲れているようだ。特に用もないのに、失踪課でだらだらと居残っていることも少なくない——帰宅せず、しばしばここに泊まりこんでしまう私よりはましだろうが。

「じゃあ、お疲れ」立ち上がり、面談室のドアに手をかける。ふと思い出し、振り返って訊《たず》ねた。「そういえば、六条《ろくじょう》、どうした？」

「今日は病欠だって聞いてますよ。小杉《こすぎ》さんが確認しました」

「病欠、ね」私は白けた気分を噛み締めていた。父親が厚労省の幹部、母親が製薬会社の創業者一族の出である六条舞《まい》が、何故警察にいるのかは、大きな謎《なぞ》である。働く必要もないはずだし、働くにしても、もっと違う職場を選ぶのが普通だろうに……しかも彼女は、常に自分の周りに薄い膜を張り巡らしており、そういうことを気安く聞ける感じではない。しかし、妙だ。定時退庁は当たり前なのだが、休みということはほとんどなかったのに。それ故、今朝、デスクに彼女の姿がないことに違和感を覚えていた。

　面談室を出て、庶務担当の小杉公子《きみこ》の席まで歩み寄る。

「六条、病欠ですって？」

「今頃何言ってるんですか」公子が笑った。「それ、朝の話ですよ。もう夕方じゃないですか」

「確認し忘れてただけで」朝、急ぎの仕事がないのをいいことに、すぐに個人的な捜査に出向いたのだった。

「風邪《かぜ》みたいですけどね。最近、流行《はや》ってるでしょう？　流行には敏感な子だから」

　公子が皮肉に唇を歪《ゆが》めて笑う。三方面分室で最年長——室長の真弓と同い年だ——で、大抵のことには動じない彼女も、舞の扱いには困っている。

「まあ、風邪ならしょうがないですね」私は肩をすくめた。元々戦力としては、彼女には期待していない。ただし、運だけはいい。これまでも事件のキーポイントで、彼女の動きが大きな役割を果たしてきたのは事実である。ただし、そんな偶然に頼ることはできない。

　自席に着き、醍醐がまとめた書類にもう一度目を通した。金釘《かなくぎ》流の彼の文字は読みにくいのだが、二年半も一緒にいると慣れてくる。しかし情報量に乏《とぼ》しく、紙面から立ち上がってくるものはほとんどなかった。結局、シンの行きつけの店に当たっていくしかないだろう。時間はかかるかもしれないが、インド人コミュニティーのネットワークを使って情報網を広げるのが、一番確実なやり方だ。

どこかで電話が鳴り出す。公子が素早く受話器を取り、話し出すのが聞こえた。すぐに、少しだけ緊張した口調に変わる。気になって彼女の方に顔を向けると、公子は空いている右手で室長室の方を指した。ボタンを押し、「課長からです」と報告して受話器を置く。

「何ですか、いったい」

「さあ」公子が首を傾げ、花柄のアームカバーを取った。そろそろ彼女も退庁時間である。

「室長を呼んでくれって」

私は思わず顔をしかめた。一年以上前、ある事件がきっかけで、真弓はそれまでの激しい上昇志向を失ってしまった。今は自分で自分を塩漬けしたような状態で、何かあっても積極的に指揮を執《と》ろうとはしない。自分宛にかかってきた電話を取らないこともしばしばだった。今もそうである。真弓に直接言わなければならない用事があるからこそ、石垣《いしがき》は直通の番号にかけてきたはずなのに。

室長室のドアが音を立てて開く。荷物をまとめようとしていた公子も、パソコンに向かって何か文書を打ちこんでいた愛美も、一斉にそちらを向く。

私は本当に久しぶりに、真弓の生きた表情を見た——それが怒りによるものか、やる気の表れなのかは、判然としなかったが。

「六条のお父さんが行方不明」

2

失踪課の仕事は行方不明者を捜すことだが、早急に動かなければならないような事態はあまりない。明らかに事件性があれば、担当部署に回してしまうのが基本だからだ。今回は決してそういう状況ではないが、慌てる必要があった。舞の父親、六条恒美《つねみ》は、私たちにとって内輪の人間であるというだけでなく、厚労省の審議官である。近い将来に次官の目もあるキャリア官僚なのだ。だからこそ、石垣が自ら指揮を執ろうとする気持ちは理解できる。彼は、自分が三方面分室に到着するまで動くな、と指示した。

石垣の意向など関係ない。こういう場合はできるだけ急いで捜査を始めなければならないのだ。高級官僚の失踪となれば、社会的な影響も大きい。私はじれて、真弓と言い合った。

「とにかく、今すぐ誰か、六条の家に出すべきです」

「それは待って」

「課長の指示は意味がないですよ。訓示がしたいなら、もっと情報が集まってからでもいいでしょう」

「情報はあります。ある程度は」

「……どういうことですか」私は声を潜《ひそ》めた。嫌な予感がする。そもそも、課長から失踪事件を知らされるなど、通常の指揮命令系統ではありえないことだ。

「この話は、上から降ってきたのよ」真弓が人差し指を立て、天井《てんじょう》を指した。「厚労省から警察庁経由で、警視庁に。だから課長も張り切っているのよ」

「普段やる気がないくせに、上の歓心を買えそうな時は、喜んでしゃしゃり出てくるわけですか」私は鼻を鳴らしたが、真弓は一切乗ってこなかった。

「とにかく、もう少し待って」真弓が腕時計を見た。「この捜査には、一方面分室も参加する予定だから」

「そこまで大袈裟《おおげさ》な話ですか？」

「厚労省はどこにあるの？　千代田《ちよだ》区でしょう。そこは一方面分室の管轄よ」

自宅は港《みなと》区、ここも一方面分室の管内だ。勤務先と自宅を管轄する分室と、娘である舞のいる三方面分室が協力して捜査することになるのか。

真弓と遣《や》り合《あ》うのに疲れ、私は首を振りながら室長室を出て自席に戻った。立ち上がった愛美が、質問を口にする代わりに強い視線をぶつけてくる。私はもう一度首を振り、溜息をついてから、現段階で分かっていることを説明した。結局帰りそびれた醍醐も、心配そうにこちらを見ている。田口は……いない。確かに定時は過ぎていたが、一報が入ってきた時には、まだ席にいたはずである。私は呆《あき》れると同時に、面倒事から逃げる彼の能力の高さに感心もした。普段もこれぐらい素早く動いてくれれば、戦力として計算できるのだが。

「どういうことなんですか？」私が話し終えると、愛美が顔をしかめる。

「まったく分からない」

「六条さんの家に電話してみます」

「ちょっと待て——」

止めようとしたが、愛美は私に背を向けてしまった。無理にやめさせることもできず、彼女の小さな背中を見詰めながら何かが起きるのを待つ。しかし愛美は、すぐに電話を切ってしまった。

「出ませんね」今度は携帯電話を取り上げる。舞の携帯にかけたのだろうが、結果は同じだった。振り向き、ゆっくりと首を振ってみせる。

家の中はかなり混乱しているのだろう。仕方ない、と言おうとした瞬間、失踪課の事務室と廊下を隔てるカウンターの前に、一方面分室の竹永《たけなが》が姿を現した。一方面分室のナンバーツ——立場的には私と同じだ——で、四十二歳の警部。すらりと背が高く、端整な顔立ちで、庁内の女性職員に密《ひそ》かに人気が高い。私を見てうなずくと、カウンターの端を回って中に入って来た。ほとんど冬のような寒さなのに、コートは着ていない。

「お疲れ様です」丁寧に頭を下げる。

「どこまで聞いてる？」

「いや、ほとんど分かりません。課長から話があって、慌てて飛んで来たんです」

「もしかしたら、課長も事情が分かってないのかもしれない。この場を仕切りたいためだけに、俺たちを集めるんじゃないか？」

「だとしたら、馬鹿ですね」

竹永があっさり切り捨てた。この男とは時々会うのだが、石垣を見下した発言が口から飛び出すのが常だった。彼は元々、捜査二課の人間である。一年前、失踪課に異動してきたのは、刑事部内の人事交流の一環に過ぎず、あと一年経てば二課に戻るのが既定路線になっている。ここで石垣批判を繰り広げても、失う物は何もないのだ。

それから五分ほどして、石垣が険しい表情を浮かべて失踪課に入って来た。例によって、管理官の井形貴俊《いがたたかとし》を帯同している。井形は、石垣以上に課員から評判が悪い男だ。爬虫《はちゅう》類《るい》を彷彿《ほうふつ》させる、生気も誠意も感じさせない目つきで、ほとんど口を開かずに喋るので、気味悪がられている。私も、できれば対峙《たいじ》したくない相手だった。

「ご苦労」

石垣が低い声で告げる。体にぴたりと合ったトレンチコートを脱いで右手に持つと、すかさず井形が受け取る。私は思わず鼻を鳴らしそうになった。二人はそんなことには気づく様子もなく、さっさと面談室に入っていく。

「どうするんですかね」愛美が怪訝そうな表情を浮かべた。「あそこ、四人しか入れませんよ」

「俺は立って拝聴するよ」私は肩をすくめた。石垣は状況がまったく読めていない。わざわざ狭い場所で打ち合わせをする意味はないし、そもそも打ち合わせの必要すらないのだ。まず走って情報を集め、それからすり合わせをする方がずっと効率的である。石垣は、会議を開くことこそが管理職の仕事であるという考えに凝り固まっている。この上ない無駄……しかし、来てしまったものは仕方がない。さっさと打ち合わせを終えて動こうと、竹永に目配せをする。苦笑しながら竹永が面談室に向かったので後に続こうとすると、「ちょっと待った」という声に足が止まった。

捜査一課の長野《ながの》威《たけし》が、部屋に飛びこんできたところだった。殺しや強盗専門の強行班の係長である長野がどうしてここに？　私は嫌な予感を覚え、彼の前に立ちはだかった。

「何でここにいる？」

「石垣課長に呼ばれたんだ。話は聞いてる。えらいことじゃないか」走ってきたのか、額には汗が浮かんでいる。

「呼ばれたって……お前には関係ないんじゃないか?」

「関係ある可能性もあるだろう」

「ちょっと待て」面談室に突進しようとする長野の前で、私は両腕を広げた。「お前、俺たちが知らないことを何か聞いてるのか?」

「お前が何を知ってるのかも分からないよ」ようやく緊張を解いて、長野がにやりと笑う。

「課長は、万が一のために俺を呼んだんだろうよ。何かあってから動き出したんじゃ遅いから、早めに情報の共有だけはしておこうってことじゃないか」

「そうか」一応納得して、私は道を開けた。長野がうなずき、面談室のドアをぶち壊しそうな勢いで開けて、中へ入って行く。彼が本格的に捜査に乗り出すようなことにならなければいいが……。

「長野さん、またかき回しますよ」愛美が心配そうに言った。

「あいつも馬鹿じゃないさ」言ってはみたものの、最近彼との関係が怪しくなってきていることに気づき、私はそれ以上の弁護ができなくなった。元々私と長野は同期で、捜査一課で長く一緒に仕事をした仲である。警部に昇任したのもほぼ同時期。長野はそろそろ警視の声がかかりそうだが、私はこれ以上の出世には興味がない。長野は馬力で仕事をするタイプで、人の仕事まで分捕っていくので何かと評判が悪かった。今時珍しいワーカホリックで、度を越している。そして警視庁絶対主義ともいうべき考えに凝り固まり、他県警と一緒に仕事をする時は、露骨に見下した態度を取るので、悪評は東京から関東管区警察局管内へと広まっている。

「じゃあ、ちょっと厄介ごとに巻きこまれてくる」

「管理職なんだから、当然ですよね」愛美がしれっとして言った。可愛い顔立ちなのだから、大人しくしていればもう少し評判もよくなるだろうに、目の粗い紙ヤスリで心を擦るような彼女の皮肉は留まるところを知らない。

溜息をつきながら、私は面談室に入った。


最初に、六条の写真と履歴書が配られた。履歴書は役所が用意したものだろう、後で見ればいい……私は彼の顔写真に注目した。舞とはあまり似ていない。頬骨《ほおぼね》が高く浮き出た細い顔で、神経質そうな目つきだった。少し長めの髪を、真ん中でふわりと分けている。

「まず、今回の状況だ」

石垣が切り出した。全員がうなずくまで、言葉を切って待つ。相変わらず演技過剰な男だ、と私は皮肉に思った。服装も過剰である。警察官にしては上質なスーツ、見ただけで厚みの分かるネクタイ、ワイシャツの袖《そで》に輝くカフスボタン。整髪したばかりのように清潔な髪や、もう夕方なのにつるつるしている顎が、潔癖症の一面を覗かせた。いつかチャンスがあれば、泥水を頭からぶっかけてやりたいと私は夢想している。

「六条恒美氏、五十五歳は、昨日厚労省に出勤した後、行方不明になっている。昼食で外出した後、庁舎には戻らず、夕べは家へも帰らなかった」

「帰宅しないのは、珍しくないんじゃないですか」長野が指摘した。「役人だって、暇な人ばかりじゃない——」

「今現在は、それほど火急の案件はなかったようだ」石垣が右手を上げ、長野の言葉を遮《さえぎ》った。邪魔されるのがとことん嫌いな長野は、露骨に嫌そうな表情を浮かべたが、石垣は気にする様子もない。「今日も出勤していない。それで午後遅くになって、家族と職場の人間が相談して、届け出ることにした」

「ちょっと待って下さい」私は壁から背中を引《ひ》き剝《は》がした。「それは筋が違うんじゃないですか。職場の人が相談に行くなら一方面分室、家族が届け出るならうちに来るのが普通でしょう。家も一方面分室の管内ですけど、六条はうちの人間なんですよ」

「六条氏は高級官僚だ。普通の捜索願と同じ扱いはできない」平然とした口調で、石垣が私の抗議を切り捨てた。「まだ詳しい事情聴取は済んでいないが、事態が事態だけに、慎重に捜査を進めて欲しい。一方面分室は、厚労省の関係者から事情聴取。家族の方は三方面分室が担当してくれ。長野係長は、オブザーバーとして、万一に備えてもらう。情報の共有をしっかりして欲しい。以上だ。すぐに動いてくれ」

「それだけですか？」呆気《あっけ》に取られて、私はとうとう石垣に嚙みついた。「こんなことを言うために、わざわざここに集まったんですか？　電話で済む話でしょう。三十分以上、無駄にしたんですよ」

「顔を見て話をするのは大事だ」石垣は平然としている。

「顔を見たいかどうかは別問題ですけどね」竹永がぼそりと言い、狭い面談室の空気はにわかに緊張した。

「竹永警部、言い過ぎだ」それまで黙っていた井形が、相変わらず口を開かないまま、竹永に忠告する。

「失礼しました」謝罪の言葉は口にしたものの、竹永はまったく反省していない様子だった。普段ならけしかけるところだが、私は彼の腕に触れ、これ以上のトラブルは無用だ、と伝えた。内輪揉《うちわも》めしている時間はない。今は、一刻も早く動き出すことが大事なのだ。

「何か……変な感じですね」

「ああ」私は愛美の感想に同調した。まずは事情聴取ということで、彼女と醍醐を同道して舞の家を訪れたのだが、普通の捜査と違って、背中がむず痒《がゆ》くなるような感じがある。身内の人間というせいもあるのだが、もう一つ、家の大きさが、私たちの感覚を狂わせているようだった。

舞の自宅は、青山《あおやま》通りの向こう側が秩父宮《ちちぶのみや》ラグビー場という場所にあるのだが、この辺《あた》りの地価を考えるととんでもない大きさだった。コンクリートの塀が巡らされた三階建てで、横にも広いが奥も深そうである。洋館風の造りで、道路側に張り出した二か所の出窓が、建築上のアクセントになっていた。ガレージは、幅とシャッターの高さから見て、レンジローバーが二台、楽に入りそうな広さである。その上に聳《そび》えるように建つ建物は、小さな城といってもおかしくない感じがした。

ガレージの前に車を停めて、車から降り立つ。既にすっかり暗くなっており、冷たい空気がちりちりと肌を刺激した。醍醐が無言で私の横に近づき、家を見上げる——まさに「見上げる」必要があった。

「どれぐらい広いんですかね、この家」

「各部屋に内線電話が必要なんじゃないかな」私は答えた。

「羨《うらや》ましい限りです」醍醐が溜息をつく。「一部屋ぐらいもらいたいですよ」

六人家族の醍醐は、賃貸のアパートに住んでいる。手狭なのは間違いないのだが、あまりにも立て続けに妊娠・出産が続いたので、引っ越している暇もない、という愚痴《ぐち》を以前聞いたことがあった。

私は違和感を覚えていた。厚労省の幹部とはいえ、六条は所詮《しょせん》公務員である。世間からは儲《もう》けているように思われるが、給料はそれほど大したことはない。だからこそ、役人は天下りして、何度も退職金を受け取るのを既得権益だと考えている。ということは、この家は妻の方の金で建てられたものなのか。それにしても、製薬会社の創業者一族の出身というだけで、どれだけ自由に金を使えるものなのだろう。

愛美は既に気を取り直したようで、つかつかと歩いて行った。金属製の門扉《もんぴ》には、警備保障会社のステッカー。愛美は少し屈《かが》みこんで、インタフォンのボタンを押した。反応がない。彼女が困った表情で私の顔を見た途端に、暗い声で「はい」と返事があった。舞ではない。愛美が慌てて振り返り、インタフォンに向かって話しかける。

「失踪課三方面分室の明神です」

返事がないまま、「かちり」と小さな音がした。愛美が取っ手を回して扉を開け、先導して敷地の中に入る。

短い階段を上がり、私たちはドアの前で一瞬立ち止まった。人の気配がしない。見える位置にある窓には灯《あか》りが灯《とも》っていなかった。醍醐が不安そうに私の顔を見る。

「中も相当広いんでしょうね」愛美がぽつりと漏《も》らす。「ドアの前にこれだけ広いスペースがあるんですから」

言われてみればその通りだ。階段を上がったところが、踊り場のように平らなスペースになっているのだが、三人が立ってもまだ余裕がある。

愛美がドアの横のインタフォンを鳴らそうと手を伸ばしたが、触れる直前にドアが開いた。蒼い顔をした舞が、頭を下げる。

「六条……」呼びかけた後、私は言葉を失った。どうして先に、自分たちに声をかけてくれなかったんだ。風邪というのも嘘だったのだろう。浮いた存在とはいえ、彼女に対する仲間意識がないわけではない。

「どうぞ」いつもとは違う低い声。そういえば髪型も、定番の縦ロールではない。服装もずっと地味で、白いブラウスにジーンズだった。彼女がジーンズを穿《は》いているところなど、初めて見た。

愛美が先頭になり、玄関に入った。後ろにいる醍醐が息を呑む気配が、はっきりと伝わってくる。二階まで吹き抜けなのだが、そもそも天井自体が高い造りのようだった。洋館風なのは外見だけではなく、上がってすぐ右側には、戦前の建物によく見られるような、磨《みが》きこまれた茶色の階段がある。ただしそれは、古びたものではなく、そう見せかけようとしているだけだとすぐに分かった。古い建物は、どんなに綺麗《きれい》に整備していてもあちこちに傷がついているものだが、階段の手すりはぴかぴかで傷一つない。

それにしても、いったいどういう趣味なのだろう。今時、洋館風の建物をわざわざ建てるとも考えられない。確かに趣《おもむき》はあり、こういう雰囲気《ふんいき》を好む人間がいるのは理解できるが、使い勝手《がって》がいいとは言えないはずだ。

靴を脱いでスリッパに足を入れる。舞はその様子をぼんやりと見ていた。魂が抜けてしまったようであり、視線は空《うつ》ろである。声をかけることもできず、私たちは無言で彼女の先導に従い、長い廊下を歩いた。ふと上を見上げると、シャンデリアが見下ろしている。嫌味にならず、クラシカルな雰囲気を強調していた。廊下がまったく寒くないのに私は気づいた。これだけ広いスペースを暖めるための電気代は……と考え、所帯じみた発想に顔が赤らむのを感じる。そういうことを気にしないのが、本当の金持ちなのだろう。

いくつかのドアの前を通り過ぎ、廊下の突き当たりの部屋に通された。ドアが開くと、ぱっと視界が広がった感じがする。広々としたリビングルームには、生活の匂いがなかった。このままレストランか何かに使った方がよほど似合う。

部屋の左手がダイニングルームだが、入った途端、広いテーブルに気づいて私は目を見張った。曲げ木を使った優美な感じのテーブルでは、一度に十人が楽に食事できそうだ。造りつけの食器棚は、扉が横に四枚。普通の家庭で使う食器棚の二倍の幅、ということになる。右手にはランダムにソファやローテーブルが置かれていたが、それでも雑然とした感じがしないのが、部屋の広さを逆に証明している。

依然として無言のまま、舞が私たちを右手へ誘った。ソファの一つに、女性の後頭部が見えている。舞の母親——六条の妻だろう。ゆっくりと立ち上がってからこちらを振り向き、無表情なまま頭を下げた。胸元に緩やかなドレープの入った長袖のカットソーに長いスカートという格好である。五十代にしては若々しい顔立ちだったが、金をかければ何とでもなるということだろう、と私は皮肉に思ってしまった。顎が細く、目の周辺の化粧のせいか、きつい印象の顔立ちである。若い頃は、「美人だがとっつきにくい」と言われたタイプではないだろうか。

「家内の麗子《れいこ》です」腹の所に両手を重ねておき、もう一度丁寧に頭を下げた。何故か心が籠《こも》っていない感じがしたが、そんなものは単なる先入観、偏見だと自分を戒《いまし》める。どうも、金持ちに対しては、警戒心が先に立ってしまうのだ。

「失踪課三方面分室の高城です。本来は室長がお伺《うかが》いすべきところですが、一方面分室との連絡業務がありますので、席を離れられません」

「承知しています……どうぞ、そちらへお座り下さい」

私たちは、彼女が座っていた一人がけのソファの向かいにある、長いソファに腰を下ろした。三人が座っても——しかも一人は平均よりずっと体の大きい醍醐なのだ——まだ余裕がある。真ん中に座った私が、ちょうど麗子と向き合う格好になった。麗子は長いスカートの中で足を組み、こめかみに当てた二本の指で頭を支えながら、溜息をついた。ふと思いついたように、舞に声をかける。

「舞、お茶をお出しして」

無言でキッチンの方に向かおうとした舞に、愛美が声をかける。

「六条さん」

立ち止まった舞が、硬い表情で振り返る。この二人は決して仲がいいとは言えない。生まれも育ちも、仕事に賭ける気持ちも正反対と言っていいだろう。水と油とは言わないが、トラブルを恐れて、私は二人を組ませて仕事をさせることはほとんどなかった。

「お構いなく」

静かな声で愛美が言ったが、舞は軽く頭を下げただけで、やはりキッチンに消えてしまった。一瞬の沈黙の後、私は軽めの話題で切り出した。

「お手伝いの方とか、いないんですか？」

「いつも二人いますけど、今日は来てもらっていません。こういう時ですので……」

二人か。今時、こういう家は珍しいのではないだろうか。私は小さく首を振って本題に入った。

「早々ですが、お話を伺います」

メモ取りは愛美と醍醐に任せる。醍醐はともかく、愛美のメモは几帳面《きちょうめん》で正確だ。後で聞き直さなければならないＩＣレコーダーよりも、よほど役に立つ。

「どうぞ」

台詞《せりふ》も態度もどこか妙だ。夫が行方不明なのだ、もっと取り乱していて然《しか》るべきではないだろうか。表情こそ暗いが、言葉遣いや態度が落ち着いているのは不自然だ。高級官僚の妻だからといって、こんな事態に慣れているわけでもあるまい。

「昨日のことから伺います。ご主人が家を出られたのは何時ですか」

「七時半です」

「車ですか?」審議官なら専用車がつくはずだ。

「ええ」

「ずいぶん早いですね」私は腕時計を覗いた。

「いつも仕事が立てこんでおりますので」

「夜も遅いんですか?」

「いえ」何を言っているのだ、と馬鹿にするような目つきで、麗子が私を見た。「遅くまで仕事をする人は能力が低い……と主人はいつも申しております。夜まで仕事を持ち越さないためにも、早く出勤しています。朝の方が、仕事は進むものではないですか?」

「仰《おっしゃ》る通り……でしょうね」私はうつむき、苦笑を押し隠した。しばしば失踪課に泊まりこんでいる私など、六条に言わせれば駄目な公務員の典型だろう。もっとも私の場合、仕事で遅くなるというよりも、家に帰るのが面倒だからに過ぎない。

「何か、ご不満でも?」

麗子の鋭い声が飛んだ。隠したつもりでも、顔が緩んだのを見られてしまったようだ。

「とんでもない……遅くなることはないんですか?」

「もちろん、あります。上に立つ身ですから、どうしても待ちの仕事が多くなりますので」

阿呆《あほう》な部下のせいで、とでも言いたそうだった。皮肉な考えを何とか押し殺し、質問を続ける。

「役所に泊まりこむことはあるんですか?」

「基本的にはありません。それに、遅くなる時は必ず連絡があります」

「夕べはなかったんですね」

「ですから、おかしいんです」

そんなことも分からないのか、と言いたげに、麗子が目を見開いた。彼女の中で、失踪課の株は急落しているだろう。

「役所の方とは、もうお話しされたんですね」

「ええ。向こうもおかしいと……昼食に出て、その後戻らないんですから、何かあったとしか考えられません」

「そう、ですね」

実は、自己意思による失踪の一番典型的なパターンがこれだ。出勤途中でいつもと反対方向の電車に乗る、帰宅途中に別の駅で降りる——そんな風に姿を消してしまう人間は、非常に多い。昼食に出てそのまいなくなったケースは、私の記憶にはないが、決して不自然ではないだろう。

「何かご不審に思われる点でも？」

「いや」私はワイシャツの胸ポケットに指を突っこみ、煙草に触れた。ささやかな精神安定剤。「携帯電話やメールはどうですか」

「何度も連絡を入れてます。反応はありません」

「普段はまめに反応する方ですか？」中には、一週間ほども経ってからようやくメールに返事を返す人もいる。私のように、そもそもメールをほとんど使わない人間は問題外だが。

「よほど忙しい時以外は。家族を何よりも大事にする人ですから」

「では、今回はやはり異常な事態ですね？　これまで、こういうことはなかったんですね」

念押ししたが、麗子は返事をしなかった。返事すれば、事態の深刻さを認めてしまうと恐れるように。薄い唇を噛み締め、何かをこらえるように両手を握り締める。ようやく言葉を吐《は》き出《だ》した。

「そう……言っていいと思います」

「分かりました」

私はふと、窓に目を向けた。全面がカーテン。ということは、窓面積は相当広い。その向こうに、よく手入れされた庭が広がっているだろうと想像できた。

「失踪する前ですが、何か変わったことはありませんでしたか？　誰かとトラブルになっていたとか……」

「そういうことはありません」私の言葉の語尾に被《かぶ》せるように麗子が言った。低いが、力強い口調。自分の夫と「トラブル」という言葉を同じ文脈で使って欲しくない、とでも言いたそうだった。

「しかし、仕事上、いろいろなことがあると思いますが」

「その辺は、私どもには分かりません。主人は基本的に、仕事の話を家に持ちこむ人ではありませんから」

ふと、暖かい香りが漂ってくる。舞が盆にカップを載せ、キッチンから戻って来たのだ。私は紅茶を想像していたのだが、コーヒーだった。むしろその方がありがたい。コーヒーは、私にとって酒と煙草の次ぐらいに重要なエネルギー源なのだが、紅茶は、飲むとかなり高い確率で胃が痛くなる。もちろん胃薬は常備しているから、何とでもなるが。

私はブラックのまま、一口啜った。ヨーロッパ風の濃く淹《い》れられたコーヒーで、苦みの奥にあるかすかな甘みが口の中に広がる。豆も上等、淹れ方も上手い。失踪課で、舞の淹れたコーヒーなど、飲んだこともないのだが……朝のコーヒーを淹れるのは最年少の愛美の仕事だし、昼間は公子が用意してくれる。

「この家は、いつ建てられたんですか」愛美が突然、沈黙を破った。チェンジオブペース。複数で事情聴取している時に必須のテクニックである。一人で話を聴いていて突然話題を変えると、相手は不審を抱いたり混乱したりするものだが、別の人間がそれをやれば、混乱のリスクを軽減し、相手をリラックスさせることができる。愛美はその辺りの呼吸を完全に身につけていた。

「十年になりますね」

「ずいぶんクラシカルな感じですよね」愛美がぐるりと周囲を見回す。「明治《めいじ》の洋館みたいで素敵です」

「趣味なんです」麗子の表情がようやく緩んだ。「子どもの頃住んでいたのが、古い家だったんです。それがどうしても忘れられなくて、再現しました」

「そういう夢は、私たちは見るだけ無駄でしょうね」

愛美の皮肉は、麗子が周辺に張り巡らしたバリアにあっさり撃退された。彼女はまったく表情を変えず、無言でコーヒーを啜っている。愛美もへこたれず、質問を続けた。

「失礼ですが、この家、どれぐらい広いんですか？」

「どうでしょう」麗子が返事をぼかす。私生活には立ち入られたくないようだ。

「ご主人の部屋はありますか？」私は訊ねた。

「ええ、書斎が」

「見せていただきます」

言って、私は立ち上がった。頼みこむのではなく、宣言。これはあくまで捜査なのだと、麗子に思い知らせるためだった。彼女は顔を引き攣らせたが、座ったまま黙ってうなずいた。

「服はどこにありますか?」

「それ用の部屋がありますけど」不審気な表情が浮かぶ。「それがどうかしましたか?」

「なくなっている服がないかどうか、調べさせて下さい……明神、そっちを頼む」

「ちょっと待って下さい」麗子の表情が蒼褪《あおざ》めた。「それは困ります。勝手にそんなところを見られたら……」

「捜査に必要なことですから」私は低い声で言い、議論を封じこめた。「事前に家を出る準備をしていたら、服がなくなっている可能性があります」

「家出だって言うんですか?」麗子も立ち上がった。

「事件の可能性があるんですか?」

逆に聞き返すと、麗子がぎゅっと唇を結んだ。不安なのだろう、と同情する。身持ちが固いというか、六条は立場上、下手《へた》なことができない。だからこそ、何が起きたか分からず、心の中では嵐が吹いていることだろう。

「そんなこと、私には分かりません」

「だったらなおさら、調べる必要があります。手がかりは、身近なところにあるものですから。醍醐、お相手して」

「分かりました」緊張しきった面持ちで醍醐がうなずく。まともに話が転がるか心配している様子だったが、とにかく何でもいいから六条の様子が分かればいいのだ。家庭内の様子まで聞き出せれば、当然その方がいい。

私は、盆を胸に抱えたまま立っている舞に声をかけた。普段の傲慢《ごうまん》とも言える態度は影を潜め、不安そうに顔が暗くなっている。

「六条、君も手伝ってくれ。案内してもらえると助かる」私は麗子に顔を向けた。「お嬢さんが一緒なら、調べるのも安心ですよね？」

私の言葉に反発したいのに、適当な言葉が見つからない——彼女が黙って首を振ったのは、そういう意味だろう。

3

六条の書斎は、やはり麗子好みのクラシカルな雰囲気で統一されていた。といっても、こちらはヨーロッパ風ではなく、アメリカの弁護士事務所を彷彿させるものだった。濃い茶色の板張りの壁に、高さ一メートルほどの緑色の腰板が目立つ造り。入って右側の壁は、造りつけの本棚で占領されている。専門書や学術書で埋《う》まっており、楽しむために読むような本は一冊もないようだった。オーディオセットは、マランツで統一されている。CDのラックはきっちり埋まっており、ちらりと見た感じでは、コレクションのほとんどはクラシックのようだ。正面の壁には巨大なデスク。上にはノートパソコンが乗り、他に分厚い日記帳が置いてある。マーブルの石を削って作られたペントレイには、ペリカンの万年筆ばかりが何本も置かれていた。椅子は事務用だが、座面にメッシュを多用し、クッション性もよさそうな高級品。これだけメッシュが入っていたら、長時間座っていても背中や腰が蒸れることはないだろう。部屋全体が濃い茶色と緑で統一されているので、落ち着いた雰囲気が漂っている。

私は振り返り、舞に向き合った。職場にいる時と違って化粧っ気がないせいか、年齢よりもずっと幼く見える。

「大変だったたな」

返事はなく、うなずくのみ。

「いつからおかしいと思った？」

「昨日の夜からです」

「無断外泊するような人じゃなかったんだね」

「そうですね」

いつもは語尾を伸ばし、のんびりした話し方をするのに、今日に限っては静かに落ち着いている。人間はよほどのことがない限り、食べ方と喋り方は変わらないのだが。舞は首をわずかに右に傾け、そちら側の髪を指で捻《ひね》るようにした。

「日記はちゃんとつけていた？」

「たぶん……昔からの習慣ですから」

「ちょっと読ませてもらう」

彼女がうなずいたのを見て、私は椅子に腰かけ、日記を開いた。一日分が一ページ。角ばった字で、細かく書きつけてある。私は彼が最後にこの椅子に座ったであろう日——一昨日のページを開いた。空白。何ページ分か戻ったが、しばらく空白が続いていた。最後に書かれたのは八日前。ざっと目を通したが、意味はよく分からない。

「午前中、Nから報告。事業計画は遅滞なく進行中とのこと。昼はSと日比谷《ひびや》まで出て、焼き魚。退職するNのために、送別用のネクタイを購入。午後の会議はA、B二つ。後の会議が長引き、六時半まで。雑務こなし、七時過ぎ、何とか退庁。そのまま電車で赤坂まで移動し、警察庁の旧友Yと食事。向こうの指定で、寿司屋にした。最近、人間ドックの数値がよくないそうで、延々と愚痴を零される。昔はこんなことはなかったのだが、この頃はやはり、健康関係の話が多くなる。自分の年齢を意識して寂しい気持ちになりつつ、十時半帰宅。書類整理をして、十二時就寝」

改行もない、メモのような日記。どの日も同じような内容だった。日々の出来事に関する個人的な感想も書いてはあるが、淡々としたものである。仕事の内容は、最低限しか記述されていない。日記の中であっても、家庭に仕事は持ちこまない、ということだろうか。

気になったのは、「警察庁の旧友Y」の存在である。キャリア官僚同士のつき合いは、省庁の壁を越えて存在する。同じ省庁の同僚には言えなくても、そういう相手には本音《ほんね》を打ち明けたりすることもあるものだ。この「Y」は割り出さないといけないが、それほど難しくはないだろう。六条と入庁年が近い人間を探して、その中で頭文字「Y」で絞《しぼ》りこめばいい。

ページを遡《さかのぼ》ってさらに読んでいったが、常に同じ調子だった。仕事の内容を淡々と綴《つづ》るだけ。時に外食して気に入ったメニューがあると細かい記述になることもあったが、過剰な思い入れはなく、あくまでメモ書きの範疇《はんちゅう》を出なかった。少し不自然な感じがしたのは、家族の話がまったく出てこないことである。失踪で最もありがちな動機——家族間のトラブルを私は想像した。誰かに読まれることを想定して、敢えてここには何も書かなかったとか。

椅子を回して、舞に向き直る。自分だけ座ったまま話しているのがひどく不自然な感じがして、立ち上がった。

「正直に話してくれないか？」

「何でしょう」舞が警戒して目を細める。

「最近、家族の間で何か問題はなかったか？」

「ありません」即答。

「君ならよく分かってると思うけど、失踪する人は、家庭の問題を抱えていることが多い」

「うちには関係ありません」さらに口調を強めた否定。「別に問題は……」

「ない、か」

「はい」

「日記は、八日前が最後だった。その後何か、変わったことは？」ずっとつけ続けていた日記が途切れたのには、何か理由があるはずだ。

「家の中では特にありません」

では役所では、と聞こうとして、私は口をつぐんだ。それは彼女には分からないことだろう。

「こうやって見る限り、六条さんは毎日律儀に日記をつけていた。途切れるのは不自然だと思うけど」

「その日記は、読んだことがありません。父のプライベートな物ですから」

「でも、書いているのは知ってたんだろう」

「ええ」

「盗み見したくならないか？」

「いえ」

いつもの軽さがまったくない、重苦しい返事だった。何故かその重さに耐え切れなくなり、私は質問を切り替えた。

「警察庁の幹部で、Yの頭文字の人を知らないか？」

「Yですか？　……思い当たらないですね」

「そうか」

パソコンに目をやる。もう一度座って電源を入れてみたが、パスワードを要求され、それ以上は先へ進めなかった。ログインするには、専門家の手助けが必要だ。

「状況によっては、このパソコンを持っていく必要がある」

「分かりました」

「……六条」私は立ち上がり、二歩だけ彼女に近づいた。「気持ちは分かる」

「そうですか」舞の言葉に熱意はなく、表情もすっかり消えていた。

「俺も家族が……その気持ちを君には味わわせたくない」

「高城さんとは状況が違います」

私はぐっと息を呑んだ。確かに彼女の言う通りだが、家族が行方不明になった辛《つら》さ、息苦しさは子どもであれ親であれ共通しているはずだ。しかし、同情を拒絶する人間に対して、できることは少ない。

「今回の件、どうするつもりだ」

「何がですか」舞がのろのろと顔を上げる。

「捜索に加わるかどうか、ということだよ。君は家族でもあり刑事でもある。その気になれば、捜索に加わることも可能だ。家でじっと待っているより、自分で動いた方が気持ちも楽かもしれないぞ」

「無理ですね」

淡々とした否定。私は、部屋の温度が少し下がったように感じた。

「分かった。取り敢えず、しばらくは自宅待機してくれ」

舞が無言でうなずく。普段の気の強い、自由奔放《ほんぽう》な態度は消え、傷つきやすい女の表情になっていた。もう少し優しく声をかけるべきではないか……しかし、言葉が過ぎると人を傷つける場合もある。放っておいて欲しい時は誰にでもあるのだ。今の彼女がまさにそういう状況ではないか？　だが私は、一つだけ聞かざるを得なかった。

「君は、六条さん――お父さんのことをどう思っているんだ」

「どういう意味ですか」途端に舞の視線が鋭く尖《とが》る。

「俺たちは、六条さんがどういう人間なのか、知らない。人を捜す時、相手がどんな人間なのかを知るのは大事だ。そうすれば、何を考えているか、どういう動きをするか、予想もできる」

「父は……」舞が少しだけ声を張り上げる。しかしすぐに言葉を呑んでしまった。何か言いたいことはあるのだが、私を信用していいのかどうか迷っている様子。確かに彼女は失踪課の中で異質の存在であり、他のメンバーとのつき合いは薄いのだが、あくまで仲間である。そこは信用して欲しかった。しかし彼女は力なく首を振るだけで、何も言おうとしない。

「何か思い出したら、必ず教えてくれ。どんな小さなことでもいい」

「分かりました」

「もう少し部屋を捜索する。立ち会いたいならここにいてもいいし……」

「衣裳《いしょう》部屋の方に行きます」急にしっかりした口調になり、舞が宣言した。「向こう、あまり引《ひ》っ掻《か》き回されたくないので」

　黙ってうなずき、彼女を解放する。やはり、私たちを完全には信用していないのか。確かに、プライベートな空間をあれこれ調べられるのは、いい気分がしない。だがこれは捜査であり、彼女も事態はよく理解しているはずだ。舞自身、何度も他人の家を家捜ししているのだし。

だがやはり、調べるのと調べられるのでは、百八十度違う。私は、綾奈が消えた直後の混乱を思い出した。捜索に協力してくれた所轄の刑事が、娘の部屋を調べた時、見ず知らずの他人に肌を撫《な》でられたような不快感を覚えたものである。自分で調べると言ったのだが、所轄の刑事は「親の目では見逃すことがある」と言って私を部屋に立ち入らせなかった。その刑事の顔はずっと覚えていて、生意気な物言いに対していつか復讐《ふくしゅう》してやろうと思っていたのだが、酒に溺《おぼ》れる生活に突入した後は、完全に忘れてしまった。

ふと、口中を酒の香りが吹き抜ける。少し刺々《とげとげ》しく、少し甘い「角」の香り。普段なら、今頃はもう呑み始めている時間だ。長年の習慣は、今も確実に私の体と心を蝕《むしば》んでいる。本気になって綾奈を探し始めたこの数か月も、悪習はまったく変わらなかった。

願掛けでもすべきだろうか、と思う。酒をやめるとか、禁煙するとか。だが私は、そういう願いが無駄になってしまった場面を、幾度となく見ている。帰って来ない高校生の娘を案じ、「茶断ち」をした母親。家出した母親を待ち、「戻って来るまで髪を切らないことにした」と悲壮に宣言した娘。彼女らの願いが叶《かな》わなかったことを、私は知っている。

余計なことはしない方がいい。願うだけでは、消えた家族は帰って来ないのだ。

私はさらに書斎を調べ続けた。本棚をチェックし、何も隠されていないことを確認。さらに窓の左側にあるクローゼットも調べた。ここにはほとんど服はなく、押入れ代わりに使われているようだった。十日分の出張にも耐え得る巨大なトランクは、ゼロ・ハリバートンのアルミ製。傷だらけなのは、六条が長年旅の友にしていた証《あかし》だろう。家出する人間は、大き目のバッグを持ち出したりするものだが、さすがにこれは大き過ぎる。密かに家から持ち出すのは、まず無理だろう。

結局、手がかりらしい手がかりは見つからなかった。日記に書かれた「Y」は気になるが、それはここでは調べられないだろう。今は一度引いて、厚労省の方を調べている竹永たちと情報交換をすべきだ。それで、明日以降の動きを決める。

部屋を出た途端に、愛美と出くわした。舞の姿はない。私は彼女の腕を摑《つか》んで書斎に引っ張りこみ、ドアを閉めた。

「どうだった？」

「衣裳部屋が、私の部屋より広いです」愛美の顔は暗かった。「あんなにたくさん服を持ってて、どうするんでしょうね。男性用のコートだけで、十二着ありましたよ。男の人って普通、そんなにコートを持ってないんじゃないですか？」

「俺は二着だけだな」しかも十年近く、新しいコートを買っていない。

「まったく……」愛美が首を振り、すぐに気持ちを立て直した。「六条さんに確認してもらったんですけど、なくなっているのは昨日の朝着て出かけたトレンチコートだけです。

ベージュのアクアスキュータム」

「他に持ち出したものはないんだな？」

「ワイシャツなんかは、把握できないようですね。五十枚ぐらいありますから」

年に一回しか着ないシャツもあるのではないか……私は首を振った。

「あいつ、相当参ってるぞ」

「それはそうでしょう」愛美がうなずいた。「いきなり父親がいなくなったら、誰だってショックですよ」

「今回の捜査からは外すつもりだ。刑事じゃなくて、家族としてこの案件に対応すべきだ」

「そう……ですね」愛美が不安そうに私を見た。

「何か問題でも？」

「私、六条さんのこと、ほとんど何も知らないんですよね。家だって、本当にこんなに凄《すご》いとは思わなかったし」

「それは俺も同じだ」毎年の固定資産税と都市計画税だけでも大変だろう、と思う。

「何かあると思いますか？」

「それはまだ分からない」

「勘も発動しないんですね？」

「ああ」

一部で言われる「高城の勘」は、もっと切羽詰まった状態でないと働かないようだ。私は窓に近づき、カーテンを開けた。眼下に庭があるのだが、大きな柿《かき》の木が眼前で枝を広げているので、庭の全容ははっきりとは分からない。カーテンを閉めて振り返り、ふと思い出した。

「この家の事情なら、聴ける相手がいるかもしれない」

「誰ですか?」愛美が不審気に目を細める。

「前に、別件で話を聴いたことがあるんだよ。住田《すみだ》製薬の住田貴章《たかあき》相談役」

「ああ」思い出したようで、愛美が大きくうなずく。「あの時は、醍醐さんと話を聴きに行ったんですよね」

「そう。彼は六条さんの奥さんの従兄弟に当たるわけだから、家の事情もそれなりに知ってるんじゃないかな」

私の印象では、住田は「お喋り」である。個人的につき合いがあった他の会社の創業者一族の話を、さほど躊躇《ちゅうちょ》もせずに教えてくれたのだから。上手い具合に人間関係がつながっていたせいもあるのだが、突《つつ》けば喋るタイプなのは間違いない。

だが、自分の一族に関したこととなるとどうか。不安になったが、このままこの家で何も情報が出てこない場合、彼に話を聴く必要が生じるだろう。

「よし、ここは一度引き上げよう」宣言した途端、マナーモードにしておいた携帯電話が震えだす。竹永だった。

「お疲れ様です。こっちはだいたい終わりましたよ」疲れた声だった。

「どうだった？」

「詳しくは戻ってから話しますけど、失踪の原因につながるような話はないですね。最近の仕事の様子は分かりましたけど」あまり収穫はなかったわけだが、竹永の声は落ち着いていた。この冷静さを、私は羨ましく思う。

「三方面分室に集合でいいかな」

「結構ですよ。三十分後ぐらいに？」

「ああ」

電話を切り、私は愛美にうなずきかけた。彼女が暗い声で訊ねる。

「手がかりなし、ですか」

「竹永の声が聞こえたのか？」

「高城さんの顔を見ていれば、だいたい分かります」

涼しい声で言って、愛美が部屋を出て行く。簡単に見透かされるのは何だか面白くないなと思いながら、私は掌《てのひら》で顔を拭《ぬぐ》った。

三方面分室では全員が――田口を除いて――居残っていた。面談室に大量の食べ物が積み上げてあるのを見て、ほっとする。コンビニエンスストアで仕入れたサンドウィッチや握り飯ばかりだったが、空《す》きっ腹《ばら》には何よりもありがたい。

「これ、公子さんが?」私は握り飯の包装を剝《む》きながら訊ねた。

「室長の指示ですよ」お茶を淹れながら公子が答える。

「へえ」私は思わず、気の抜けた声を出してしまった。このところの彼女のやる気のなさを考えると、これは異常事態である。それだけ心配しているということか……家族が失踪する恐怖と不安は、真弓もよく知っているのだ。

醍醐が難しい顔をして、サンドウィッチを頰張っている。愛美は遠慮がちに、公子の淹れたお茶を啜っていた。さらに遠慮して、隅の席に座っているのが、森田純一《もりたじゅんいち》。やけに緊張した様子で、背中に棒でも入れたように、背筋をぴんと伸ばしている。いい加減つき合いも長くなるのに、未だに彼の本心は読めない。何もそんなに緊張することはないと思うのだが……。

「森田」

「はい」

叱責されたように、甲高《かんだか》い声で返事をして立ち上がる。私は苦笑しながら、「最近、六条に変わった様子はなかったか」と訊ねた。森田は、舞が失踪課で唯一親しく話す相手

——というか、彼女の下僕である。舞は必ず定時に退庁して、しばしば合コンに出向くのだが、その際もほとんどつき合わされていた。人数合わせで引きずり回されているとしたら可哀相なのだが、本人がそのことを気にしているかどうかもはっきりしない。

「特に何もないですけど……」自信なさげに森田が答える。

「なあ、森田」私は破いたパッケージの上に握り飯を置いた。じっくり取りかかる必要がある。「三方面分室の中では、お前が一番六条と親しいんだぞ。しょっちゅう合コンにもつき合ってるじゃないか。そういう席で、家族の話が出たりしないのか」

「ありますけど、はっきり言わないので」

「どういうことだ？」

「親の仕事を聞かれても、公務員、としか」

「意識的に隠していたのかね」

「そうかもしれません」

　その気持ちは分からないではない。親が高級官僚だと知れば、相手は思い切り引くか、興味の赴《おもむ》くまま露骨な質問をぶつけてくる可能性が高い。天下りって、やっぱり金になるわけ？　とか。

「お前にも話さなかったのか？」

「ほとんど聞いたことはないです」

「お前の方から聞かなかったのか」

「ないですね。何か……聞きにくい雰囲気ですし」

私は思わず溜息をついた。この男がどうしてここにいるのか、依然として分からない。確かに失踪課は警視庁内のお荷物部署、役に立たない人間の吹き溜まりと陰口を叩《たた》かれているが、森田の場合はあまりにもひどい。失踪課にいることより先に、何故刑事になれたかが謎だ。刑事に必要なのは、何より好奇心である。謎を見つけ、答えが得られるまで質問を続ける。そういうことができない人間は刑事を希望する資格がないし、仮に上から言われても断るべきである。射撃の腕だけは一流なのだが、日本では刑事が銃で事件を解決するような場面はまずない。

「結局、誰にも本音を話していない、ということか」腕組みをし、天井を仰ぐ。ややこしい事態になるのを、私は予想した。普段から家族の話を自然にしていれば、向こうも気持ちを開きやすい。だが、ここから初めて人間関係を構築していくとなると、その分の時間を取られる。

あの家に流れていた、やけに冷たい空気を思い出す。普通はもう少し取り乱すか、誰に対してぶつけていいか分からない怒りを曝《さら》け出《だ》すものだ。私たちの仕事の大半は、家族のそういう感情を受け止めることである。だが、妻の麗子は、夫の身を案じながらも、どこか冷静だった。

真弓が部屋に入って来た。森田が慌てて立ち上がって席を譲ろうとしたが、彼女は視線で動きを制し、ドアの横の壁に背中を預ける。

「この事案は、最優先で捜査することになりました。そういう風に、上で決定したから」

「事件性があるんですか？」愛美が暗い声で訊ねる。

「そういうわけじゃないけど、対象が対象だから。普段から新聞記者の取材を受けたりしている人だから、不在が長くなればマスコミが騒ぎ出す可能性が高いでしょう。そうなる前に、何とか捜し出さないと」

今後も石垣が陣頭指揮するなら、相当振り回されるのは間違いない。うんざりした気分になったところで、私は別件を思い出した。

「もう一件ありますよ。今日届け出があったインド人の件はどうしますか？　外国人ですから、いろいろ難しいと思いますけど」

「それは後回しね。優先順位を考えて」真弓があっさり言った。

「そっちも現在進行形なんですよ」

「だったら……」愛美が拳《こぶし》を顎に当てた。「田口さんにやってもらったらどうですか？」

一瞬、室内の空気が凍りついた。ここへ着任してから半年以上、書類整理以外にほとんど何の仕事もしていない男に、ややこしい捜査を任せるつもりか——私は真弓の目に暗い光を見て、本音を読み取った。所詮失踪課の仕事は、「行方不明者はきちんと探しました」

と家族を納得させるためのアリバイ作りである。彼女自身、それではいけないと実績を積み重ねるために奔走してきたのだが、そういう熱い気持ちは既に失われてしまっているだろう。取り敢えず捜査はした、という形を作るだけでよしとするつもりなのだ。だったら、田口が担当しても問題はない。もちろん、バックアップは必要だろうが。

「高城君、任せるかどうか検討して」

「分かりました。明日、指示します」

「せいぜい、あちこちでカレーを食べまくってもらうのね」

真弓が強烈な皮肉をかます。こういうのを聞くのは久しぶりだ、と私は妙に懐かしさを覚えた。上昇志向、それに付随《ふずい》する気の強さを取ってしまったら、彼女には何も残らない。ここしばらく私が見ていたのは、彼女の抜け殻だった。あの上昇志向が復活したら、何かと煩《うるさ》いのは分かっているのだが、それでもないよりはましだ、と思う。

「どうも、遅れました」

頭を下げながら竹永が部屋に入って来る。森田がまたも立ち上がって席を譲ろうとしたが、竹永は断った。テーブルに載った食料に気づき、嬉しそうに目を細める。

「いいですか?」

「どうぞ。今夜は遅くなりそうだから」

真弓がさらりと言った。私は彼女の復活が本格的に近い、と確信を抱いた。以前の彼女なら、緊急時には徹夜も厭《いと》わなかったのである。竹永がサンドウィッチを一袋、押しこむように食べ終えたのを見てから、真弓が切り出す。

「では、報告を。竹永君から」

「はいはい」気楽な調子で言って、竹永が両手を叩き合わせ、パン屑《くず》を落とした。「官僚連中の相手は面倒なんですが……結論から言いますと、自己意思で失踪するような動機は、今のところ見当たりません」

「言い切っていい？」真弓が突っこむ。

「あくまで今のところ、です」竹永が切り返した。「私が面会したのは、六条さんの直属の部下二人だけです。それでは、庁内の関係者を全て把握したことにはなりませんから。今後も引き続き、調査が必要です。ただ、六条さんは、庁内で派閥を作るようなタイプではなかったようですね。一緒に仕事をする場合も、淡々と、人間関係までには踏みこまずにやっていたようです。特に親しくつき合っていた人もいなかったようですから、普段何を考えていたか、役所の中で探るのは難しいかもしれません。まあ、続行ですね」

「最近の仕事の内容は？」真弓が続けて訊ねる。

「大きな課題は、『高度人材』確保の問題です」

「ああ、頭脳輸入の問題ね」真弓が素早く応じる。

「そういうことです」満足気な笑みを浮かべて、竹永が私たちの顔を見渡す。真弓以外は誰一人理解していない様子なのを見て取り、丁寧に説明を始めた。「現在、日本の基幹産業、それに基礎研究は重大な危機にあります。ここ十年ほどで、優秀な人材がどんどん海外に流出しましたからね。一度外へ出てしまった人を取り戻すのは難しい。受け入れた国でも、優秀な頭脳は積極的に保護しますから。人材確保の方法は二つあります。一つは国外への流出を防ぐこと、もう一つが、海外の人材を日本で受け入れることです。こういう海外の専門職の人材を『高度人材』と呼んで、厚労省は積極的な確保に取り組んでいるんです。その中心にいたのが、六条さんでした」

「で、その計画は上手くいっていたのか」私は訊ねた。考えてみれば、「NSワールド」社とシンの関係が、まさにそうではないか。厚労省の肝《きも》いりというわけではなく、会社と会社の提携によるものではあるが。

「決して順調ではないですね」竹永が首を振る。「この不況ですから、企業の方でも海外からの人材を積極的に受け入れるのは難しくなっています。日本人を雇う場合に比べて、何かと金がかかるんですよ」

「なるほど。で、六条さんは心を痛めていた？」

「そのようですが、それだけでは……」

「失踪するとは考えられない、か」

竹永が無言でうなずく。役人は、失敗を極端に恐れる人種だ。だからこそ前例主義に陥り、冒険をしなくなる。しかし、新しい取り組みに関しては、予算さえ通ってしまえば、後はどうとでもなると考えがちである。予算がつけば、それだけで事業実績として認められることになり、結果などどうでもいいと考える人間も少なくない。民間企業だったら本番はここからで、利益が上がらないと容赦なく叩かれるのだが……六条が進めていた計画は、微妙なものだと思う。大所高所に立って考えれば、優秀な人材を日本に集めることで国際競争力が増すし、将来的にはグローバル化の足がかりになる。国際的な展開を求めて、社内で英語を公用語化する企業もあるほどだし——奇妙な状況があちこちで生じているようだが——流れとしては間違っていない。しかし日本には、「日本語を解さない人間とは仕事ができない」とでもいうような、旧弊な雰囲気のはびこる会社が少なくない。言葉が通じない人間は異人。他国語を受け入れようとする気持ちはなく、日本語を話せない人間を排除してしまう傾向だ。

「もっと調査が必要ですね」気を取り直したように竹永が言った。「審議官ですから、一度に複数の仕事を、同時に指揮しているはずです。それを全部洗い出して、トラブルのネタを探します」

「厚労省の反応は？」

「非常に心配しています。実は、次官の方から面会を要請されたんですが、断りました」

真弓が呆気に取られて竹永を見た。

「断ったって、あなた……そこは話をしておくべきじゃなかったの？」

「どうせ圧力をかけてくるだけで、こっちに必要な情報が手に入るわけじゃありませんからね。余計なことを言われて気分が悪くなるのは嫌ですから」

私は心の中で笑いを嚙み殺していた。次官との面会を拒絶するとは……その是非はともかく、優男風の外見には似合わない胆力の持ち主なのだと妙に感心する。

「それで、厚労省との関係は大丈夫なの？　悪印象をもたれると、今後の捜査がやりにくくなるわよ」

「向こうも、他に頼れる相手はいないわけですから。焦りだしてさらに圧力をかけてくるのに……」わざとらしく腕時計を見る。「まあ、あと二、三日はかかるんじゃないですか。それまでに何とかすればいいんです」

「厚労省の関係は、今後も一方面分室にお任せするわ。室長には私からも話をしておくから。それで高城君、家族の様子は？」

調査の結果を説明する。といっても、竹永以上に曖昧で情報量は少なかったが。最後に、八日前に彼が接触していた警察庁の「Y」について報告する。

「それはすぐに分かりそうね。できたら今晩中にでも、接触を試みて。明日以降は家族への再度の聞き込みと、足取り追跡の捜査に集中します。竹永君、六条さんの最後の足取りは分かっているの？」

「彼が昼食に行く店はだいたい決まっているそうで、リストアップしてあります。取り敢えずそこを当たればいいんじゃないですか」

「リストを残しておいて下さい。じゃあ、必要のない人はこれで解散」

全員が座ったままで、帰ろうとする人間はいない。それはそうだ。仲間の危機なのだから、やれることはないかと考えを巡らせるのは当然である。

「居残っていても、何にもならないわよ」冷静な声で言って、真弓が壁から背中を引き剝がした。「余計な疲れを明日に持ち越さないのも仕事のうちだから」

「竹永さん、リストのお店、どの辺が多いんですか?」愛美が訊ねた。

「日比谷か虎《とら》ノ門《もん》、西新橋《にししんばし》ってところだね。霞《かすみ》ケ関《せき》近辺には食事できる店がないから、あの辺の役人はだいたい、そういうところへ流れる」

「まだ営業している店もありますよね」

愛美が腕時計を見る。八時……確かに彼女の言う通りだ。竹永も愛美の意図を見抜いたのか、にやりと笑う。

「了解。俺も聞き込みを手伝おうかな」

「竹永君、無理しないで。あなたはあくまで厚労省の担当なんだから」

真弓が忠告したが、竹永はやけに爽やかに笑うだけで、何も言わずに面談室を出て行った。他のメンバーも、ぞろぞろと彼の後に続く。家に帰って子どもの面倒を見ずにすみそうな醍醐は、露骨にほっとした表情を浮かべていた。

真弓と二人で面談室に取り残され、私はかすかに居心地の悪さを味わっていた。真弓も打ち合わせが終わったのだからここを出て行けばいいのだが、何故か同じ位置から動こうとしない。かといって、テーブルにつく意思もないようだった。何と声をかけたらいいのか――あるいはかけない方がいいのか迷いながら、私は先ほど食べかけた握り飯を口に押しこんだ。

「六条はどんな感じだった？」

真弓が突然訊ねた。私は意識的にゆっくりと握り飯を呑みこみ、その間に答えを考えた。何も飾ることはない、そのまま言うしかないと決める。

「だいぶ落ちこんでますね。あいつも人並みに、家庭人ということなんでしょう」むしろ人並み以上かもしれない。

「自宅待機するように言った？」

「ええ」

「休みにはしないで、任務続行中ということにしておきます」

「いいんですか？」どうしてこんなに気を遣っているのだろうと訝《いぶか》りながら、私は訊ねた。

「特別な事態だから」

「室長」意を決して私は言った。「直接指揮を執るつもりですか」

「課長に引っ掻き回されたらたまらないから。あなたもそう思うでしょう？」真弓の唇が皮肉に歪む。

「つまり、やる気を取り戻したということですね？」

「六条の辛さは、私には分かるつもりだから」

真弓がうなずいたが、私はそれを、「これ以上余計なことを訊くな」という合図と受け取って口をつぐんだ。それに、「復活おめでとうございます」と言うのも馬鹿馬鹿しい。大人なら、何も言わずとも察し合えることもあるはずだ。そう信じたかった。

4

「Y」の正体は比較的早く見当がついた。六条と同時期——前後五年まで広げた——に警察庁に入庁したキャリアの中で、「Y」の頭文字を持つ人間を探すと、四人しかいなかったのだ。そのうち三人は現在県警本部長であり、東京にはいない。必然的に、警察庁長官官房審議官の「矢壁《やかべ》」という男が浮かび上がった。調べてみると、出身大学も一緒である。もう一人疑わしいのが、現在神奈川県警本部長を務める「米澤《よねざわ》」だったが、いくら東京に近いとはいえ、県警本部長は自由に身動きできないものだ。勤務時間外にふらりと東京へ出かけて旧友と会うのは、まず不可能だろう。

連絡先もすぐに調べ上げたが、いきなり携帯に電話をしてしまっていいものか……一人失踪課に残った私は、ボールペンで掌をゆっくりと叩きながら考えた。誰かにつないでもらうのも手である。一介の警視庁の警部に過ぎない自分が突然携帯に連絡を入れたら、向こうは訝り、警戒するはずだ。それより、双方を知るもっと上の人間につないでもらう方がスムーズにいく。

ただし今は、そういう時間がもったいない。午後九時。動き出し、人に話を聴くにはぎりぎりの時間だ。思い切ってやってみるか。下手に出て、丁寧に頼めば話を聴かせてくれるだろう。現場をほとんど知らない官僚とはいえ、向こうも警察官である。それにもう、六条が失踪した一件は耳に入っているかもしれない。それが分かっていれば、協力してくれるのではないか。

よし、電話だ。携帯に手を伸ばした瞬間、鳴り出す。聞き込みに出かけた愛美か醍醐だろうと思ったが、サブウインドウには見慣れぬ番号が浮かんでいた。見慣れぬ……いや、これは調べたばかりの矢壁の自宅の番号だ。まさか、向こうからかけてくるとは。私は一つ深呼吸をして、電話に出た。

「警察庁の矢壁です」向こうは慎重に、丁寧に切り出してきた。

「警視庁失踪課の高城です。わざわざお電話いただいて申し訳ありません」

「私に連絡を取ろうとしていたそうだが……六条の件だな？」探るような口調。

「そうです。お忙しいところ申し訳ありませんが、お目にかかれませんか」

「そういう事情なら構わん。自宅まで来てもらえないだろうか」迷いのない、きっぱりした決断だった。六条の失踪に相当の危機感を覚えているのか、元々そういう性格なのか。

「よろしいですか？　現在のところ、一刻一秒を争う状況ではないですが……」

「早く来てくれ。私は何も知らないから、詳しく事情を聴かせて欲しい。住所は分かっているか？」

私は、聞いていた住所を読み上げた。矢壁はじっと声を押し殺して聞いている。

「それで結構だ。そこからだと、三十分以内に来られるね？」

「大丈夫だと思います」

「待っている」

電話を切り、私はほっと溜息を漏らした。面倒臭い説得をせずに済んだのはありがたいが、この事実をどう受け止めるべきか。私が連絡先を調べる途中、誰かが矢壁にご注進に及んだのは間違いない。それでいきなりこちらに電話をかけてくるとは……かなりせっかちな性格なのは間違いないようだ。

まだ室長室に居残っている真弓に声をかけ、状況を説明する。

「……というわけなんですが、どうします？　一緒に行きますか？」

「そうしましょう」真弓が躊躇せずに立ち上がった。すぐにコートを引っ摑み、部屋を出ようとする。呆気に取られた私はしばらく動けず、ドアに手をかけた真弓が「どうしたの？」と不思議そうに呼びかけた。その表情に迷いはなく、以前の彼女の面影が完全に蘇っているようだった。

　復活はやはり本物なのか？　だとしたら、今回の一件にも、少なくとも一つはプラス面があったことになる。


　途中までサイレンを鳴らしたせいもあり、板橋《いたばし》にある矢壁の家までは、三十分もかからずに到着した。同じ高級官僚といっても、六条の豪邸《ごうてい》とは違い、地味な一戸建てである。まだ新しいが、いかにも最近の建売住宅らしく、狭い敷地に無理に押しこんだ造りだった。

　私たちが車を降りた瞬間、待ち構えていたように矢壁が玄関のドアを開ける、そのまま門扉のところまで出てきて、開錠《かいじょう》した。小柄な男で、髪はほとんど白くなっている。スーツからネクタイを外しただけの服装で、つい先ほど帰宅したような様子だった。

「入ってくれ」

「お邪魔します」真弓が先に立って家に入った。車の中ではほとんど話はしなかったが、態度がきびきびしているので、態度の変化は本物だろう、と推測する。

応接間のあるような広い家ではなく、私たちはリビングルームに通された。家族はいないが、暖かな気配はする。事情が事情だけに、人払いしたのだろう。座るとすぐに、自己紹介もなしに矢壁が切り出した。

「どういう状況なんだ」

昨日の昼以来、姿を消している状況を簡単に説明する。矢壁は細い目をさらに細めて、私を睨みつけるようにしていたが、話し終えると吐息を漏らし、腕を組んだ。

「家出ということなのか？」

「まだ判断できません。その材料を提示していただけるのではないかと思いました」真弓が冷静な声で告げる。

「それで、どうして私に？」

「六条さんは日記をつけていました。最後の記述は八日前で、審議官と会ったことが書かれています」私は指摘した。

私が言うと、矢壁は「ああ」と声を漏らした。しばらく目を閉じていたが、やがて腕を解き、ゆっくりと告げる。

「赤坂の『寿司青《すしせい》』という店だ。八日前、そこであいつと飯を食ったのは間違いない」

「その時、六条さんはどんな様子でしたか？」

「どんなと言われても、な」矢壁が眉間《みけん》の皺《しわ》を深くした。「あいつとは学生時代からの知り合いだ。会えばとりとめもない話になるのは想像できると思うが」

「それでも、できるだけ具体的にお話しいただけると助かります」

「この年になると、まず体調の話だな」矢壁の顔が歪んだ。「最近、人間ドックの結果が思わしくなくてね。そのことでひとしきり、愚痴を聞いてもらった」

私は黙ってうなずいた。その辺は、六条の日記の記述と合っている。写真で見ただけの六条が、うんざりして顔をしかめる様まで想像できた。

「六条さんは、体調不安はなかったんですか」

「ないね。あいつは年二回人間ドックに入って、食事も制限していた。体調管理は完璧《かんぺき》だったんだよ。自宅へは行った？」

「ええ」

「地下にトレーニングルームがあるのを知ってるか？　あいつぐらいの立場になると、ジョギングやジム通いも簡単にはできないからな。自宅にランニングマシンやバーベルを置いて、定期的にトレーニングしていたらしい。元々スポーツマンだからな」

「そうなんですか？」意外な一面。

「スキーで国体に出てるんだよ。それで、試験の合格が一年遅れたぐらいだ」

「八日前に会った時、仕事のことは話しましたか」

「それについては、お互いに触れないのが暗黙の了解になっている。あまりにも専門的になり過ぎて、理解できないことも多いから。もちろん、一般的な組織の話なんかはするけど、当たり障りのない範囲で、だな。この前は場所が場所だったし……お互いの家や庁舎の中ならともかく、普通の店で際どい話はできない」

「そうですね。家族の話はどうですか？　六条さんのご家族とも、つき合いはあるんですよね」

「家族ぐるみってわけじゃないが、まあ、面識はある」矢壁の表情が微妙に崩れた。何か嫌がっている……そういうわけではないだろうが、ひっかかりがあるのは間違いないようだった。

「奥さんの実家は、金持ちなんですよね」真弓が割りこんで、少しだけくだけた調子で話しかけた。「住田製薬の創業者一族」

「ああ」むっつりした表情で矢壁が認める。「上手いことやったよ、あいつは」

「どういう意味ですか」真弓が眉《まゆ》をひそめる。

「奥さんとは学生時代から知り合いだったんだけど、当時は何もなくてね。つき合うようになったのは、あいつが厚労省——当時の労働省に入ってからだった」

その説明で、私は心に抱いていた一抹の不安を払拭《ふっしょく》することができた。厚生省と労働省が省庁再編で合併したのは二〇〇一年。当然、省庁内には「厚生族」と「労働族」の閥がある。六条が旧厚生族だとしたら、何かと関係が深い製薬会社の関係者との結婚は、あれこれ取り沙汰されただろう。用心深い人間なら、そういう結婚については慎重になるはずだ。だが結婚した時点では、六条も将来厚生省と労働省が一緒になることなど、想像もしていなかっただろう。もちろん現在も、そのことが原因で、奇異な目で見られることはないはずだ。労働担当の審議官なら、基本的に厚生業務にはタッチしていないはずである。

真弓が質問を続けた。

「奥さんですが、住田製薬の創業者一族というのは、具体的にはどういうことなんですか」

「奥さんの母親が、創業者……住田理一郎《りいちろう》の三人娘のうちの三女だ」

「男の子が一人もいなかったんですか」会社の相続でややこしい事態になったことは簡単に想像できる。

「そう……婿《むこ》を取ったり、養子を迎えたりして、いろいろ大変だったと聞いてる。そういう事情については、私よりずっと詳しい人がいるだろうけどな。でも、実家が金持ちなのは間違いない。奥さんのご両親は、父親が養子に入って会社を支えたんだけど、相当できる人だったらしいよ。社長にはならなかったけど」

一度人間関係を整理しなければならない、と私は思った。麗子の実家がこの件に関係しているとは思えなかったが、何かあった時に慌てて調べ始めたのでは手遅れになる。家族関係をさらに明らかにするために、私は質問を続けた。

「六条さんの実家はどうなんですか」

「あいつは奥さんと違って、学者一家の出だよ。父親も祖父も慶應《けいおう》の教授でね。公務員になる時は、相当激しく遣り合ったと聞いてる。学者から見れば、役人なんてただの能無しに思えるんでしょう。ただ、あいつは我を貫き通した。親父《おやじ》さんには私も会ったことがあるけど、ものすごく厳格な人でね。よく勝負する気になったと思う」

「それ以来、断絶状態ですか」

「そうだったが、ご両親とももう亡くなっている。弟さんが一人いるんだが、この人はご両親の意思を継いで大学の先生になったんだね。ただ、教えているのは日本じゃなくてオーストラリアだ」

「兄弟仲は？」

「今は、ほとんど交流がないようだ。弟さんはもう、日本を見限っているんだな。向こうの人と結婚して、永住を決めているそうだ」

「その辺の話、有名なんですか？」

「どうだろう」矢壁が首を傾げる。「プライベートなことをあまり喋る人間じゃなかったから」

　それは喋りにくいだろう。金を持っている人間は、何かと好奇の視線を向けられる。彼は、金持ちの女性と結婚することで、そうなるのを予想していたかどうか……厚労省の人事課から出された捜索願を、私は思い浮かべた。家族の欄には麗子と舞の名前があっただけで、弟の名前は書かれていなかったはずである。オーストラリア在住で、それほど頻繁に連絡を取り合っていたのではなさそうな弟が、今回の一件に関係しているとは思えなかったが。

「八日前に会われた時、何か変わった様子はありませんでしたか？　落ちこんでいたとか、悩んでいたとか」長い回り道を辿って、私は最初の質問に戻った。

「なかった、と思う」断定はしないが、矢壁の口調は強かった。「ほとんど私が一方的に話して、あいつが聞いてくれただけだがね。元々、自分のことはあまり話さない人間だから」

「そもそもですが、六条さんはどんな人なんですか？」

「内面を悟らせない男だ」言外に否定的なニュアンスを滲《にじ》ませる。「何というか……本音を明かさない。それは学生時代からずっと同じだよ。だから、麗子さんと結婚すると聞いた時もびっくりしたね。そういうことになってるとは、全然知らなかったから」

どこか冷たいイメージが浮かぶ。健康のために体を鍛え、食に気を遣い、親しい友人にも心根を打ち明けることはしない。家の中に流れる冷え冷えとした雰囲気も、彼の性格から来るものかもしれない。

「どうも、思い当たることがないんだ。申し訳ない」頭こそ下げないものの、矢壁が謝罪の言葉を口にした。

「とんでもないです。何か分かったら、教えていただけると助かります」

「保証はできないな」

矢壁が立ち上がる。事情聴取、打ち切りの圧力。私は真弓と顔を見合わせた。この男は本当に六条を心配しているのだろうかと私は訝った。


十一時過ぎになって、舞と田口を除く三方面分室の全員が再集合した。今夜は田口も呼び戻すべきではなかったか、と私は少しばかり後悔した。彼が来てから、初めての大きな事案である。失踪課の仕事を経験させるには絶好のチャンスなのに。

愛美と醍醐が、きびきびと聞き込みの成果を報告する。行方不明になった昨日、六条は日比谷のイタリアンレストランで昼食を取っていたことが分かった。誰かと一緒だったらしい。

「それが誰だかは分からない？」

「昨日の昼番の人が、今夜はいなかったんです」愛美が説明する。「明日、もう一度確認します。六条さんはその店が行きつけだったそうですから、店員も同伴者の顔を覚えていると思います」

行方不明になる直前、誰かと会っていた。これはかなり大きな手がかりになる。私は腹の底から熱いものが湧き上がるのを感じた。意外と早く、決定的な手がかりが摑めるかもしれない。

「せめて、相手が男か女か分かればな」

「女じゃないですか」醍醐が言った。「案外、駆け落ちとか」

「それは、一番ありそうな話だな」私は声を潜めて言った。

「六条さん、そういう人なんですかね」愛美が首を傾げる。

「男と女のことは、一番簡単で一番ややこしいんだよ」

「でも、六条さんは冒険はしないんじゃないですか。あれぐらいの立場の人だったら、失う物が大き過ぎると思います」

「それもそうなんだが……」私は腕を組んだ。「とにかく俺たちは、六条さんのことを知らな過ぎる。もっとよく探ってみないと。醍醐と森田は、明日、この店の再チェック。それと、回り切れていない他の店も調べてくれ」

「オス」言って醍醐が大きく息を吸った。周辺の空気を全て吸いこもうという勢いだった。

「明神は、明日の朝、もう一度六条さんの家に行ってくれないか？」

「高城さんはどうするんですか？」愛美が不審気に訊ねる。

「案件がもう一つある」私は溜息をついた。「田口さんに、カレー屋を回るように指示しないと」

「あ、それなんですけど……やっぱりまずいかも」醍醐が眉をひそめる。

「どうして」

「田口さん、本気でカレーが好きみたいですよ。ムック本を眺めてたこと、ありますから。食べ歩きでもされたらどうします？」

「領収書を突っ返すだけだな」私は醍醐にうなずきかけた。「情報でも持ってくれば話は別だけど」

「その可能性は……」

「極めて低いな」

私の家があるJR武蔵境《むさしさかい》駅の北口は、バスとタクシーの乗り場になっており、その先にささやかな商店街が延びている。長さにして二百メートルほど。「すきっぷ通り」というやけに軽い名前のこの商店街は、いつも地元の主婦や学生で賑《にぎ》わっている。街に学生が多いせいか、安くてそこそこ美味《うま》い物を食べさせる店も多い。大型のショッピングセンターがある南口側は、いかにも多摩《たま》の街といった広々としたイメージなのだが、北側は、どこか下町っぽい。

さすがにこの時間になると、居酒屋かチェーンのファストフード店しかやっていない。夕食に握り飯二個を食べただけで腹は減っていたが、何かを食べて帰るのも面倒臭かった。

結局途中のコンビニエンスストアで新しい「角」とバターピーナッツを買い、それで空腹を誤魔化すことにする。それと、煙草も。夕方からほとんど煙草を吸っていないことに気づいた。私にしては珍しいことで、気づくと同時に、喉《のど》がニコチンを欲し始める。

自宅に帰り着くと、脱いだコートをソファにかけ、その上に背中を重ねる。コップの底に二センチほどウイスキーを注ぎ、半分ほどを流しこんだ。かっと喉が熱くなり、すぐに胃の中に落ち着く。暖かい感覚が気持ちを和《なご》ませたが、今日はその効果が長続きしないことが予想できた。

とんだ邪魔だ、などと考えてしまう。せっかく本気で綾奈を捜そうと決心し、かつての同級生たちに聞き込みをしていたのに、その最中に呼び出されるとは……ただし、私が綾奈を捜しているのは公式の捜査ではない。あくまで個人的に、空いた時間を使ってやっているだけである。何かあれば、当然仕事に戻らねばならない。

テレビもない部屋は静かだ。その静けさが、今夜は気に食わない。立ち上がり、ラジオのスウィッチを入れた。いつも聞いているFM局は、今夜はクラシックの特集のようだ。BGMに流しておくと眠気を誘われるのは分かっていたが、それもまたいいだろう。今日はいろいろ考えることがあり、簡単には眠れそうになかったから。静かな弦《げん》の響きを聞きながらソファに腰を下ろし、ピーナッツの袋を開ける。三つ一緒に口に放りこんで嚙み砕き、残ったウイスキーで流しこんだ。ウイスキー、追加。ピーナッツをまた三つ。塩気とバターの香りが強過ぎる。

ぼんやりと、六条の顔と舞の顔を重ね合わせてみる。親子にしてはあまり似ていない。まさか、不貞の子というわけではないだろうな……失踪課で仕事をしていると、驚くような人間関係にぶつかることも少なくない。家庭内の衝突、軋《きし》みが失踪の原因になることは思いの外《ほか》多いのだ。

馬鹿馬鹿しい……それにしても明日、明神を一人で六条家に向かわせるのはまずいだろうか。彼女のことだからヘマはしないだろうが、あの母娘の扱いは難しい。田口に指示を出しておいてから、自分も一緒に行くようにした方がいいのではないか。今からでも指示を出し直すか。携帯電話を手にし、しばし迷う。ふと、口の前に掌を置き、息を吐きかけてみた。既にかなりアルコール臭い。電話でもばれそうな……愛美は、私が呑んでいると、何故か敏感に気づいて文句を言うのだ。

明日にしよう。あいつだって今日は、気が張り詰めて疲れているはずだ。

携帯をテーブルに戻そうとした瞬間、鳴り出した。慌てて通話ボタンを押して耳に当てると、長野の声が飛びこんでくる。例によって、耳に痛いほどだった。

「どうだった？」

「まだ何とも言えないな。細々した話ばかりで、つながりがない」

「もう何か摑んでるんじゃないのか？」

「勘ぐるなよ」苦笑しながら、私はウイスキーを舐《な》めた。煙草に火を点け、狭い部屋を白く染め始める煙を見てほっと一息つく。「今回は、結構難しいかもしれない」

「今までだって、難しい事件をいくつも解決してきたじゃないか」

「失踪は、それぞれパターンが違うからな」

「しかしこれは、えらいことになるんじゃないか」長野の声には、隠しきれない熱がある。

「そう焦るなよ」私は苦笑しながら諌《いさ》めた。「まだ、何がどうなってるのか分からないんだから」

「しかし、自己意思による失踪と断定されたわけじゃないんだろう？　となると、事件に巻きこまれた可能性も捨てられない。そうなったら、俺たち一課の出番だぜ」

「分かってるよ」

どうしてこの男は、こうも焦るのか。手柄を欲しがる気持ちは分からないでもない。他人に任せておけないと、自分の能力に対して自信を持つのも理解できる。だが、持てる事件には限りがあるのだ。長野の本分はあくまで、凶悪事件の捜査である。こちらに首を突っこんでいる間に、本来自分が受け持つような事件が起きたらどうするつもりなのだ。中途半端にこちらの案件を掻き回した挙句《あげく》に手を引かれたのでは、こちらが困る。

一番いいのは、長野が関係するような事態にならず、こちらで最後まで面倒を見ることだ。あいつが入ってこなければ、失踪課のペースで仕事ができる。

もっとも、長野の焦りも理解できないではない。私たちに残された時間は、それほど多くないのだ。定年まであと十数年――ここから先の時間は短い。仕事を徹底的にやり遂げた、悔いのない刑事生活だったと胸を張って言えるようにするには、必死に仕事をするしかないのだ。

今時、そんなことを考えている人間も珍しいかもしれないが。

「とにかく、連絡は密にいこうぜ」こちらの懸念《けねん》に気づく様子もなく、長野が気合の入った声で言った。「俺はお前を信じてる。だけど、こっちの射程内に入ってきたら、遠慮なくやらせてもらうからな」

「なあ」一方的に言われっ放しで終わるのが悔しく、私は話題を変えた。「この件、本庁の方ではどういう捉え方なんだ？　捜査の端緒《たんしょ》が変則的だし、どうもやりにくいんだけど」

「相手が相手だから、こうなるのも仕方ないだろう。刑事部長も様子を気にしてるぜ。何かあってからじゃ遅いからな」

刑事部長まで注目しているのか……私は思わず額を揉んだ。普通、刑事部長は失踪課の細かい案件の一つ一つにまでは、首を突っこまないものである。それだけ大物が絡んだ事件とも言えるのだが……面倒なことになる、と私は覚悟して、ウイスキーを喉に放りこんだ。既に喉を焼く感覚は失われており、甘さだけが感じられて心地好い。すぐに注ぎ足して、グラスを手の中で回した。滑らかな液体が、グラスの内側に柔らかい模様をつける。一日で一番和む時間だ。

「刑事部長は、あまりこっちに近づけないようにしてくれよ」

「俺が何かできるわけじゃないぜ」長野が笑う。

「お前なら壁になれる。部長に捜査の邪魔をして欲しくないからな」

「邪魔って……」長野の声に疑念が混じった。

「あのな、お前は知らないし関係ないことだけど、こっちはもう一つ事件を抱えてるんだよ。この件だけに集中しているわけにはいかないんだ」私は、インド人技術者が行方不明になっている案件を説明した。

「それは……こんなこと言うと悪いけど、そっちはどうでもいいんじゃないか？　そもそも外国人を捜すことに意味があるとは思えないし」

「差別しちゃいけないな。俺たちは、相手が誰でも一生懸命捜すよ」

「まあ、いいけど」長野が困ったように言った。「その件は、どんなに一生懸命やっても点数にならないぜ」

「それを言うなら、そもそも失踪課の仕事自体が点数にならない。そういうことを気にしてたら、仕事はできないよ」

「お前がそう言うなら、そういうことなんだろうけどな」長野が諦めたように言った。

「いい加減、こっちに戻ってきたらどうだ？　いつまでも失踪課にいたんじゃ、腕が錆《さび》ついちまうだろう。残り少ない警察官人生、本来腕を振るうべき部署で頑張るのが筋なんじゃないか」

「いや」短く否定して、私はグラスをテーブルに置いた。「今は、ここでやるべきことができたんだ」

「お前……」長野が息を呑む。「綾奈ちゃんのこと、本格的に捜すつもりなのか」

そんなことができるわけがない——彼の本音が透けて見えたが、私はへこたれなかった。今の私は、以前に比べれば少しだけ強い。

「やれるだけやってみるつもりだ。失踪課で、人捜しのノウハウはずいぶん摑んだつもりだから」

「いいのか」心底心配するような口調で長野が言った。「一人でやるつもりか？」

「他の連中に迷惑はかけられないよ。とにかく、そういうことだから。今は、他の部署へ異動する気はない」

「お前がそう言うなら、俺は何も言うことはないけどな」どこか諦めたように、長野が言った。「困ったらいつでも言ってくれ。相談に乗る」

「悪いな」

電話を切り、長野の言葉はどこまで本音だろう、と考える。社交辞令に過ぎないと、すぐに結論が出た。何年も前に行方不明になった娘を、今になって捜す――私が失踪課に異動した頃には、長野たちも「チャンスじゃないか」と励《はげ》ましてくれた。「是非やるべきだ」とけしかけてもくれた。だが、時の流れが事件に与える影響については、私もよく分かっている。目撃者の記憶は曖昧になり、物理的な手がかりは消え……一日が経つごとに、解決の可能性は減じていく。

それでもやらねばならない時がある。無理だと言われようが、陰で笑われようが、綾奈が死んだ証拠はないのだ。はっきりした証拠がない限り、生きていると考えるべきである。そうやってやり尽くさない限り、綾奈は私を許してはくれまい。

――皆、元気だった？

綾奈が目の前に現れた。小学生のままの姿、ランドセルを背負っているのに、口調は一人前の大人である。

――綾奈。

――延原君に会ったんでしょう？

――会った。お前のこと、あまり覚えてなかったぞ。

――延原君は、ちょっと頼りないから。

綾奈が困ったように笑う。柔らかそうな頬に小さなえくぼができた。

――一生懸命、思い出そうとしてくれたぜ。

——でも、はっきりしなかったでしょう？　何年経っても変わらないのね。

——だったら、誰に聞けばいい？　お前のことを一番よく覚えてるのは誰なんだ？　どこへでも会いにいくぞ。

——分からない。私も忘れちゃった。友だちとはずいぶん会ってないから、向こうも忘れちゃったんじゃないかな。

——そんなことはない。皆お前のことを覚えてる。心配してるんだ。

——そうだといいけど。

綾奈が肩をすくめる。子どもの姿とその動作は、まったく嚙み合っていなかった。

——待ってろよ。もう少しだからな。必ずお前を見つけ出す。

——そう、ね。

綾奈が顔を背《そむ》ける。そんなに父親を信頼してないのか？　そう考えるとひどく寂しい。

——もう少しパパを信じてくれよ。パパは、人捜しのプロなんだから。

——分かってるけどね。

綾奈が深く溜息をつく。ひどく大人びた態度だった。

——分かってるけど、もう時間が経っちゃったんだよ。それでも私を見つけられる？

——当たり前じゃないか。パパは何も諦めてない。止まっていた時間を、もう一度動かすんだ。

——じゃあ……。

——必ず見つけるから。迎えに行くから。

——それで、ママと三人で暮らすの？

——綾奈……。

ふいに娘の姿が掻き消えた。遠慮もせずに、痛い所を突いてくるものだ、と思わず苦笑する。だが綾奈が言ったことは、間違いなく現実的に解決しなければならない問題である。綾奈が戻って来た場合の親権はどうなるのか。誰と暮らすのか。離婚した妻がどんな態度に出るかは想像もできない。私が引き取るのが自然だと思うが、綾奈の気持ちが一番大事である。

だが、今の綾奈はどうなっているのだ？ そもそも私の顔を覚えているだろうか。何も覚えていないとしたら……新たに、一から親子関係を構築しなければならない。それにかかる時間と労力は、いかほどのものだろう。おそらく、仕事どころではなくなってしまうだろう。全ての時間を綾奈のために使い、精一杯のフォローをする。それでも綾奈が、私を父親と認めてくれるかどうかは分からない。そんな状態の娘と一緒に暮らすのは、今とは違った意味での地獄になるだろう。

だがそのためなら、私は何でもするつもりでいた。おそらく、刑事を辞めなければならないだろう。もっと楽な仕事を見つけて、綾奈といる時間を大事にしなければ。長年、私を支え続けて来た誇りと手を切ることになっても、綾奈との生活の方が大事だった。

できるのか？

できる。家族以上に大事なものが、世の中にあるはずもない。

5

「どうも、お疲れ様で」

にやにや笑いながら、田口が出勤してきた。例によって時間ぎりぎり。最初の頃は、何がおかしくて笑っているのかと不快になったものだが、これが地の顔なのだ。笑みを絶やさない人間は人に柔らかい印象を与えるものだが、彼の場合はどうにも嫌らしい感じしかしない。

「今日はまた、皆さんずいぶん早くお出かけですな」田口が私の向かいに腰を下ろした。正面に彼の顔を見ながら仕事をするのは、なかなか辛いものがある。

「昨日、新規の案件が二つ、飛びこんできたんですよ」怒るな、苛立《いらだ》つなと自分にいい聞かせながら、私は説明した。立ち上がり、ラヴィ・シンの写真と捜索願を彼に手渡す。

「これが？　インド人？」田口が眉をひそめる。

「そうです。この件を田口さんに担当してもらいますから」

「いやあ、どうかな」田口が乱暴に髪を掻き上げた。「俺、インド語なんか話せないよ。インド語っていう言葉があるかどうか知らないけど」

「この人は、日常会話程度なら日本語を話せます。ご心配なく」

「だけど、こんな人をどうやって捜すわけ？」

写真と捜索願をデスクに放り出す。あくまで逃げ回るつもりか……私は昨日のリストを彼に渡した。

「普段彼がよく出入りしていた店のリストです。そういうところで聞き込みをして、手がかりを見つけて下さい。日本に滞在している外国人には、横のつながりがありますから。何か知っている可能性が高い」

「何で俺がインド人と話さなくちゃいけないわけ？」

不満を押し隠そうともせず、田口が鼻を鳴らす。これは、聞きしに勝る怠慢《たいまん》だ……怒鳴りつけてやりたいという気持ちを、私は何とか抑えこんだ。

「実は、もう一つ案件があって、全員そちらにかかりきりなんです。だからここは、ベテランの田口さんに任せるしかない」かすかな吐き気を我慢しながら持ち上げる。

「といっても、俺は刑事じゃないからねえ。無駄に年取ってきただけでさ」

確かに田口は、ずっと交通畑を歩いて来た人間であり、「刑事」になるのは失踪課が初めてだ。五十歳になって、聞き込みに靴をすり減らすのは確かにきついだろう。だが、警察官として給料を貰《もら》っている以上、やらなければならないことなのだ。私としても、これ以上彼の愚痴を聞き続けるのはきつい。

「ここに来た以上は、刑事ですよ。聞き込みでカレーを食べたら、領収書、出してもらっていいですから」

「本当に？」急に田口の顔が輝く。「いやあ、カレーには目がなくてね。本格的なインド風から蕎麦《そば》屋のカレー南蛮まで、何でもいいんだ」

「そのシンという人は、蕎麦屋には行かないと思いますけどね」私は無意識のうちに額を揉んでいた。朝から頭痛……最悪の一日になりそうだと予感しながら、デスクの引き出しから頭痛薬を取り出し、コーヒーで流しこむ。

「まあ、いいや。じゃ、しばらく本格的なインドカレーを楽しむとしますかね」田口が立ち上がる。スーツが体に合っていない。腹回りに合わせてあるせいで、胸や腿《もも》はぶかぶかなのだ。歩いていると、スーツというよりシーツをまとってひらひらさせているように見える。

「デリケートな問題ですから、気をつけて下さい」

「気をつけるっていうのがどういうことか分からないけど、できるだけやってみるよ。しかし、昼飯にはまだ早いなあ」

「どの店も、準備は朝からやってるでしょう」頭痛が一気にひどくなった。「店が開いて忙しくなる前に話を聴くのが効果的ですよ。ランチタイムに行っても、相手にしてもらえませんから」

「あいよ」田口が捜索願とリストをひらひらさせながら出て行く。今朝も相当寒いのにコートを着ていないのは、分厚い脂肪《しぼう》が体を守っているせいか。

室長室に目をやる。真弓は右手で額を支えながら、誰かと電話で話していた。彼女も、朝から頭痛薬が必要な状況らしい。電話を終えてドアを開けると、小さく溜息をついてから私を手招きした。彼女のデスクの前に立ち——椅子はあるのだが座る気になれない——後ろで手を組む。

「朝から電話ラッシュ」真弓はうんざりしている。

「課長からですか？」

「最初は課長。それから刑事総務課長、最後は刑事部長」

刑事部のトップが気にしているとしたら、この案件の捜査は相当面倒なことになる。現場はできるだけ放っておいて欲しいと願うものだが、上はすぐに報告を求めるものだ。事態が難しければ難しいほど、そういう傾向は強い。今回は、真弓に一手に引き受けてもらうしかないな、と思った。昨夜《ゆうべ》かいま見せたやる気が本物ならば、上層部の攻撃をブロックするぐらいはやってくれるだろう。元々彼女は、庁内政治に熱心なタイプなのだ。

「かなり焦っているようですね。昨夜、私も長野から聞きました」

「厚労省の審議官だから……一般の人が行方不明になったのとは訳が違うわよ」

「マスコミは？」

「いまのところ、気づかれていないみたい。気づかれたら、出張中で誤魔化すつもりらしいけど、そんなことはいつまでも通用しないでしょうね。時間はないわ」

「とにかく、動いてますから」自分に言い聞かせるように私は言った。

「田口さんは？」

「カレーを食べに行きました」

真弓が深々と溜息をつき、額を揉む。

「大丈夫なのね？」

私は黙ってうなずくに止めた。確かに田口は頼りない。それに刑事部での捜査経験のない人間が送りこまれてきたことで、刑事部内での失踪課の評価が窺《うかが》い知れる。だが、真弓は田口の異動を拒否することもできたはずだ。そういう努力もせず、押しつけられた人間に文句を言うのは卑怯《ひきょう》ではないか。しかし、わざわざそれを指摘して、彼女と遣り合うつもりはなかった。せっかく気持ちが前向きになっているのだ。ここはいい気分で指揮を執ってもらわないと。

　自分は典型的な中間管理職だ、と思う。下にはきちんと指示を飛ばし、上には気を遣い……こういうのは本当に向いていないんだがな、と苦笑する。真弓が目ざとく見咎《みとが》めた。

「何か？」

「何でもありません」

「まだ報告はないわね」

「動き始めたばかりですから。それより、上層部がそれほど気にする理由は何なんですか？　審議官は確かに重要人物ですけど……」

「都知事の件を思い出してるんじゃないかしら」

「ああ」

　私はぼんやりとうなずいた。失踪課が発足したそもそものきっかけは、数年前に都知事の孫が殺された事件である。単純な「家出」と処理され、ろくに捜索もされなかったのだが、後に姿を消した直後に殺されていたのが分かった。以来、失踪人の捜索が重視され、専門部署が生まれた。ただしそれも妙な話で、失踪課を作ったからといって、すぐに事件だと分かるわけではない。それに本格的な事件になれば、然るべき当該部署が引き取ってしまうわけで、その点では失踪課は単なる「窓口」の域を出ない。

「あの失敗は二度と繰り返したくない、ということですか」自分たちの存在意義など、極めてあやふやなものだと意識しながら、私は言った。

「それは当然でしょう」

「警戒レベルはどれぐらいですか？」

「マックスが百として、九十」真弓が淡々とした口調で答える。

「ということは、余裕はあまりありませんね。爆発寸前か……」

「そういうこと」真弓がうなずく。

「では、私も動きます。ここの指揮は室長にお任せします」

「結構です。全力を尽くして」

「分かってます……失踪課が解散させられないように努力しますよ」

真弓の頰が引き攣った。一時は「どうでもいい」と投げていたかもしれないが、彼女にとってこの部署はやはり、キャリアをステップアップさせるための重要な階段なのだろう。あるいは自分の仕事に愛着を持って……それなら、潰されては困ると考えるのも当然だ。むしろ、その方がいい。こんな重大な事案がある時には。

デスクに戻るとすぐ、電話が鳴り出した。取ろうとした公子を制し、受話器を取り上げる。

「明神です」彼女の声は暗く、珍しく落ちこんでいるのが分かった。

「どうした」

「今、六条さんの家なんですけど……」

「何かあったのか？」

「何もないのが問題なんです」一気に声を潜める。ほとんど囁《ささや》くようになっていた。「非協力的なんですよ。昨夜、何かあったんじゃないでしょうか」

「何かって？」

「それが分かれば苦労しません」開き直ったように愛美が言った。

「要するに、手助けが欲しい？」

「そうは言ってませんけど……」彼女の反論は語尾が溶けた。

「分かった。ちょうど田口さんを送り出したところだから、これからそっちへ向かう」

「分かりました」

短い返事だったが、愛美が安心した様子は窺える。どんな状況でも乗り切るだけの経験を身につけつつある彼女が助けを求めてくるとは、どういうことなのだ？　嫌な予感を覚えながら、私はコートに腕を通した。

「公子さん、しばらく出ます。ここはお願いしますよ」

「了解」公子が下手な敬礼の真似をした。彼女は警察官ではなく事務官なので、まともに敬礼を習ったことがない。それでも、私に気合を入れて送り出すには十分な仕草だった。

失踪課の覆面パトカー——先代のスカイラインで、走行距離は三万五千キロを超えている——を引っ張り出し、短いドライブに出かける。青山通りの上《のぼ》りが渋滞していたので、だらだらと走る間に、考える余裕ができた。左手一本でハンドルを持ち、右手で煙草を引き抜く。わざわざ「禁煙」のステッカーがダッシュボードに貼ってあるのだが、無視して火を点けた。窓を開けると、風が激しく吹きこんできて、煙草の先から火花が散る。後で愛美が乗りこんできたら文句を言われそうだが、知ったことか。一方的に迫害されることが多くなった喫煙者は、時には反抗したくなるものだ。

それにしても、あの夫婦は——。

日本には本物のエグゼクティブはいない、とよく言われる。本当の名門、金持ちは表に出るのを好まず、ひっそりと暮らしているだけだから、事件に巻きこまれるようなことはない、とも。しかしそもそも、エグゼクティブの線引きはどこにすべきだろう。六条本人は学者一家の出で、公務員の最高位に上り詰めるチャンスを窺うまでになったが、本人にそれほど財産があるわけではあるまい。一方麗子も、名門の出ではあるが、二代遡れるだけだ。

それでも、私たちとは生活感覚も考え方も違うはずで、いつもと同じような捜査が通用するとは思えない。数か月前、ロボット開発を進める会社の、一種のお家騒動に巻きこまれたことがあるが、あの時よりも厄介さでは上のような気がする。

愛美が解きほぐせないものを、私が何とかできるのか――自信がないまま、昨日と同じ場所に車を停める。一つ深呼吸をして、自分に対する「戦闘開始」の合図にしたのだが、その気合は一瞬にして削《そ》がれてしまった。

向こうから――地下鉄外苑前《がいえんまえ》駅の方から――一人の女性が歩いて来る。すらりとした長身をさらに強調するような姿勢のいい歩き方、艶のある漆黒《しっこく》の髪、そして何より、自信に溢《あふ》れた美しい表情が、周囲の空気を冷たくしているようだった。

法月《のりづき》はるか。この春まで失踪課にいた――現在は渋谷中央署の警務課に勤務している――法月大智《だいち》の一人娘で、弁護士である。私は目を細め、拳を軽く握り締めた。体調の優れない法月の処遇を巡って、彼女に激しく罵倒《ばとう》されたのを思い出す。

向こうも私に気づいた。一瞬だけ歩みを止め、唇を横に引き延ばすような笑みを浮かべたが、すぐに表情を引き締める。彼女とは相当深刻に遣り合った後、和解して食事を一緒にしたこともあるのだが、その後は特に何があったわけでもない。

「この件、担当は高城さんなんですか」

「ええ」

一メートルまで近づいて立ち止まると、はるかが値踏みするように上から下まで私を見た。私は彼女の言葉の意味をとらえかねていた。誰かと思ったら高城さん、という意味なのか、それとも――それとも、の方だろう。

「六条さんに呼ばれました」冷たい口調で告げる。

「どういうことです?」

「警察の事情聴取を受ける時に、立ち会って欲しい、というので」

「意味が分からないな」私は首を捻った。麗子たちは、一種の被害者である。警察が話を聴きに行くのは、六条を捜すためであり、迷惑がられる筋合いはない。これではまるで、容疑者の態度ではないか。

「私も分かりません。立ち会うように要請されただけですから」

はるかの表情は冷たかった。法廷では、冷静かつ冷酷な立ち居振る舞いから「氷の女王」と呼ばれることもあるらしい。温厚な笑みが売り物の法月の娘とは思えなかった。

「だから、何の目的で?」私は次第に苛立ちを覚えた。「我々は、ここの家族のために動いているんですよ」

「依頼されただけですから、それ以上の事情は分かりません」はるかがブリーフケースを右手から左手に持ち替えた。「高城さんが、厳しくやり過ぎるんじゃないですか」

「まさか」私はもごもごと反論した。「そういう状況じゃないですよ。だいたいこの家の娘は、我々の仲間なんだから」

「電話をいただいたのは、お母さんからです」

麗子か。どうも、彼女は何か隠しているような気がしてならない。ショックを受けて喋れないというより、警察に知られるとまずいことがあるような……下手をすると、探偵でも頼んで、自分たちで六条を捜し始めそうな感じもする。そんなことになったら、「金の無駄です」と諫めるしかないが、強引に止めることはできない。

「よく分かりませんね」私は首を振った。

「分かってないのは私も一緒です。とにかく、行きませんか？」はるかが空いた右手で左腕を擦った。「今日は冷えます」

「中に明神がいますよ」

「あら」

はるかの表情がようやく緩んだ。同い年のこの二人は、仕事とは関係なく友人関係にある。しかしこの一件は、二人の友情に罅《ひび》が入るきっかけになるかもしれない。相手が友人であろうが何だろうが、はるかが手を抜くとは思えない。愛美の発した質問に対して「答える必要はありません」とはるかが強硬に言い張る様子が目に浮かぶ。

となると、ここは私が悪者になるしかないだろう。目の前で、友情が壊れる様を見たくはない。

昨日と同じリビングルームでの事情聴取。今日はカーテンが開け放たれ、予想した通りに立派な庭が視界に入っていたが、それでも奇妙な緊張感は緩和されなかった。特に愛美は、自分の身の置き場に悩んでいるようだった。はるかに気づくとすぐに表情を崩したのだが、はるかが軽くうなずくだけだったので、そこから先へ進めず、固まってしまう。はるかは極めて事務的に麗子と相対し、「喋りたくないことを喋る必要はありません」と大原則を説明した。これでは、事情聴取がやりにくくなる一方である。苛立つと同時に私は、麗子には「話したくないこと」があるのだと気づいた。そうでなければ、弁護士を呼んだりしないだろう。

リビングルームには、麗子しかいなかった。ここは私に任せろ、と愛美に目配せする。母親に事情聴取している間、娘に話を聴いてくれ。無言の合図の意味を理解し、愛美がすっと部屋から出て行った。どこからか、ピアノの音が聞こえてくる。舞が弾いているのか……麗子は、愛美が出て行ったのに気づかない様子で、思い切り顔をしかめて、左の人差し指でこめかみを揉んでいた。

「頭痛ですか」腰を下ろしながら私は切り出した。「薬ならありますよ。私も頭痛持ちで、手放せないんです」

「結構です。薬ぐらいはうちにもありますから。実家は製薬会社なんですよ」

お小遣いは現物支給なのか、と言おうとして、慌てて言葉を呑んだ。冗談が通じそうな状況ではない。麗子の横に座ったはるかが、ブリーフケースをデスク代わりに、上でリーガルパッドを広げる。ボールペンを構えて、戦闘開始の合図だ。

「一昨日ですが、ご主人は日比谷のイタリア料理店で昼食を取っています。『バローロ』というお店なんですが、ご存じですか？」

「ええ」

この答えは意外だった。六条の昼間の行動パターンを、彼女が知っているとは。

「あなたも、そこで食事されたことがあるんですか？」

「ありますが、大した店でないですね」

「大した店でなくても、食事するんですか」

反発するのは馬鹿馬鹿しいと思いながら、つい言ってしまった。

「うちが出資した店なんです」

「うち、というのは――」

「住田製薬の本家の方が。以前、健康食品事業に乗り出していた時につき合いのあったイタリアンのシェフがいらっしゃいましてね。彼が自分の店を持つ時に、以前からの仕事の関係で援助したようです」

「でも、大した店ではない？」

「自然食を謳《うた》う店は、だいたい不味《まず》いんです」麗子が皮肉を吐いた。「素材の味を生かすと言えば聞こえはいいですけど、ほとんどの場合、シェフの責任放棄《ほうき》ですからね。私どもは、調理の腕に対してお金を払うんです。泥がついたままのアスパラガスを生で食べるなら、直接畑に行きますよ」

「はあ」思わず間抜けな返事をしてしまった。昨夜は見えなかった麗子の一面が、今日ははっきりし始めている――傲慢。普通こういうことは、思っていても口には出さないものだ。気を取り直して訊ねる。「ご主人は、よくその店を利用されていたんですか」

「こけおどしには使える店なんです」

「ご自分でご覧になったらいいと思います。私の言っている意味、すぐに分かりますよ」

大袈裟で高級な、あるいは奇抜なインテリア。料理にも何か演出があるのかもしれない。そして高いワインを揃《そろ》え――要するに接待用の店ということか？　今時、接待のために高級イタリア料理店を使うのは流行らないはずだが。

「その店でご主人が誰と会っていたか、見当はつきますか？」

「分かりません」肩をすくめる。「女性だと疑っていらっしゃる？　主人にはそんな暇はありませんよ」

「六条さん」

はるかが割りこみ、首を振ってみせると、麗子が黙りこむ。この分では、はるかの役目は私を止めることではなく、麗子の話し過ぎに警告を発することになりそうだ。

「ご一緒されたことはないんですか」

「一度だけ。オープンの時に行きましたけど、一度行けば十分です」

「ご主人は何度も使っていたようですが」

「あの人は、あまり味が分かりませんから」

　この台詞に、私はかすかな違和感を覚えた。何となく、六条の出自を馬鹿にするような感じではないか。貧乏な——大学教授一家が実際に貧乏かどうかは知らないが——家の出の人間に、本当の味は分からない、とでも言いたげである。夫婦仲はぎすぎすしていたのだろうか。

　麗子のレストラン評を聞き続けるわけにもいかない。私は話題を変えた。

「ご主人はずっと、高度人材確保の問題に取り組んでいらっしゃいました。その辺については、聞いておられますか」

「基本的に主人は、外の話を家の中へ持ちこむようなことはしません」

　昨夜と同じ説明。私は、ボールペンの先で手帳を突いた。細かい点がページを汚していく。煙草が吸いたいな、と無性に思った。

「まったく、ですか」

「ええ……」麗子が目を細める。「何かおかしいですか？」

「そういうわけではないですが」

　私ははるかにちらりと目をやった。彼女も同じように、ボールペンの先でリーガルパッドを叩いている。麗子には、人を苛立たせる才能だけはあるようだ。はるかと連帯の苦笑を交わしたかったが、彼女の方では私を見ようともしない。

「何度も同じことをお聞きしますけど、ご主人が家を出られる原因に心当たりはありませんか」

「ありません。そんなことより、どうして見つからないんですか？」

「昨日の夕方、着手したばかりですよ」

「警察も大したことはないんですね」露骨な侮蔑《ぶべつ》。「人一人、どうしてすぐに見つけ出せないんですか」

「こういうことには時間がかかるものです」私は何とか怒りを抑えていた。我ながら大人になったものだと思う。四捨五入で五十歳の人間が「大人」もクソもないとは思うが。

「困ります。早く見つけてもらわないと……」

「何が困るんですか？」私は彼女の台詞に食いついた。麗子が初めて見せる、人間らしい反応と言える。だいたい彼女は、夕べからどこかおかしかったのだ。配偶者が行方不明になれば、もっと取り乱すのが普通である。それは見ていて辛い光景だが、私は当然のものだと理解していた。

「それは……」

「言う必要はないですよ」

はるかが忠告した。何故ここで止める？　私は麗子の気持ちが知りたかっただけなのだ。聞かれるとまずい話でもなかろうに……はるかに視線を送ったが、彼女は私を無視した。

「何かご予定でも？」私は言葉を変えて同じ質問を繰り返した。

「それは、いろいろ予定はあります」

「ご家族で？」

「高城さん、それぐらいにして下さい」はるかが鋭い口調で言った。

「止める理由が分かりませんね」私は衝突覚悟ではるかに言った。「これは捜査の一環です。プライベートな事情にも踏みこまなければならないことは、ご理解いただけますよね」

「言いたくないことを言う必要はありません。あなたの話し方は、六条さんを圧迫しています」

私は無言で首を振った。はるかは神経質になり過ぎている。料金分は仕事をしようというつもりかもしれないが……取り調べの完全可視化、さらにその先にある弁護士同席による取り調べについて考えるとぞっとする。取り調べの時間は、今の倍を覚悟しなければならないだろう。それは間違いないのに、勾留期間の延長などに関する議論は一切ない。何でも透明化しろという旗印の許、私たちは両手を縛られかねない。

「そういうつもりはない。私は、一刻も早く六条さんを捜し出したいだけです。そのためには、様々な側面からの情報が必要なんですよ」

「あまり圧力をかけないで下さい」

「……分かりました」はるかと議論になったら本末転倒だ。不承不承だが、一応彼女の忠告を受け入れる。気持ちを入れ替え、もう一度麗子に向き合った。「六条さんはお忙しかったんですね」

「それはもちろんです」

「具体的には？」

「まあ、いろいろと……」

麗子の口調がぼやける。彼女がいったいどうしたいのか、さっぱり分からなくなった。こういう人は、ショックには弱いかもしれないと考え、怒鳴りつけてやろうかという欲求に襲われる。しかしはるかが隣に控《ひか》えた状況では、それもできない。出直しを考えた方がいいだろう。あるいは愛美が舞から上手く聞き出してくれることを期待するか……。

「これは誘導尋問でも圧迫尋問でもありませんからね」はるかに軽い攻撃をしかけてから、私は切り出した。「奥さんは、六条さんの仕事についてはよくご存じない、ということでしたよね。しかし、いろいろ予定があると仰る。それはつまり、仕事以外の面で、ということですか？」

「お答えしないといけませんか？　プライベートな事情は話したくないのですが」麗子が

はるかに目を向けた。

「喋りたくないなら、無理に喋る必要はありません」はるかが首を横に振った。彼女の態度はぶれていないが、強硬さは少しだけ緩んでいる。はるかも麗子の態度に疑問を抱いているのでは、と私は訝った。

その後も麗子の答えは曖昧なままで、私は精神的な疲労を募らせるだけだった。彼女はどうも、夫が失踪したことを迷惑に考えているように思える。本音では、家の名を汚す、と激怒しているのかもしれない。

午前のかなりの部分が過ぎ、私は事情聴取を打ち切った。そのタイミングを待っていたかのように、愛美が姿を現す。こちらも疲れ切った様子で、私に向かって力なくうなずくだけだった。

「終わります」私は手帳を閉じて立ち上がった。ページには、役立つ情報はほとんどない。精神的にダメージを受けた分、来る前よりもマイナスになったような気がした。

はるかも、特に麗子と打ち合わせをせず、私たちと一緒に家を辞去した。ひどく疲れた様子で、背後でドアの鍵がかかる音を聞くと、溜息をついて長い髪を掻き上げた。

「送りましょうか？　車で来てますけど」外苑前の駅まで歩いて五分もかからない場所だが、私は敢えて訊ねてみた。

「結構です……でも、少し話がしたいですね」

「じゃあ、車に乗って下さい。寒いし、立ち話はまずいでしょう」

「まさか、パトカーに乗る羽目になるとは思わなかったけど」

もう一度、溜息。自分が口にした冗談がつまらないと気づいて、がっかりしている様子だった。愛美が運転席に、私とはるかが後部座席に落ち着く。

「そもそもあなた、どうしてここに来たんですか？　顧問弁護士とか？」

「その発想、おかしいでしょう」はるかがすかさず反論した。「六条さんの家は、あくまで一般家庭ですよ。顧問弁護士なんか、いるはずがないでしょう」

「あれだけ金持ちだったら、一般家庭とは言えないんじゃないかな」

「こういうこと、本当は言っちゃいけないんだけど」うつむいたはるかが、指先をいじった。透明なマニキュアで指先が光っている。「住田製薬の方から話が回ってきたんです。あの会社、うちの事務所とつき合いがあって」

「あなたは刑事事件の弁護しかしないのかと思っていた」

「私の方針は、そうです。でも事務所は別ですから」どこか後ろめたそうにはるかが言った。刑事事件だけをやっていては、弁護士は商売にならない。会社絡みの方が、よほど金になるのだ。実際、「金は会社から搾《しぼ》り取ればいい」「刑事事件はボランティア」と言い切る弁護士もいる。概《がい》して、良心的な弁護士ほど、そんな風に考えているようだ。

「じゃあ、最初から乗り気じゃなかったんですか」

「そんなこと、口が裂けても言えないでしょう。住田製薬の方は、変なことにならないように気を遣ったつもりなんでしょうけど、そんな必要、ないですよね。六条さんはあくまで被害者みたいなものですから」

「だったら、私の事情聴取を邪魔しなくてもよかったのに」

「邪魔したかしら?」しれっとした口調ではるかが言った。「途中からは何も言ってませんよ」

「最初の段階で、弁護士業務のアリバイ工作は終了したわけですか」

無言ではるかが肩をすくめる。これは明らかに、彼女にとっては余計な仕事だったのだ。まあ……いいか。はるかが口を挟もうが挟むまいが、事情聴取は上手くいかなかったに違いない。愛美が泣きついてきたように、麗子の態度は昨日とは明らかに違っている。

「弁護士として、奥さん……麗子さんのこと、どう見ました?」

「ちょっと精神的に不安定ですね。もちろん、ご主人のことが心配なんだろうけど」

「そうですか? 私には、ひどく冷たく見えたけど」

「そんな感じもありましたけど、動揺してただけじゃないですか。だいぶ苛立ってたみたいだし」

「だけど、彼女は嘘をついている」事情聴取の初期段階で、彼女の証言が揺らいだのを思い出した。予定がある……仕事ではなく家庭のことらしい。しかし彼女は、その辺りの事情を曖昧に誤魔化した。大したことではないかもしれないし、動揺が激しくて証言が揺らいだのかもしれないが、何か気になる。「今後、どうするんですか？　我々が事情聴取する時、いつも張りつくつもりですか？」

「やるべき仕事と、そうじゃない仕事がありますから」はるかがしれっとした口調で言った。「私にも、その辺を判断する権限はありますよ」

　私はうなずき、納得しようとした。はっきりとは言えないだろうが、彼女もこれ以上、この件につき合うつもりはないようだった。外へ出て、彼女のためにドアを開けてやる。車を出たはるかは、私に向かって一度だけうなずきかけた。余計なことを言わなくても分かるだろう、とでも言いたげだった。

　愛美も車を降りる。「そこまで送ります」と言う彼女にうなずきかけ、私は車に寄りかかって立ったまま、二人の後ろ姿を見送った。愛美がしきりに話しかけている様子だったが、はるかの反応は鈍《にぶ》い感じがする。確かに、この状況について、ぺらぺら喋るわけにはいかないだろう。二人の関係に悪影響が出なければいいのだが、と私は懸念した。どんな職業でもそうだが、「友人」と言える存在は、一緒に仕事をする仲間に限られがちだ。外に友人ができたなら、大事にするのが一番である。

　冷える……車に入って愛美を待とうとドアを開けた瞬間、私は六条の家に近づいてくる一人の男に気づいた。薄いステンカラーコートだけでは寒さをしのぎきれないのか、背中を丸めて足早に歩いている。

向こうも私に気づいた。何かを思い出したように立ち止まり、軽く会釈する。思わずこちらも頭を下げたが、顔に見覚えはなかった。

車に近づいて来た男は、厚労省人事課の谷中《やなか》と名乗った。

6

「いやあ、冷えますすね」

軽い調子で言って、谷中がエアコンの吹き出し口の前で両手を擦り合わせた。私はエアコンの風量を少しだけ強くした。かなり薄くなった矢中の髪が、風に煽《あお》られて頼りなく揺れる。

「どうもすみません」小柄な体を折り曲げるようにして、ひょこりと頭を下げる。

人事課の人間がここに来ても、おかしくはない。そもそも捜索願を出した部署だし、家族との連絡役も務めているのだろう。だが、積極的に私たちに接触してくる理由が分からなかった。しかも六条の家の前で……。

「いろいろ、上が煩くてですね」私の疑念を読んだように、谷中が言った。「とにかく情報が少なくて。ご家族から、もう一度話を聴いてくるように言われました」

私は彼の名刺を確認した。係長。五十歳ぐらい……ということは、ノンキャリアだ。命じられれば、面倒な仕事も笑って引き受けねばならない立場だろう。

「逆にこちらからも聞きたいんですけど、ご家族と職場の方はどういう関係になっていますか？」

「関係って……」谷中が首を傾げる。「どういう意味ですか？」

「そのままの意味ですけど」谷中は何を迷っているのだろうと思いながら、私は訊ねた。

「普段から意思の疎通があるかどうか、とか」

「ないでしょうね。審議官は、家庭は家庭、仕事は仕事で分けられる人ですから。公私の区別ははっきりしています」

「じゃああなたは、審議官の奥さんが住田製薬の創業者一族の出だということをご存じですか？」

「もちろん。それは有名な話ですから」谷中の表情はにこやかだった。

「一種の政略結婚だったとか、そういうことは？」

「それはないですよ」腕が千切れるかという勢いで、谷中が手を振った。「審議官は、そういうことには興味がない人ですから。元々労働省の人ですし」

「興味がない？」かすかな疑念を感じながら私は繰り返した。「そういうこと」とは何なのだろう。上昇志向？　閨閥《けいばつ》作り？　いずれにせよ、一介の人事の職員に過ぎない谷中に、詳しい事情が分かろうはずもない。第一、六条が家の事情を職場でぺらぺら喋るような人間でないことは、谷中も含めて複数の人間が証言している。仕事の話を家に持ちこまない人は、往々にしてそういう傾向にある。通勤途中で、頭を完全に切り替えてしまうタイプだ。

「六条さん、どんな人だったんですか？」竹永はこの男にも事情を聴いたのだろうかと訝りながら、私は訊ねた。

「どういう人って？」

会話にリズムが生じない。この男は頭が悪いか、極端に慎重か、どちらかだろう。

「人柄ですよ。今のところ、手がかりが何もありません。自分の意思で失踪しそうなタイプなのか、トラブルに巻きこまれやすいタイプなのか、その辺を見極めていきたいと思います」

しばらく間を置いて、谷中が慎重に答える。

「それは、優秀な人ですよ」

散々言葉を選んだ末に、残った評価がそれか。私はかすかな頭痛を覚え、白い錠剤に思いを馳《は》せた。この場で呑むわけにはいかないが……バッグに手を突っこみ、頭痛薬が入っているのを確認して、気持ちを落ち着かせる。

「仕事に関しては優秀な人なんでしょうね。審議官にまでなるんだから、それは間違いないと思います。私が知りたいのは、人柄です」

「そう言われましても、私は普段、審議官と直接お話しするような機会がないですから」

言い訳して、谷中が指先を弄《もてあそ》ぶ。私は何だか、自分がいじめっ子になってしまったような気分になった。この男は典型的な役人である。個人的な感想は、滅多なことでは口にしないのだろう。

「それでも、庁内の噂《うわさ》ぐらい、耳にするでしょう」

「そんなこと、簡単に喋れませんよ」

つまり、聞いてはいるわけだ。時間をかければ落とせる、と踏む。しかしそれを察したように、谷中が腕時計に視線を落とした。

「すみません、時間がないんですけど。早くご家族にお会いしないと……」

「だったら、あと一つだけ」私は彼の腕に手をかけた。谷中が緊張で体を強張《こわば》らせるのが分かる。そっと手を外し、静かな声で訊ねた。「六条さんの仕事、最近はどうだったんですか？　高度人材の問題、かなり大変だったと聞いています」

「その件ですか……業界の方で、いろいろ抵抗もありましてね」谷中が溜息をついた。

「業界？」

「企業側ですよ。何しろこの不況ですから、人を雇う時には慎重になるでしょう？　海外から人材を引っ張ってくる時は、国内で雇うよりも金がかかるし、気も遣います。モデル企業を指定しようとしていたんですけど、なかなか色よい返事がもらえなくて」

「そんなに抵抗があるものですか？」

「一部のＩＴ企業を除いては」

「そういう業界は、協力的なんですか」

「普通の製造業なんかに比べれば……そうですね。元々海外に優秀な人材の多い業界ですし、短時間に勝負をかけようと思えば、金はかかっても優秀な人材を引っ張ってこようとする傾向はあります」

「そのモデル企業なんですけど、正式に事業化されているんですか？」

「今、策定中です。こういうのは、百社単位でないと、国内経済や国際社会に与える影響が少ないですから、下準備に時間がかかるんです。それに、候補が揃わないと予算もつかないでしょう？　来年度は難しいんじゃないかな……すいません、このことは内密にお願いできますか？　現段階では、表に出せない話なんです」

「それは構いませんけど、企業側がそんなに非協力的なのは意外ですね」

日本の企業が、独特の発展をしてきた経緯は私も知っている。輸出中心で戦うにしても、人材はあくまで国内調達。しかし世紀の変わり目頃から、世界的に人材の流動化が起こっている。税制で優遇してまで、有名な起業家や優秀な技術者を引き寄せようという国まであるぐらいで、金と同時に人を集めるのが、経済発展の一つの方法になっている。しかし日本が相変わらず半鎖国状態で、世界の流れに取り残されているのは間違いない。現場労働のレベルは別――私の家の近くのコンビニエンスストアで見かける店員は、ほとんど中国人のようだ――だが、産業構造が上から下まで変わるほどではない。六条は、急激に人口が減る将来まで見越して、海外からの人材輸入を狙《ねら》っていたのだろうか。

「一部ＩＴ企業を除いては」同じ説明を谷中が繰り返した。「やらなければならないことが分かっていても、簡単には手が出せないんです。しかも経産省が……表立って反対はしませんけど、協力してもくれませんしね」

「身内にも敵がいるわけだ」

「そういうことになります……こんなこと、私が言ったって言わないで下さいよ」谷中が目を細める。

「ご心配なく」気にし過ぎだ。慎重なのも、過ぎるとただの「弱気」になる。私は名刺を渡し、「何かあったら連絡して下さい」と念押しした。狭い車の中で、谷中が馬鹿丁寧に頭を下げて名刺を受け取り、慌てて車から出て行く。約束の時間に遅れているのだろう。

愛美が戻ってきたので、助手席に移って今の会話を説明した。

「これからどうしますか」

「失踪課に戻ろう。聞き込みに回っている連中から連絡が入っているかもしれない」

「了解です……煙草、やめて下さいよ」

私を睨みつける。慌ててパッケージをシャツの胸ポケットにしまい、座り直した。

「ところで、六条の方はどうだった？」

「あんな六条さん、見たことないですね」

「落ちこんでた？」

「それはそうなんですけど……」愛美が拳を口に押し当てるのが見えた。「何か、様子が変です」

「どんな風に？」

「言いたいことがあるんだけど、言えないような。母親に気を遣ってるんじゃないかと思いますけど」

「母親の態度もおかしい」私は首を振った。「妙に冷たいんだよな。旦那のことを心配してるのか、してないのか、さっぱり分からない」

「六条さん、母親に釘を刺されてるのかもしれませんね」

「ああ。だとしたら、母親がどうしてそんなことをするのかが問題だ」

車は青山通りに出て、渋滞にはまった。この通りは、スムーズに流れていた例《ためし》がない。

焦っても仕方ないのだと自分に言い聞かせたが、苛立ちを収めようとすると、煙草が欲しくなる。火を点ければこっちのものだと、もう一度パッケージを引っ張り出そうとした瞬間、携帯が鳴り出した。醍醐からだった。

「目撃者、摑まりました」

「日比谷の店の、昼番の店員だな？」

「そうです。これから話を聴きますけど、どうしますか」

「予定通り続けてくれ」こちらはどうするか……本当は、失踪課で報告を待つべき立場だ。だが今回は、真弓がコントロールタワーの役目を果たしてくれるはずだし、公子もいる。二人に任せて、私は醍醐に合流することにした。とにかく動いていないと、気持ちが落ち着かない。「俺たちもそっちに向かう。到着を待つ必要はないから、始めてくれ」

「オス」

電話を聞いていた愛美が、すかさず右にウインカーを出して、隣の車線に割りこんだ。

「日比谷だ」

「聞いてました」

「適宜《てきぎ》、急いでくれ。できたら俺たちも直接、店員の話を聴きたい」

「了解」

愛美が一気にアクセルを踏みこんだ。サイレンこそ鳴らさないが、乱暴な運転で他の車の間を縫うように走る。運転する時には本来の性格が出るというが、まさにその通りだな、と私は思った。今は大部丸くなったが、愛美の中に凶暴な本性が潜んでいるのは間違いないのだから。

日比谷のイタリアンレストラン「バローロ」へ着いた時には、既に十一時半からのランチタイムが始まっていた。席は早くも埋まっていたが、一番奥のトイレに近い四人がけの席で、醍醐と森田が店員を摑まえて話を聴いているのがすぐに分かった。巨漢の醍醐は、どこにいてもよく目立つ。

私はすぐに空いた席——店員の横に座った。愛美だけは席がなく、立ったまま。しかし不平の表情を見せることもなく、平静を保っている。いきなり援軍が現れたので、若い店員——白いシャツに黒い前掛けがぴしりと決まっていた——は心持ち緊張したようだが。私は彼の気持ちを解《ほぐ》すため、「そのまま続けて」と言ったが、一度凍りついた気持ちはなかなか元に戻らない。話は、一昨日の昼の場面に入っているようだった。

「つまり、その時一緒だった人は、初めてではないんですね」醍醐が念押しした。

「はい。何度か、一緒にお見えになっています」

「五十歳ぐらいの男性」

私たちに情報を教えるためだろう、醍醐が復唱した。うなずきかけると、素早く視線を店員に戻して質問を続けた。

「二人の関係は、どんな様子でしたか？」

「顔なじみ、という感じでした」

「それだけじゃ、ちょっと……友人なのか、仕事上の関係なのか。どうです？」

「仕事の関係だと思いますけど、お話を盗み聞きしているわけじゃないですから」店員が曖昧に答えた。何か気にしているのだ、と分かる。情報漏れかもしれない。「誰それをどこで見た」という情報を平気でネットに書きこんでしまう馬鹿者がいる時代だ。レストランの方からも、その辺の情報管理についてはきつく釘を刺されているだろう。だがこれは、時間潰しの世間話ではなく事情聴取である。

「ほんの少しも？」醍醐が粘った。

「お料理をお持ちすると、ぴたりとお話をやめるんです」

聞かれたくない話だったのか。少し秘密主義が過ぎるようだが……仕事の話となったら、そんなものかもしれない。だが私は、かすかな違和感を抱き始めていた。厚労省の審議官が、誰か外部の人間と会って仕事の話をすることもあるだろう。だがそういう時、わざわざこんな明るいレストラン——店は日比谷公園に向かって全面が窓になっていた——で昼日中から会うものだろうか。もっと密室性の高い料亭か何かを使うのが常識ではないか。そう考えた直後、何かといえばすぐ「料亭」と考える自分の方が古いのかもしれない、と思い直す。一昔前の政治家の世界の話ではないか。

「料金はどちらが払っていたんですか」

「一昨日は、お連れの方だったたと思います」

「もう少しはっきり分かりませんか」醍醐が身を乗り出す。体が大きい分迫力があり、店員が顔を強張らせてすっと身を引いた。

「領収書か、カードの支払い記録をチェックしてもらえば、分かるんじゃないかな」私は店員に助け舟を出した。「どれぐらいの頻度で来ていたか、覚えていますか？」

「覚えてませんけど……調べるにはちょっと時間がかかると思います」

「じゃあ、すぐ調べて下さい。待ちますから」

「でも、営業中ですので……」店員が振り返り、ぐるりと周囲を見回した。席の埋まり具合からも、かなりの人気店だと分かる。四人分がずっと塞《ふさ》がったままでは、営業妨害にもなりかねない。

「それなら、我々も昼食にします。その間に捜しておいていただけますか」

やっと得意の仕事が回ってきたとばかりに、店員が立ち上がり、近くにあった黒板を持って来た。メニューを見た瞬間、私は顔から血の気が引くのを感じた。ランチ、二千円から……日比谷という土地柄を考えても、これは高過ぎる。だが言い出してしまった以上、コーヒー一杯で済ませるわけにもいかない。

「ランチのAを四つ」

　ぶっきらぼうに宣言する。冗談じゃない。昼飯に二千円もかけたのがいつ以来なのか、思い出せなかった。これで鳥の餌《えさ》ぐらいの量しか出てこなかったら、洒落《しゃれ》にならない。だいたい煙草も吸えない店でいつまで待っていればいいのか……店員がどいた席に愛美が滑りこむ。上機嫌で、子どもっぽい顔には笑みが浮かんでいた。

「当然、高城さんの奢りですよね」

「何で俺が」

　反発したものの、醍醐もすかさず食いついて、顔の前で両手を合わせた。

「お願いしますよ。ランチにこんなに金を使ったのがばれたら、嫁に殺されます」

「黙ってれば分からないじゃないか」

「うちは、昼飯の領収書添付なんです」

「マジかよ……」

　唯一助けになりそうな森田に視線を投げたが、彼も申し訳なさそうに頭を下げるだけだった。

「すみません、今月は合コンが続いたので」

「金は六条が出してるんじゃないのか？」

「割り勘でなかったら、合コンの意味がないそうです」

ぶつぶつつぶやき、森田が自分の財布を覗きこんだ。溜息をつくのを見て、覚悟を決める。ここの領収書を持って帰ったら、真弓が激怒するだろうな、と思いながら。

こういう食事は、食事のうちに入らない。私は前菜の時から不満だった。大きなサラダが出てきたのだが、ドレッシングは酸味が効き過ぎて口がねじ曲がりそうだったし、一緒についてきたパテは、薄い味がついた粘土のようだった。パスタはそこそこ量はあったもののの、シラスとキャベツという組み合わせがどうにも頼りない味つけである。ニンニクの強烈な臭いだけが残った食事だった。もっとも、この四人の中で一番食べ歩いている森田に言わせると、味は「上等」だそうだが。

エスプレッソが出てくる段になっても、まだ店員は戻って来なかった。喉に炎症を起こしそうな苦みのあるエスプレッソを一口で呑み干し、小さなアイスクリームのデザートはパスして、私は立ち上がった。

「どこへ行くんですか？」すかさず愛美が突っこんでくる。

「煙草だ」

「この辺、路上喫煙禁止ですよ」

「分かってる。文句を言われたら、一方面分室に泣きつくよ」

竹永たちが仕事をしている一方面分室は千代田署に間借りしており、ここから歩いて五分ほどの距離にある……が、愛美の言うことももっともだ。

何となく気勢を削がれた感じの三人を残して、私は店を出た。店内禁煙の店では、入り口近くに喫煙場所が用意してあるはずだが、と思ったが、何も見当たらない。徹底して煙草は排除してあるようだ。あんたらが見本にしているヨーロッパでは、アメリカ辺りと違って煙草に対する敵愾心《てきがいしん》はそれほど高くないはずだぞ、と店のオーナーに対して文句を言いたかったが、実際はヨーロッパでも、喫煙者は次第に追いこまれているようだ。煙草とワンセットで語られるようなイギリスのパブでさえ、喫煙者はとうとう店内から追い出された、という話を聞いたことがある。煙草の煙もない清潔な店内でビールを呑んで、何が楽しいものか――一度も行ったことのないイギリスの喫煙者同志に、私は密かに連携のエールを送った。

ぼんやりと日比谷通りを眺める。珍しく空気が澄んで空が高く、気持ちのいい晩秋の一日だった。日比谷公園の木々はようやく色づき始めている。昔は――私が子どもだった頃は、紅葉のシーズンはもっと早かった気がするのだが、これも地球温暖化の影響だろうか。

仕事に関係ないことは考えるな、と自分を戒める。今は六条の問題に神経を集中させるべきだ。だが、失踪人捜査の初期段階にありがちなもどかしさに捕われ、私の思考は一歩も先へ進まなかった。

失踪人を捜す場合、殺人事件のように「現場」があるとは限らない。まず、いなくなった人の家や職場を調べる。しかし明確な意図を持ち、自ら失踪したと書き置きを残すような場合を除いて、そこから手がかりが見つかることはほとんどなかった。結局、失踪者が普段どんな生活を送り、どういう人間とつき合っていたかをじっくりとあぶり出し、行跡を追うしかないのだ。この仕事は、言ってみれば失踪者の人生を知る仕事である。それ故捜査は中々進まず、特に初期段階では、分かっていても苛々させられることが多い。これが殺しの現場なら、犯人は何らかの手がかりを残しているから、すぐに捜査方針を固められることが多いのだが。

二本目の煙草に火を点けた。先ほどの酸味が強過ぎるドレッシングで文句を言った胃が、ようやく落ち着いてくる。

六条の行方と同時に、舞の落ちこみが気になった。彼女を戦力として見ているわけではないが、ずっと一緒にいる仲間だ。普段の軽い調子を考えると、精神状態は最低レベルだろう。このまま見つからなければ——あるいは見つかっても、以前の彼女らしさを取り戻せるかどうかは分からない。もちろん、プラスの方向に変化しないとも限らないが。少し落ち着き、まともに仕事に取り組んでくれるのなら、それはそれでいい。

だが全ては、六条が無事に見つかってからの話である。

「高城さん」

振り向くと、愛美が一枚の紙を振りながら、こちらに向かって走って来るところだった。

「分かったか？」

「名前と住所は」

「カードから割れたか」

「ええ……この人なんですけど」

　愛美からメモを受け取る。先ほどの店員の字だろうか、くねくねと丸まり、読みにくいことこの上ない。しかし「田崎竜太《たさきりゅうた》」という名前と、世田谷《せたがや》区内の住所は何とか読み取れた。

「電話番号が分からないか、調べてくれ」

「もう調べました。すぐには分かりませんね。電話帳には登録がないようです」

「だったら、直接行ってみよう。カード会社に確認するより早い」

　醍醐と森田もやってきた。私は二人に、この辺りでの聞き込みを集中して続行するように指示してから、車に乗りこんだ。愛美が助手席に滑りこむのを待って、発進させる。サイレンを鳴らす場面ではないが、鳴らしたい気分だった。

「明神、この人が誰だか、知らないか？」

「ええ」携帯電話から顔を上げ、明神が首を振る。「でも、もしかしたら……都議かもしれません。そういう名前の都議がいますよ」

「都議？」

「確言できませんけどね。本人に聞いてみないと」

現場に着くには、ナビと愛美の案内を併用しなければならなかった。住所はどうやら世田谷区のほぼ中央部、区役所に近い場所のようだが、この辺は道路が複雑過ぎる。区画整理が成されておらず、道路が狭い上に一方通行が多いのだ。普通に走っていて、突然目の前の交差点が三方向とも進入禁止になり、狭い道路でUターンを強《し》いられることすらあった。スカイラインは図体が大きく、最小回転半径もそれなりに必要である。何度も家の塀に擦りそうになり、私は嫌な汗が流れ始めるのを感じた。

「ここみたいです」愛美がようやく「ＯＫ」を出した時、私の掌は汗でじっとりと濡《ぬ》れていた。外へ出ると、風がひんやりと体に染みこむ。

問題の家は、東急世田谷線の上町《かみまち》駅近くにある一戸建てで、かなり年季が入っていた。玄関前には鉢植えがいくつも置いてあったが、季節が悪いのか、ほとんど枯れてしまっている。インタフォンを鳴らしたが、返事はない。

近所の聞き込みを始めると、すぐに結果は出た。この捜査で初めて、すんなりいったと言ってもいいだろう。検索の結果が裏づけられた。

「民自党の支部長で都議か」

「ええ」

「そんな人間が、どうして六条さんに会ってるんだ？」

「私に聞かないで下さい。本人に確認すればいいじゃないですか。昼間はここにいるそうですから」愛美が手帳のページを破り、私に渡した。同じ世田谷区内の住所が書いてある。

「これは？」

「和菓子屋さんだそうです」

名前――「多幸《たこう》」――を見た限り、どんな商売とでも想像できる。住所から見て、この近くのようだった。

「元々の仕事なんだろうな」

「そうですね。そこに事務所も構えているそうです。そこにいなければ、都議会じゃないですか」

私はギアを「D」に入れた。軽いショックを感じて、アクセルに足を載せる。

「都議会に電話して、今会期中かどうか、田崎さんが摑まるかどうか確認してくれ」

愛美がすぐに携帯電話を取り出した。これから新宿まで回るとなると、少し面倒臭い……だが愛美は、否定的な回答を得た。

「今日は議会はない、という話です」

「分かった」

またも道に迷いながら、ようやく田崎の事務所に辿り着いた。松陰《しょういん》神社前の駅前から続く細長い商店街のただ中にあり、車を停めるスペースはない。仕方なく、世田谷通り沿いにあるコイン式駐車場に車を預けてから、歩いて店に向かった。

事務所――店の横から、二階に上がらなければならなかった――で顔を会わせた田崎は、目撃証言通りの五十絡みの男で、政治家特有の嫌なオーラを発していた。言うことを聞くなら悪いようにしない、だが逆らうなら踏み潰す、と無言で圧力をかけてくるようだった。もっとも、普段は縁のない刑事が二人も訪ねて来たから、必要以上に警戒しているだけかもしれない。

「どういう……ご用件ですか」慎重に私の名刺を見ながら、ソファに腰を下ろす。奥に細長い事務室で、デスクとソファの幅を除くと、歩けるスペースは五十センチほどしかない。和菓子屋の社長のイメージとはほど遠いスリムな体形の田崎だが、少しでも太ったら、デスクに着くにも一苦労しそうだ。

「一昨日の昼、厚労省審議官の六条さんとお会いになりましたね」私は前置き抜きで切り出した。一人がけのソファしかないので、私も愛美も立ったままである。

「何ですか、いきなり」田崎が両目を見開く。

「確認させて下さい。会いましたか？」説明せず、私は質問を繰り返した。

「これはどういうことなんですか」憤《わけ》然と言って、田崎が足を組んだ。「いきなり訪ねて来て、ずいぶん失礼な話だな。まず訳を話しなさい、訳を」

こういう人種なのだ、と自分に言い聞かせて、私は怒りを呑みこんだ。

「ここでの話は、外へ漏らさないでいただけますか」

「何かあったんですか」田崎が肘《ひじ》かけを摑んで身を乗り出した。「六条さんがどうかしたんですか」

「口外しないと約束していただけますか。漏れると大変なことになります」

「だから、いったい何が――」

押し問答を打ち切る目的もあり、私は一瞬、口を閉じて間を置いた。彼の焦りは本物に見える。六条の身を真剣に案じているのは間違いないと判断し、事情を告げることにした。

「六条さんは、あなたと会った後で行方不明になっています」

「冗談だろう?」田崎が大きく目を見開き、身を乗り出した。

「事実です。正式に捜索願も出されています」

「何か事故にでも巻きこまれたんじゃないだろうな」

「今のところ、そういう情報はありません」

「冗談じゃない!」叫んで田崎が立ち上がる。「こんな大事な時期に……いったいどういうつもりなんだ!」

両手を振り回す仕草は芝居がかっていたが、本気で六条のことを心配しているのは間違いない。私は彼の苛立ちが収まるのを待ってから、静かに訊ねた。

「大事な時期、ですか。どういう意味なんです？」

「彼は選挙に出るんですよ」

一気に情報が手に入ったのを喜ぶべきか、状況がさらに混乱したと嘆くべきか……私はしばらく無言で、考えをまとめようとした。田崎が折り畳《たた》み椅子を用意してくれたので、愛美がそちらに座り、私は田崎の正面のソファに落ち着いた。店から和菓子とお茶が運ばれてきていたが、取り敢えず無視する。愛美も手をつけるつもりがないようだった。田崎が一人、ピンク色のねりきりを手づかみで食べている。食べっぷりから見ると、甘い物が相当好きな様子で、それでいてスリムな体形を保っていることが私を苛立たせた。最近の私は、空気を吸っても太るような気がする。

「総選挙ですか」

「ええ。いつになるかは分かりませんが、次の選挙にね」お茶で口を洗ってから、田崎が答える。

「それはもう、決まったことなんですか？」

「正式決定ではないが、決まってます。それで、私がいろいろと相談に乗っていたんですよ」

「支部長だからですか」

「私もこの世界は長いんでね」田崎が鼻を鳴らす。代議士になるほどの器ではないにしても、地方政界の実力者、あるいはフィクサーにはなった、ということか。

「立候補は、どういう経緯で？　誰かに打診されたんですか？」

「いや、六条さんが自分で手を挙げたんです。昔から、国政に打って出るのが夢だったそうでね。厚労省審議官から国会議員……即戦力として期待されますよ。党としても大いに歓迎しています」

　本当に？　六条はそういう野望を持っているのだろうか。そう考え、私は彼のことをまだほとんど知らないのだと気づいた。

「どういう経緯で、田崎さんのところに話がきたんですか？」

「それはまあ……ちょっと勘弁して下さい。まだ表に出せない話もあるので」思わせぶりに言って、唇を引き締める。

「昔から知り合いというわけではないんですね」

「薄い知り合いではありましたけどね。この選挙のために、初めて顔を合わせたわけじゃない」

「奥さんの方の関係ではないんですか」

「それは違います」あっさり言い切る田崎の言葉に、嘘はなさそうだった。「もちろん、奥さんも存じていますけどね。住田製薬のお嬢さんでしょう？」

「お会いになったことは？」

「それはないです。然るべきタイミングになったら、会わないといけないでしょうがね。選挙には、奥さんの力が大事ですから……うちの女房から、選挙術を伝授させないと」

想像しにくい光景だった。六条のために、麗子が選挙カーに乗って声を嗄《か》らしたり、講演会場で土下座したり……あり得ない。もしかしたら麗子は、夫の出馬に反対しているのではないか、と想像した。それが、家の中のあの冷たい雰囲気につながっているとしたら。

気を取り直して質問を続ける。

「告示日が百パーセントの状態だとすると、現段階でどこまで進んでいるんですか？」

「限りなく九十パーセントに近い八十パーセント台、かな。もう党の幹部とも接触してますし、後は党内の手続きだけですよ」

「そもそも厚労省の幹部なんだから、政治家とは普段から接触がありますよね。そういう中で、出馬を決めたんですか？」

「役人でいる限界を感じていたのは間違いないですよ。彼は国士だから」

古めかしい「国士」という言葉が、逆に新鮮に響いた。数合わせに汲々《きゅうきゅう》としている今の政治家に、本当に国のことを考えている人間がいるとは思えない。もちろん、田崎の言葉も一種のリップサービス、六条の宣伝文句に過ぎないかもしれないが。

「これまでのところは順調だったんですね？」

「極めて。もちろん、下準備の段階ですから、はっきりした動きはないけど」

「その他のことで悩んでいる様子はありませんでしたか？」

「いや、特には……本当に家出したんですか？」

「少なくとも、家には帰っていません。連絡も取れないですしね」

「ちょっと、電話してみていいですか」

体を捻り、田崎がデスクから携帯電話を取り上げた。耳に押し当て、しばらく呼び出し音を聞いていたが、すぐに舌打ちして通話を終了させる。

「電源が入っていない……六条さんは、携帯の電源を切るような人じゃないんだが」

「そうなんですか？」

「携帯を買って十数年になるけど、一度も電源を切ったことがないって言ってましたからね。役所の仕事も大変で、いつ何があって呼び出されるか分からないから。携帯を買って失敗したって、何度も言ってましたよ。実際、食事をしている時も、よく電話がかかってきましたからね」

「一昨日食事をされた時も？」

「いや、あの時はなかったですね」

「それで、普段と何か違った様子はなかったですか？　慌てているとか、苛立っているとか……」

「ないですよ。だいたい、普段からあまり感情を表に出さない人ですから」

「別れた時、どこへ行くか言っていましたか？　役所へ戻った？」

「いや、午後は都庁の方で用事があると言ってましたけど」

嘘だ。

その日、六条は午後から庁内での会議を複数抱えていた。それをすっぽかしたからこそ、大騒ぎになったのである。田崎との会話は、食事の時に六条が既にイレギュラーな方向に踏み出していたことを意味する。

しかしそれが、自己都合による失踪とはどうしても思えないのだった。選挙という大きな目標を持った人間が、簡単に姿を消すとは考えられない。

7

世田谷通りから、三軒茶屋《さんげんぢゃや》で国道二四六号線に合流し、ようやく一安心した。ドライバーにとって世田谷は鬼門だ。タクシーの運転手でさえ、この辺りを嫌がるのもよく分かる。

「事件、でしょうね」愛美がぽつりとつぶやいた。重大な事実を、さも軽く見せかけようとするように。

「俺もそう思う」

「選挙の話がどこまで本当か分かりませんけど――」

「選挙に出ようとしていて、しかも六条さんのような立場の人だったら、自ら進んで身を隠すはずがない」

「それが普通ですよね」

「さっき、家で話をした時、六条は選挙の件について何か言ってたか？」

「一言も。奥さんはどうでしたか？」

「そんな話は出なかったな」

「変ですよね」

「変だ」

愛美が手帳をめくり、ページを凝視し始めた。例によって、几帳面な細かい文字で、先ほどの田崎との会話をみっちりと記録してあるに違いない。

「奥さんに相談しないで、勝手に出馬を決めるとは思えません」愛美が音を立てて手帳を閉じる。「田崎さん、九十パーセントに近い八十パーセント台って言ってましたよね？その段階なら、家族は知っていて当然だと思います。そうじゃないと、選挙なんかやれませんよね」

「だろうな」

「何で話さなかったんでしょう」

そう、麗子の態度は明らかにおかしかった。「予定がある」と言ったのは、このことだったに違いない。五十代半《なか》ばで政界へ転身するのは、大きな人生の変化だ。安定した立場を捨て、まったく新しい仕事を始める——しかもそれがいつまで続くか分からないのだ。まだ公表すべきタイミングでないとはいえ、この非常時に、私たちに隠す理由が思い浮かばない。「関係ない」という判断だったかもしれないが、それを決めるのは彼女たちではなく我々だ。

「この件、詰めてみますか？」

「そうだな」

「手は？」

「選挙に出るっていうのは、大変なことだよな」

「そうだと思いますけど」

助手席をちらりと見ると、愛美が怪訝そうな表情を浮かべている。

「大袈裟な話かもしれないけど、一族郎党、全てが関係してきてもおかしくない。特に六条さんの場合、住田家との関係もあるんじゃないかな」

「奥さんの実家のバックアップ、ですか」

「必要だと思う……調べてみよう。その辺の事情を知っている人間には会えるし」

「相談役ですね？」

「そうだ」前が空き、私は一気にアクセルを踏みこんだ。とうに型遅れになっているとはいえ、スカイラインの突進力はまだまだ古びていない。隣にいたプリウスが、バックミラーの中であっという間に小さくなるのを見て、私は心中「ざまあみろ」とつぶやいた。

「醍醐と交代してくれ。あいつは前にも相談役と会っている。面識がある人間が会った方が、向こうの口も軽くなるだろう」

「相談役は、うちにあまりいい印象を持っていないかもしれませんよ」

愛美の指摘に、思わず黙りこむ。以前捜査した事件で、私たちは住田から様々な情報を引き出した。しかし事件の結末は苦いものであり、一人の会社経営者を破滅寸前まで追いこんでしまった。愛美の言う通り、住田が「お前らが余計なことをしなければ」と考えていてもおかしくはない。ただし、私たちが動かなければ、事態はもっと悪化していたかもしれないのだ。

「とにかく、会ってみる。日比谷まで送るから、醍醐に連絡を入れておいてくれ」

「了解です」

携帯を取り出して話を始める愛美を横目に、私は住田に対する攻め手を検討した。あれこれ考えたのだが、結局は相手の出方によって何とかするしかない、と結論を出す。ジャズのアドリブのようだが、違うのは、こちらが演奏しやすいように相手が合わせてくれるとは限らないことだ。

数か月ぶりに訪れた住田製薬の相談役室は、以前と変わらぬ緊張感を私に強いた。豪華だが実務的な装飾はともかく、部屋の二面を占める、床から天井までの窓が怖い。前に立てば二十階下の地面を直接見る形になる。想像しただけで総毛立つ感じがした。高所恐怖症を克服《こくふく》する術《すべ》は、基本的にはないのだろう。

住田は前回会った時と同じ、如才ない笑顔で私たちを出迎えてくれたが、穏やかに老いた表情にわずかな緊張感が忍びこんでいるのを、私は見て取った。

「お時間いただいて、恐縮です」

頭を下げると、すぐにソファを勧められる。私よりも緊張した様子の醍醐は、座る際にバランスを崩してしまい、座面から滑り落ちそうになった。

「大丈夫かい、醍醐君」住田が苦笑する。

「オス……いや、大丈夫です」慌てて座り直し、咳払《せきばら》いしてから手帳を広げる。彼は高校卒業後、一年だけプロ野球の世界に身を置いていたのだが、その球団のオーナー企業が住田製薬であり、住田貴章は当時、球団の副代表を務めていたのだ。もう十数年も前の話だが、この前会った時にも、住田は醍醐のことをよく覚えていた。醍醐にすればやりにくいのだろう。

「すみませんね、粗忽者《そこつもの》で」

　私が言うと、住田が笑みを少しだけ大きくしながら手を振った。すぐに笑顔を引っこめ、真剣な面持ちで私を凝視する。

「難しい用件ですね」

「六条さんの家に弁護士を紹介したのは、相談役ですか？」

「そうです。心配でしたからね」あっさり認めた。

「事情聴取の邪魔でした」話をややこしくしたのはこの男か……私は遠慮をかなぐり捨て、きっぱりと言った。住田の顔がわずかに引き攣る。「弁護士がいては、逆に話せないこともあります。我々は、六条さんのために仕事をしているんですよ？　かえって邪魔になるようなことはしていただきたくなかった」

「難しい案件だからね」住田は、私の非難をあっさり受け流してしまった。「彼女が余計なことを喋って、トラブルになるのは避《さ》けたかった」

「相談役が考える『余計なこと』が、手がかりになるかもしれないんですが」

「それは……」

「情報の取捨選択は、こちらに任せていただけませんか」柔らか過ぎて体が安定しないソファの上で、私は身を乗り出した。「奥さんが話さなかったことの中に、貴重な情報が入っている可能性があるんです」

「少し慎重になり過ぎましたかな」住田が破顔一笑して、すっかり白くなった髪を撫でつけた。「彼女は……麗子は、子どもの頃から少しばかり神経質なところがあってね。こんな大変な時には、誰かが側についていた方がいいんです。私が行くわけにもいかないので、弁護士にお願いしたんですよ」

「弁護士も迷惑がっていましたよ……とにかく今後、こういうことはご遠慮いただけないでしょうか。よかれと思ってやったことが、捜査妨害になる恐れもありますから」

目の下の筋肉をかすかに痙攣《けいれん》させながら、住田がうなずいた。どんなに権力者であっても、年寄りに脅《おど》しをかけるのは気が進まないのだが、この際、仕方ない。忠告が住田の頭に十分染みこんだと判断して、本題に入る。

「六条さんが家を出るような理由はありますか」

「ないね」

「どうしてそう言い切れます？」

「彼は責任感が強い。大袈裟に言えば、責任感だけで、厚労省の審議官にまで上り詰めた男です……いや、馬鹿にしているわけではなくて、あそこまで責任感の強い人間というのは、なかなかいない」

「ええ」

「常に重大な案件を抱えている状態で、突然仕事を放り出すとは考えられないんだ」

「家族の問題はどうなんですか？」

「どういうことかな？」住田が目を細める。

「我々が扱ってきた案件の中には、六条さんと同じように、社会的地位も責任もある人が失踪したケースがあります。その中には、家族の問題を抱えた人もいました」

「彼に限って、それはあり得ない」住田が頭《かぶり》を振った。

「あの家のことは、よくご存じなんですね」

「それぐらいのことは分かります」

「選挙の件も含めてですか」

何か言いかけた住田が、ぴたりと口を閉じた。こちらの反応を窺うように、私と醍醐の顔を交互に見る。緊張に耐え切れなくなったのか、醍醐が軽く咳払いをした。私は質問を続けた。

「六条さんが、衆院選へ出馬する予定なのは分かっています。ご家族は何も話してくれませんでしたが」

「それは、あなた、まだ公《おおやけ》にする段階ではないから」住田の声に、わずかに焦りが混じった。

「会社としてもバックアップするつもりですか？」

「仮定の話をされても、答えられませんねえ。それに今時、企業ぐるみの選挙というのはあり得ない。特に六条君は、厚労省の幹部だから、我々が動いたとなったら、世間にあらぬ誤解を与える」

「しかし、立候補は既定路線になってるんですよね？」

「それは、まあ……」渋々、住田が認めた。「否定はしませんが、私としては積極的には認めませんよ。きちんと党の公認が取れて、出馬表明するまでは、百パーセントとは言えないものだから。今の段階で、はっきりしたことは言いたくありませんね」

「しかし、選挙のことがあるから、あの家に気を遣っているんじゃないんですか？」

「そういう気持ちがないわけじゃない……」

「お気遣いは当然だと思いますよ。デリケートな問題ですからね」

私は少し口調を緩めて、追及のペースを落とした。それに気づいたのか、住田の両肩が少しだけ落ちる。

「ここで話したことは、表には出ません。率直に話していただけると助かります」

「弁護士を同席させた方がいいのかな？」

「その必要はありません」

ぴしゃりと言って、住田のジョークを撃墜《げきつい》する。彼の肩が、また少しだけ上がった。何となく、自分が老人を苛めているだけ、という感じがしてくる。相談役として、東証一部上場企業の本社に専用の部屋を持ち、運転手もあてがわれているだろうが、彼は今、自分の立場の弱さを実感しているに違いない。もちろん、強面《こわもて》で警察を追い返す人間もいるだろうが、住田は基本的に人がいい。そこにつけこんだ感じになった私は、少しだけ罪悪感を抱いていた。

「六条さんは、以前から出馬を検討されていたようですね」

「ある程度上にくると、役所の中でできることには限界がある、と思うらしいね。政治家の方が、思うように権力を振るえる」

「理想のため、ですか」あまりにも理想論的な考え方に、私は鼻白んだ。

「そう言っていいと思う。基本的に、政治家というのは真面目なものです。一部の権力者が馬鹿なことばかりやるから、政治家全体が悪に見られるだけで」

「住田さんがつき合ってきた政治家が、たまたま清廉高潔な人たちばかりだったのかもしれませんよ」彼の言い分は、あまりにも理想主義的過ぎる気がした。

「皮肉はいりませんよ」住田の言葉には力が戻っていた。「とにかく、六条君は、労働環境の悪化を憂えていた。それはもちろん、厚労省にも責任があるわけだが、二十一世紀になってからの日本の労働環境の悪化……あなたもご存じだと思うが、若年層の未就労の問題や派遣労働の悪環境などについて、抜本的な解決策を提示しなければならないと、日頃から危機感を抱いていたんです。それに、今の政治家の中には、こういう問題に真剣に取り組む人材がいない。だったら自分が、ということなんでしょうね」

　私は、失踪課に来て初めて扱った事件を思い出していた。就職に失敗した一人の若者が悪の道に足を踏み入れ、抜けたつもりがそれに絡めとられて、人生を踏み外した。あれも、言ってみれば労働環境の悪化が生んだ事件である。誰が悪いというわけではないが、大所高所からそういう問題を解決しようという人間がいるなら、悪いことではない。

「六条さんは、どんな人なんですか」

「真面目」どこで聞いても、決まって返ってくる答えだ。「硬いんじゃなくて、真面目ですよ。融通《ゆうずう》の利かない硬さを持っている人は、自分が間違っていても訂正できない。しかし六条君は、間違いが明らかになれば、すぐに方向転換できる人間だった。実は、そういうことは非常に難しい」

「分かります」

「いい人材なんだ」自分に言い聞かせるように住田が言った。「だから、何としても見つけ出して欲しい」

「そのためには、皆さんの協力が必要です。特にご家族の……住田さんからも、言ってくれませんか。今後は、是非我々の捜査にきちんと協力して欲しい、と。弁護士の立ち会いも不要です」

「……分かりました」

　渋々だが、住田は折れた。だが私は、勝利感をまったく感じなかった。一つ深呼吸して、続ける。

「六条さんが失踪するような理由、何か思い当たりますか？」

「あり得ない……と思うけどねえ」住田の自信はわずかに揺らいでいるようだった。「今も大事な仕事があるわけだし、それを放り出すとは考えられない。それこそ、真面目な男だから。もちろん、今取り組んでいる仕事が相当面倒なのは分かっているけどね」

「高度人材確保について、ですか？」私は探りを入れた。

「さすが、きちんと調べているんですね」出来のいい学生を褒《ほ》める大学教授のような口調で住田が言った。「あの件は、いろいろ大変です。将来のことを考えたら、海外の優秀な人材を日本に集めた方がいいに決まっている。私も、日本は働く場所として悪くはないと思うんだ。物価は高いが、治安はいい。日本より安全な国は、そうそうないからね。そういうところで安心して仕事をしてもらうのは、方向としては間違ってないんだが……いかんせん、今は景気が悪い。企業側も、新しいことに取り組む余力がないんですよ」

「御社もですか？」

「実際私は、その件で六条君と話をした。薬の関係では、世界各地に有力企業があるし、大学の研究者も多い。外から人材を受け入れるモデル企業になってくれないか、という誘いだったんだが……」

「お受けにならなかった」

「私ももう、実権はないからね」住田が寂しそうに笑う。「人事の方ではねつけられたよ。実際には、大したことではないんですよ。厚労省では、補助金も予定していたみたいだから。そう考えると、これは環境の問題じゃなくて企業文化というか、習慣の問題かな」

「外国人は受け入れられないという？」

「あなただって、青い目の刑事がいたら困るでしょう」

「民間企業と公務員を一緒にされても困ります」

今日の住田のジョークは、ことごとく私の神経を逆撫でする。ゆっくりと首を振ると、彼の唇が一本の糸になった。

「となると、六条さんの計画は上手く進んでいなかったんですね」

「一部、IT系の企業を除いてね。そう……こういう情報を私が出すべきではないと思うけど、お喋りついでにお教えしましょうか」立ち上がった住田が、壁の前に立った。ほとんど継ぎ目がないように見えるのだが、実際には扉になっており、彼が何らかの操作をして開けると、書類戸棚が姿を現す。しばらく探し物をしていたが、やがて一冊のファイルフォルダを見つけ出して持ってきた。

「お渡しするわけにはいかないので、覚えていって下さい」ぱらぱらと書類を捜しながら住田が言った。

「それは何ですか？」

「六条君の方でリストアップしていた会社がありましてね。モデル企業として協力してもらえそうなところなんだが……既に外国から技術者や研究者を受け入れている企業があるでしょう？　そういう会社にモデルになってもらおうとしていたんだ。とにかく実績作りとしてね。そういう会社のリストがあるんですけど、何かの参考になるかもしれないでしょう？」

「ええ」相槌《あいづち》を打ったが、どうにもぴんとこない。厚労省審議官としての仕事が、何か事件に結びつくとは考えられなかった。

住田が会社の名前を読み上げ始めた。私にはほとんど馴染みがない名前ばかりだが、響きからＩＴ企業ではないかと推測する——一つの名前が頭に突き刺さった。

「ちょっと待って下さい！」

思わず大声を張り上げると、住田がびくりと体を震わせ、書類から顔を上げた。

「まだ耳は悪くないよ。驚かせないで下さい」

「今の名前、もう一度お願いします」

私は醍醐の手帳に視線を落とした。汚い字で「ＮＳ」まで書いてある。

「ＮＳワールド社だが、それがどうかしたのかね？」

車に戻ると、醍醐は手帳を開いてぶつぶつ言い始めた。聞き流すには煩さ過ぎる。

「何かあるなら言えよ」スカイラインのエンジンをかけながら、私は促《うなが》した。

「これ、偶然ですかね」手帳から顔を上げる。「同じ日に届け出があったんですよ」

「関係があると考えるのは、今の段階では無理があるな」

バックミラーで車の流れを確認しながら私は言った。インドから来ている技術者が失踪した会社。その会社を高度人材輸入のモデル企業にしようとしていた厚労省の高官の失踪。NSワールド社を軸としたつながりはあるが、強い線で結びつけるまではいかない。

「とにかく、NSワールドに話を聴いてみよう」

「まさか、田口さんと一緒に仕事をするわけじゃないですよね」怯えるように醍醐が言った。体が大きい割に、気は小さい。

「場合によっては、な。嫌ってばかりじゃ、本当に仕事にならないぞ」

「じゃあ、高城さんは田口さんと仕事ができますか？　あの人、何だか正体不明じゃないですか。ぬるぬるしてるっていうか……」

私は思わず噴き出してしまった。ひどい言い方だが、醍醐の指摘はまさに田口のイメージを言い表している。不定形のアメーバか、軟体《なんたい》動物。仕事を押しつけようとすると、するりと身をかわしてしまう。しかも体表面は粘液に覆われており、無理矢理摑むこともできない。

「それはともかく、NSワールドだ。昨日の総務部長に連絡を取ってくれ。田口さんについては、その後にしよう。今頃、カレーを食べるのに忙しいかもしれないし」

「本当に食べ歩いているかもしれませんよ」

冗談に、醍醐が真面目な口調で答える。まさか、と言おうとして、私も彼の懸念はあながち大袈裟ではない、と思った。


NSワールドの総務部長、長友は、困惑を隠せない様子だった。昨日の今日で刑事が訪ねて来るとは、思ってもいなかったのだろう。

「総務部長なら、立場上答えていただける話だと思います」私は切り出した。通された会議室には窓もなく、白一色のインテリアのせいもあって、広さの感覚が狂ってくる。

「どういう……ことでしょうか」長友は警戒心を隠そうともしなかった。「シンさんのことなら、昨日全部話しましたよ」

「鋭意、捜索中です。今日お伺いしたのは、その件ではないんですよ」

「はい？」疑わしげに耳を引っ張る。

「厚労省で、高度人材導入構想というのがあるのをご存じですよね」

「ああ、はい」長友の顔から緊張感が薄れる。「話は聞いていますけど、それが何か？シンさんのことに関係あるんですか？」

私は彼の質問を無視して続けた。

「厚労省の六条審議官と、その件についてお話しされたことは？」

「直接はありませんが、電話で話したことはありますよ。窓口は別の方で、ここへ説明しに来てくれたんですが、その後で審議官から電話がありまして」

「どういう内容でした？」

「プッシュしてきたんです」長友が苦笑した。「追い打ち、というんですかね。本当は自分が訪ねるべきところを部下に任せて申し訳ない、きちんと検討していただけると助かる、っていう具合で。就労ビザの発給についても便宜を図る準備があるって言い出したんで、ちょっと驚いたんですけどね」

「それは、いつ頃でした？」かなり強引な手法だったのではないか。正式な法律改正を待たずして、審議官がそんなことを言ってしまったら、問題になるはずだ。

「夏ぐらいかなあ……そうですね、梅雨明け、子どもが夏休みに入るぐらいです。ちょうど、娘に海へ連れて行くって約束していた前の日だったんで、覚えてますよ」

家族が――特に子どもが絡むと記憶は鮮明になる。多少の羨ましさを覚えつつ、私は話を合わせた。

「そういう記憶なら、間違いないでしょうね。それで、この件については受けることにしたんですか？」

「様子見です」長友があっさりと明かす。「同業他社の状況も見ようと思って」

「補助金が入る話ですよね？　それに御社は、元々海外の技術者を受け入れていたんだから、何の問題もない感じですけど」

「うーん。何て言ったらいいんだろう」長友が首を捻る。ちらりと唇を舐め、言いにくそうに切り出した。「こういう問題って、政府が絡んでくると、ろくなことがないんですよ。お役所にいろいろ言われなくたって、我々は必要と思えばやるんですから。インドの会社と業務提携して、技術者を派遣してもらっているのだって、そうする必要があるからですよ。それを、一律に枠を決めて、研究職や技術職に一定の人数を受け入れるようにしろっていうのは……ちょっと違うんじゃないですかね。会社によってそれぞれ、事情が違うんだし」

　住田は詳しく話してくれなかったが、そういう強引、かついかにもお役所的な計画だったのか？　いかにもありそうな話に思える。従業員百人以内の会社は一人、五百人以内なら三人、それ以上なら五人までは、特定の技術・能力を持った外国人を雇用しろ、とか。

「正直、かなり無理のある話でしてね」長友はまだ苦笑いしていた。「たしかにＩＴ関係の企業は、外国の人材に頼ることが多いですよ。何だかんだいって、このビジネス自体がアメリカ生まれだし……もともと、こういうビジネスに必要な能力は、人種や国境に関係なくて、どこの国でも育ちうる、という事情もあります。優秀なプログラマーは、どこの国でも引っ張りだこなんですよ。言葉の問題もあまり関係ありませんし」

「なるほど」よく分からない話だが、今、ＩＴ業界の人材話を詳しく聞いても参考にはならない。私は話を先へ進めた。

「それで、電話の件ですが」

「シンさんと何か関係あるんですか」長友の顔に困惑が浮かぶ。

「後から電話をかけてきた六条審議官なんですが……シンさんと知り合いだった可能性はありませんか」

長友があんぐりと口を開けた。最初は驚いていたが、次第に同情の目つきに変わる。急に変なことを言い出して、こいつは大丈夫なのか、と心配でもしている様子だった。一つ咳払いをして、「なければないでいいんです」と続ける。

「いや、でも、ないかどうかは分かりませんよ」長友が態度を改め、真面目な口調で言った。「だいたい私たちは、シンさんが会社の外で何をしていたか、全部把握していたわけじゃないんだから」

「二人が知り合いだった可能性があるんですか？」それまで沈黙を守っていた醍醐が口を開いた。

「どんなことでも、ゼロとは言えないんじゃないですかね」含みのある声で言った後、長友がいきなり前言を撤回した。「いや、やっぱりあり得ないか。どう考えても、接点はないと思いますよ」

「そうですか……」少し考えが先走り過ぎたか。反省しながらも、私はこの会社からしばらく目を離すわけにはいかないな、と思った。行方不明者が出ているのだし、六条が接触を試みたことがあるのも間違いないのだ。完全に接点ゼロというわけではなく、どこかに手がかりが落ちている可能性もないではない。

ゼロになるまでは叩き続ける。刑事の基本を、私は頭の中で何度も繰り返していた。


醍醐に車を渡し、日比谷周辺で聞き込みをしている二人に合流するよう、指示する。私はNSワールド社から少し歩き、JRで渋谷まで戻ることにした。

三丁目辺りの雑踏は凄まじい。靖国《やすくに》通り沿いに歩いて行ったのだが、前を団体に塞がれて、自分のペースで歩けなかった。耳を澄ますと、中国語のやけにテンションの高い会話が聞こえてくる。煩《わずら》わしいことこの上なかったが、今はこの人たちが日本の小売業を支えているようなものだ、と考えて苛立ちを押し潰す。

新宿を歩かなくなって久しい。昔は――それこそ独身の頃は、この辺りによく出没していたものだ。紀伊國屋《きのくにや》を上から下まで回ってじっくり本を選び、気に入った本を何冊か仕入れた後は、地下のカレー屋でかなり辛いカレーを食べて……というのを、休日の決まった習慣にしていた時期もある。あれはもう、二十年も前のことだ。刑事に成り立てで仕事に追われる毎日だったが、移動の時間を使って本だけは読むようにしていた。

人の習慣はあっさり変わる。結婚して子どもが生まれ、その子どもが行方不明になって自分は離婚し……いつの間にか私は、まったく本を読まなくなっていた。読むような気持ちになれなかった。調書以外で最近目にする字といえば、新聞ぐらいである。

六条も、人生を大きく変えようとしていた。高級官僚から政治家へ——過去には何人も、何十人もが辿ったルートだが、覚悟がなければ決断できないだろう。このまま黙って勤め上げれば、次官にまで上り詰められるかもしれない。その後は、何だかんだと批判を受けながら絶対に消えないであろう天下りの道もある。彼の場合、妻の出自もあって金には困っていないだろうから、退職金を何度も貰う道より、もっと社会貢献ができるような活動を選ぶ可能性もあるが。

そういう人生を五十代半ばになって放棄し、赤絨毯《あかじゅうたん》を踏む道を選ぶ。大変なことは間違いなく、だからこそ、彼がトラブルを避けていたであろうことは想像に難くない。これから歩く道は、傷一つない滑らかなものでなくてはならないはずだ。ほんのちょっとしたつまずきで、彼はルートを外れ、転んで大怪我《おおけが》をする。

いや、もはや無傷では済まされないだろう。依然として私は、彼が自分の意思で家を出たのではなく、何か犯罪に巻きこまれた可能性が高いと見ているが、それも致命傷になりかねない。仮に完全な被害者の立場であっても、人は余計なことを噂するものだから。ささやかな悪意の籠った噂が大きなスキャンダルにつながり、全てを失うことにもなりかねない。穴を塞ぐなら、早い方がいいはずだ――それもこれも、彼が無事に帰って来てからの話になるが。

もしも、どこか人気《ひとけ》のない暗い山の中で、死体になって埋まっていたら。

頭を振ったが、嫌な想像は持病のしつこい頭痛のように、居残ってしまった。

8

三方面分室に戻って、公子に、田口と連絡を取るよう命じた。

「出るまで、何度でもかけて下さい」

「あんまり何回も電話すると、怒っちゃいますよ」公子が暗い表情で言った。

「どうせなら、怒ったところを見てみたいですね」

どことなく軟体生物を思わせる田口に、怒りの感情があるとは思えなかった。怒りはマイナスの効果をもたらすことも多いが、時には突っ走る原動力になることもある。彼の場合、とにかくへらへらして、日々を適当に過ごすことしか念頭にないような感じがした。

怒らせて、それで別の顔が見えるなら、是非見てみたい。

公子に連絡を任せたまま、これまで聴いてきた話の整理を始める。情報は断片的で、直接六条の行方につながりそうなものはない。一つ、確認するのを忘れていたと思い出す。六条は一昨日、田崎と別れた後で、本当に都庁には行かなかったのか？　念のため谷中に電話を入れて、失踪当日の六条の予定を確認する。

「都庁で会議？　それはないですね」谷中が即座に否定した。「一昨日はずっと、庁舎で会議が詰まっていましたから」

「ほんのちょっとでも、スケジュールの割りこみはなかったですか？」

「ないです」谷中が傷ついたような口調で答えた。「そういうのは、全部チェックしています。六条審議官に関しては特に、です。間違いありません」

「そうですか……お手数でした」徒労感を覚えながら電話を切り、私は額を手で揉んだ。

真弓が室長室から出て来て、前置き抜きで「六条の様子は？」と舞のことを聴いてくる。

「午前中、明神が話しましたけど、かなり参っているようです」

「彼女からは、六条さんの行方に関する情報はないのね？」

「ええ。奥さんも頑《かたく》なですね」

「ちょっと行ってみるわ」

「室長？」私は思わず立ち上がり、彼女と相対した。やる気を出してくれるのは歓迎だが、ちょっと走り過ぎではないだろうか。ずっと休んでいた人間がいきなり全力疾走すると、アキレス腱《けん》を切る恐れがある。

「いいんですか?」

「何が」途端に真弓の声が冷たくなった。かつてはよく、私に向けられた態度。真弓は私の顔をじっと眺め回すと、「ちょっと」と言って室長室に向けて親指を倒した。

叱られる生徒の気分になって、彼女の後に続く。私がドアを閉めたのを確認すると、真弓はデスクの端に腰かけて、腕組みをした。

「あなたが私を疑っているのは分かるわ」

「そういう言い方は感心しませんね」私は反射的に反駁《はんばく》した。「仲間を疑うようなことはしませんよ」

「まだ、私を仲間と認めてくれているわけ?」

「我々を仲間と認めなかったのは、室長の方じゃないですか。そういう状態になってから、ずいぶん経ちますよ」

私の指摘に、真弓が無言でうなずく。傷ついている様子はなく、今はただ静かに、私の言葉を受け入れている。彼女ならではの、鉄のような強さが蘇っていた。

「私はもう、自分のキャリアに過大な期待は抱いていない。警察という組織は、一度や二度のやり直しを許さないほど冷たくはないけど、這い上がるには時間がかかるわ。そして周りの人間が私を許した時には、もう時間がないと思う」

私は無言でうなずいた。彼女は五十歳になる。警察官人生もあと十年……ここで大きなステップがなければ、後は暇な部署をたらい回しにされて終わるはずだ。様々な計算をして、その事実をついに認める気になったのか。だが、吹っ切れたようにも諦めたようにも見えなかった。

「ここにいて、部下がいる限り、私は守ります。今目の前にある危機から逃げるつもりはないから」

「分かりました」ひたすら攻め続けた以前の彼女からすれば、むしろ後ろ向きな発言だが、何もせずに舞が泥沼に引きこまれていくのを見ているよりはましだ。

「だから、取り敢えず彼女と話をするわ。どれぐらいケアできるかは分からないけど、この責任者として」

「お任せします」

「あなたも、やるべきことをやった方がいいと思う」

「やってないって言うんですか」

「やるべきことにも、いろいろあるでしょう」

彼女の言う「やるべきこと」が、今回の事件を指しているのでないのは明らかだった。

綾奈の件には自分なりに取り組み始めている——そう説明するのは簡単だったが、私は黙ってうなずくに止めた。せっかくやる気を取り戻してくれたのだ、私の事情で彼女の時間を止めたくはない。微妙な間が空いた後、一瞬真弓が不思議そうな表情を浮かべた。

「どこかで携帯、鳴ってない?」

耳を済ませると、確かにかすかな呼び出し音が聞こえる。室長室から顔だけ突き出して確認すると、公子が呆れたような表情を浮かべていた。

「田口さん、携帯を忘れていったみたいよ」

私は慌てて、彼のデスクの前に立った。何の秩序もなく、書類が積み重ねられた中に、携帯が埋もれている。どうやら夕べ充電していなかったようで、携帯は充電器につながっていた。

「たまげたな」思わずつぶやき、公子と顔を見合わせる。この携帯を踏み潰してやりたいという欲求と必死に戦った。本気になって怒ったら血管が何本あっても足りないぞ、と自分に言い聞かせ、音を立てて自席に腰を下ろす。

「高城さん、コーヒーでも飲みます?」同情してくれたのか、目を細めながら、公子が声をかけてきた。「頭を冷やすのに、アイスコーヒーでも」

「いや……そこで煮詰まってるやつでいいですよ」苦みの増したコーヒーで、意識を鮮明に保ちたかった。

空いた時間を利用し、六条の行動を中心に、時刻を整理してメモに落とす。

14日
午前7時半：出勤
同11時50分：庁舎を出る
午後零時：レストラン「バローロ」で田崎と落ち合う
同1時15分：レストランを出る
同1時30分：会議開始（職業安定局主管、六条不在）
同3時：会議開始（保険局主管、六条不在）
同3時30分：人事課が六条家へ連絡

ここまでが、六条が失踪した当日の流れだ。

15日
午前8時半：六条家から人事課へ連絡
午前10時：人事課の二人が六条家を訪問
午前11時半：人事課の二人が引き上げる
午後2時：麗子から住田家へ連絡

同：厚労省内で対策会議。人事課主催
同4時15分：厚労省官房長から警察庁総務課へ連絡
同4時40分：警察庁刑事局から警視庁刑事総務課へ連絡
同4時50分：刑事総務課から失踪人捜査課へ連絡

そして、私たちのところへ話が降ってきた。

腕組みをし、書き連ねた時間と項目を見返す。取り敢えずは、レストランを出た後の足跡を追うしかない。だがこれが、相当難しい捜査になるのは目に見えていた。午後早い時間の日比谷は、人でごった返している。よほど目立つ動きをしていない限り、誰かの目につくことはないだろう。醍醐と愛美のことだから、彼の行きつけの店からは徹底して事情を聴いているはずだが、そこから何か情報が出てくる可能性は低い。田崎以外に、六条とよく食事をしていた人間が割れれば、そこからさらに突っこんでいくことも可能なのだが……私は首を振り、冷めてさらに苦みが増したコーヒーを啜った。

「どうも、お疲れさん」

呑気《のんき》な声が響く。公子が啞然《あぜん》とした表情で、部屋に入って来た田口を見やった。田口はにやにや笑いながら、「よいしょ」と声をかけて椅子に腰を下ろした。座るだけで一仕事、という感じである。

「田口さん、携帯忘れてたでしょう」私はやんわりと攻撃を始めた。

「ああ、夕べ充電し忘れちゃってね。ここでやらせてもらったよ」充電器のコードを引き抜き、着信を確認する。途端に顔が歪んだ。「うわ、何件あるんだ、これ」

「全部ここからですよ」

「ストーカーの被害に遭《あ》うってのは、こういう感じなのかね」

怒りの矛先をへし折られ、私はつい苦笑してしまった。もしかしたらこの男の美点は、人の怒りを自然に削いでしまうことかもしれない。呆れ返る、とも言えるが……。

「用事があったから電話したんですよ。どうでした？」

「いやあ、さすがにカレーも三食続けて食べると飽きるね」

のろのろと立ち上がり、領収書を差し出す。本当に持ってきたのか……受け取る際、彼の体からかすかにカレー臭が漂った。呆れて見ている公子に向かって領収書を渡し、田口に対する事情聴取を再開した。

「カレーはともかく、行方不明者の方はどうなんですか」

「確かにどの店にもよく顔を出していたみたいだけど、特に何の手がかりもないなあ」

呑気な声は、私を本気で苛立たせた。怒りを削ぐどころか、彼は一語喋る毎に、私の苛立ちを増幅させている。

「他の客や店員とのトラブルは？」

「そういうの、ないみたいだよ。たまに『インドに帰りたい』って泣き言を言ってたみたいだけど」

本当に帰ってしまったのだろうか。いや、昨日捜索願を受理した段階で、入管には確認を取っている。偽造パスポートを使ったのでもない限り、本人が出国すればすぐに分かるようになっているのだ。そもそも、どうしても帰りたければ会社に相談すればいいだけの話ではないか。どんなことを言い出しても、大きなトラブルに発展するとは考えられない。

「交友関係は？」

「何人か親しい友だちはいたみたいだけど、いやあ、インド人の名前ってのは分からないんだね。聞き取るのも大変だし……店員さんも日本語がよく分からなかったりするから、聞き込みは大変だったよ。インドって、言葉が多いらしいね。英語も分からないのに、ヒンディー語って言われてもさっぱりだよねえ」

私は引き出しを開け、頭痛薬を取り出した。効果を相殺《そうさい》しかねないのは分かっていて、コーヒーで流しこむ。これでは、新橋の呑み屋でくだをまくサラリーマンの与太話と同じだ。

「そういう友人たちには当たったんですか？」

「いやいや、店にいるわけじゃないし」

「リストはできてるんですよね？」

「はいよ、これ」

田口が手帳を破ってページを渡してくれた。悪筆も悪筆、カタカナで名前を書いてあるのに、ほとんど読み取れない。前頭部にずきずきとした痛みを感じ始める。飲んだばかりの頭痛薬は無駄に終わりそうだ。一応、十人ほどの名前と、一部には電話番号も書いてあるが……。

「田口さん……これ、パソコンでちゃんとしたリストを作っておいて下さい。全員で情報を共有しますから」

「パソコン、苦手なんだけどねえ」

ぶつぶつ言いながら、田口がパソコンを立ち上げる。やがて、ぽちぽちとキーボードを打つ音が聞こえてきた。見ると、両手の人差し指だけで、一々キーを確認しながら文字を打ちこんでいる。これで猛スピードなら、海外のジャーナリストのような感じになるのだが、田口は単に、機械に弱いオッサンだ。

私は再び、自分で作ったタイムラインに意識を集中した。インド人の件は、さほど時間がかからず解決しそうな気がする。日本語がそれなりに話せると言っても、ほとんど見知らぬ国で、一人姿を隠し続けるのは大変だろう。それよりも、友人の家を泊まり歩いて愚痴を零していると考えた方がいい。楽天的な結末も予想されたが、そういう前提ではなく捜査を進めないと……気づくと、目の前のデスクで田口が夕刊を広げていた。

「終わったんですか？」

「共有フォルダに入れておいたよ」しれっとした口調で答える。

ネットワークを参照し、共有フォルダを確認する。確かにファイルはできていたが……失踪課で決めたファイル名のルールを完全に無視して「インド人行方不明」とつけている。本当は、西暦から始まる八桁《けた》の日付——捜索願の受理日——を先頭にして、その後にケース別に記号をつけるのが決まりだ。未成年で十五歳以下ならA、十九歳以下ならB、成年の場合はC、六十歳以上の高齢者はDといった具合である。この場合は、「その他」ケースに当たり、「E」を付与しなければならない。その後に、「001」から始まる番号をつけて、情報を積み重ねていく。これは、ファイルがワープロのものであっても表計算ソフトのものであっても変わらない。

私はファイル名をつけ直し、引き出しから「失踪課捜査マニュアル」を取り出した。同じ物は当然、田口に渡してあるのだが……「資料保存について」のページを開き、田口に渡してやる。

「お、そういえば、こんなものも読んだ記憶があるね」

「完全に頭に入れておいて下さい」私はこめかみを人差し指で叩いた。

そんな皮肉が通じる様子はまったくなく、田口はちらりとマニュアルを見ただけで、また夕刊に視線を落としてしまった。

「田口さん?」

「ああ?」新聞から視線を上げもしないで、田口が生返事をする。

「再出動、お願いしますよ」

「何でまた?」呆れたように口を開け、ようやく私の顔を見た。不満一杯で、食ってかかりそうな雰囲気である。だが、無用な争いは避けるタイプのようだ。

「この件、まだ動いているんです。それに、もう一件の失踪事件ともかかわっているかもしれない」

私は、六条が担当していた高度人材導入構想について説明した。ぴんときている様子ではなかったが、とにかく話を進める。NSワールド社と六条に接点があったことを話しても、依然として何も感じないようだったが。

「それはちょっと、考え過ぎじゃないの?」

「少しでも可能性があるなら、調べなくてはいけないんです。今までの流れもありますから、田口さん、引き続きお願いしますよ」

「とはいっても、今日はもう時間がねえ……」わざとらしく手首を持ち上げ、腕時計を覗きこんだ。

「田口警部補……」怒鳴りたい気持ちを何とか押さえつけ、私は言った。「捜査続行中は、徹底して仕事をして下さい。失踪課のことをどんな風に聞いていたか知りませんけど、うちもやる時はやるんです」

「はいはい」新聞を丁寧に畳んで立ち上がる。「こんなにしんどい仕事だとは思わなかったねえ」

「若い奴らは、もっときつい仕事をしてますよ」あるいは舞は、もっときつい思いをしている。だが、彼女の事情を詳しく話す気にはなれなかった。私はまだ、田口を仲間と認めていないのだろう――今後も認めることがあるとは思えなかったが。

「こっちは、全然若くないんだけどね。高城警部は元気だねえ」

「とんでもない」あんたのせいで死ぬほど胃が痛いんだよ――だが、無理に笑顔を作ってやった。「年は年です。だけど、まだまだ走れますよ。田口さんは今まで走ってない分、体も気持ちも磨《す》り減《へ》ってないんじゃないですか」

「投げ過ぎるとピッチャーは肩を壊すとかいうやつかい？　あれは俗説らしいよ。人によって全然違うんだ」

「そういう話は、暇な時にしましょう。今は駄目です。他にやることがあります」

「へいへい」

立ち去ろうとする田口に、私は声をかけた。

「携帯、忘れないで下さいよ」

「おっと」照れたように笑って、田口がデスクに戻って来る。携帯を取り上げると、わざとらしく丁寧に背広の胸ポケットに落とした。

「連絡は密にして下さい。ここには必ず誰かいるようにしておきますから」

無言でうなずき、田口が部屋を出て行った。私はデスクに両手をつき、背中を丸めて思い切り溜息をついた。

「よく我慢したわね」公子が感心したように言う。「切れてもおかしくない状況だったけど」

「ここで怒鳴り合いはまずいでしょう」私は受付のカウンターの方を見た。カウンターの向こうは、廊下を挟んで交通課になっている。人の行き来が多い場所で、大きな声を張り上げていると、失踪課に関係ない来庁者に聞かれてしまう恐れがあるのだ。

「それはそうね……でも、上手くあしらったじゃない」

「褒めるなら、あの人がきちんと仕事をしてからにして下さい」

室長室から真弓が出てきた。膝丈《ひざたけ》のトレンチコートの襟《えり》を立てて着こなし、戦闘準備完了といった感じである。

「私は出かけるけど、高城君はどうする？」

「ここでしばらく、電話番をしてますよ」本当は、一人でゆっくり考える時間が欲しかった。それに真弓がやる気を見せ始めたのはいいことだとしても、彼女と二人で舞の家を訪ねるのは気が進まない。

「じゃあ、後で連絡するから」

「お願いします」田口のことについて文句を言おうと思ったが、何もやる気を見せている真弓の足を引っ張らなくてもいい。黙って見送ることにした。

電話が何本かかかってきたが、全て公子が受けてくれた。私は自席と、駐車場の隅にある喫煙場所を往復しながら、あれこれと考えが彷徨《さまよ》うに任せた。まだ決定的に情報が足りない。何を想像しても、はっきりした結果は出てこないのだった。

一時間ほどが過ぎ、夕闇が迫って来た。外を回っている連中にそろそろ声をかけて呼び戻し、情報を集約しなければならない。この時間になっても連中から連絡がないということは、前進がない証拠なのだが……八時に失踪課集合、を知らせようとした矢先、電話が鳴って公子が出る。すぐに「竹永さん」と教えてくれたので電話を替わった。

「どうも。単なるご機嫌伺いですけどね」竹永は最初に断りを入れた。

「有力な情報なし、か」

「すみません。厚労省の連中も、非協力的というわけではないんですが、何ぶん相手が審議官ですからね。同期もほとんど残っていないんです。情報が取れる相手が少なくて」

「他の連中は、レースから脱落したわけか……」

中央官庁の高級官僚の出世競争は、基本的に同期で一人しかゴールに辿り着けない。次官の椅子が近づくに連れ、競争に参加した人間は自分の限界を読むようになる。そして大抵は、自らレースを下りて、早期の天下りという道を選ぶのだ。審議官になるような年齢では、同期が一人も残っていなくてもおかしくない。

「こっちはいろいろ話を聴いたぞ」

「どうですか？」竹永が食いつくような調子で訊いてきた。

「中身はないな」

電話の向こうから溜息が聞こえた。彼の気持ちが落ち着くのを待って、昨日から今日にかけて会った人から聴いた話を説明する。

「結局、最後に会った人が分かっただけですか」

「最後かどうかは分からない。そこから先が切れてるからな。今、日比谷周辺で聞き込みを続行してるけど、報告が上がってこない」

「参りましたね……」

竹永は本当に弱り切っていた。捜査が上手くいっていないというだけではない様子に、私はある状況を想像した。

「もしかしたら、課長が煩く言ってくるんじゃないか？」

「分かります？」竹永がまた溜息をついた。「あの人、他にやることないんですかね。一時間に一回は、こっちに電話してくるんですよ」

私は、上層部からの電話を捌《さば》いていた今朝の真弓を思い出した。石垣にも同情すべき点はあるかもしれない。あの男は基本的に、事件を解決して点数を稼ごうという気持ちは持っていないのだ。そもそも失踪課の存在意義に疑問を持つ一派に属する人間である。無難に、事故なく課長を勤め上げ、さっさと異動したがっているのだ。唯一、点数を稼ごうと画策しているのが、課内のリストラである。都内に三つある分室を二つにまとめ、人数を減らすことで、上層部からの評価を得ようとしている。最近は少し大人しくしているが、一時はこの件を公言して憚《はばか》らなかった。

そういう、基本的にマイナス忌避者である男が捜査をせっつくのは、自分も上から責められているからに違いない。そう考えると、一概に石垣を邪険にする気にはなれなかった。

「適当につき合ってやれよ。これは、石垣さんが課長になってから最大の事件なんじゃないか？　ヘマしたら首が飛ぶかもしれないから、神経質になるのも分かるよ」

「高城さん、石垣課長に対して甘過ぎませんか？」

「あの人、悪い人間じゃないからな。能無しなだけで」

電話の向こうで竹永が低く笑う。このまま呑み会に突入できたらどれだけ楽だろう、と思った。勤め人の普遍的な話題である上司の悪口を、竹永と零し合えたら。私は、クールな仮面の下に皮肉屋の素顔を隠したこの男が好きだった。

「とにかく、今後も連絡を取り合いましょう」彼の申し出には、暗にこちらを非難するような調子があった。考えてみれば、一緒に動いている彼には、もっと前に話しておくべきだった。「何もなくても、石垣課長の悪口を言い合うだけでもいいし」

「了解」

「何だったら、うちも日比谷近辺の聞き込みに人を出しましょうか？　そっちの方が手がかりになる可能性がありそうだ」

「だけど、砂浜から一粒の砂を捜し出すみたいなものだぜ？　関係者に当たり続けた方が効果的だよ。今まで築いた関係もあるだろう？」

「大した関係じゃないですけどね」この会話で三度目の溜息。「とにかく、何かあったら連絡します」

「分かった」

電話を切り、首をぐるぐる回す。枯れ枝が折れるような音がして、私は急に疲労を感じた。食べた気がしない気取った昼飯のせいで、腹も減っている。何か食べておくか……と立ち上がった瞬間、携帯が鳴り出した。醍醐からだった。

「目撃者、見つけましたよ」興奮のためか、声が上ずっている。

「何者だ」

「近くの喫茶店の店員です。食事の後、六条さんが立ち寄ってました」

「状況を教えてくれ」

それこそあいつらは、砂浜から一粒の砂を見つけ出したのだ。興奮する気持ちを宥《なだ》めながら、私は先ほど作ったタイムラインを呼び出した。これで、もう少し詳しく埋められる。

六条は、田崎と別れた後、「バローロ」から歩いて二分ほどの場所にある「カフェ・ミラノ」という店に寄っていた。独立系の喫茶店。入店した時間は分からないが、店を出たのは午後二時四十五分とはっきりしている。店員が彼を覚えていたのは、ずいぶん長く――おそらく一時間半ほど――店にいたからである。この店は本格的なエスプレッソを売り物にしている店で、当然客一人あたりの滞在時間は短い――カップが小さいのだから当然だ。六条はエスプレッソをダブルで頼み、さらにシングルでもう一杯を追加して粘っていた。その間、携帯電話で誰かと盛んに話をしていたという。

「いい聞き込みだ」私は醍醐を褒めた。

「店を見つけてきたのは森田ですよ」

あいつが？　私は無意識に目を見開いていた。まあ、あの男だって歩けるし喋れるのだから、運がよければ手がかりに行き当たることもあるだろう。

「俺の代わりに褒めてやってくれ」

「高城さんが褒めればいいじゃないですか」

「あいつを褒めるのは、何だか照れ臭いんだよ……それで六条さん、どんな様子だったんだ？」

「かなり深刻……真剣な様子だったみたいです。窓際のカウンター席に座っていたんですけど、携帯で話していた時、ガラスに映る顔が怖かったって、店員は証言してます」

「問題は、誰と話していたか、だな。会話の内容は？」

「さすがにそこまでは分かりません。声を潜めていたそうですから、秘密の話だったんでしょうけどね」

「だろうな……それで、店を出た後は？」

「JR有楽町駅の方へ向かったそうです。ただ、そちらの方向へ歩き出したというだけですから、その後の足取りは分かりませんよ。あの辺、どこへでも行けますから」

「分かった。まだ脚は大丈夫か？」

「自分は平気ですけど、森田は相当へばってますよ」

「尻を蹴飛《けと》ばしてでも、聞き込みを続けさせろ」

「明神のことは聞かないんですか？」醍醐がからかうように言った。

「あいつは、これぐらいじゃ音を上げないよ。取り敢えず、八時に一度こっちに集まってくれないか」

「九時にして下さい。呑み屋の聞き込みは、これからの時間帯が本番ですから」

「分かった。じゃあ、九時集合で。何か食べる物を用意しておくよ」

「オス」

電話を切り、私はタイムラインに新たな二項目をつけ加えた。

同1時20分?：「カフェ・ミラノ」に入る
同2時45分：店を出る。有楽町駅方向に歩き去る

問題はここから先か……六条の行動を詰めることは不可能ではないだろうが、気の遠くなるような作業が続く。九時からの打ち合わせを中止し、自分も聞き込みに回ろうか、と思った。竹永の手を借りてもいい。こういう場合は、人海戦術に限るのだ。

いや、しばらくここにいなければならないだろう。醍醐や愛美は放っておいても心配ないが、田口の問題がある。あの男が電話をかけてきて指示を仰ごうとした時、公子しかいなかったらどうなるか。彼女を悩ませるのは私の本意ではなかった。

「浮かない顔だけど、大丈夫?」公子が声をかけてきた。

「これは地顔ですよ」私は思い切り両手で顔を擦った。「気にしないで下さい。それより、九時ぐらいに皆に食べ物を用意したいんですけど」

「食堂に頼みましょうか?」

公子は署内の食堂に顔が利く。頼めば、握り飯にみそ汁ぐらいは用意してもらえるだろう。だが、くたびれて帰って来る仲間たちに、そんな食事では申し訳ない。

「食堂より、この辺りで弁当の出前を頼めるところ、ありますかね」

「もちろん」公子が引き出しを開け、出前のパンフレットを何枚も取り出した。「千円ぐらいで？」

「そうですね」私は財布を開いた。給料日まではまだ間があるのに、心許ない。今日は昼飯だけで八千円も使ってしまったし、財布が軽くなる一方だ。「……千円でお願いします」

残り少ない札の中から一万円札を一枚引き抜き、公子に渡す。明日からは、少し食事代を倹約しなければならない。警察官の給料は、他の公務員に比べて悪くないのだが、それは泊まり勤務などが頻繁なためだ。体を削って稼いだ金が消えて行く——しかし、こんな風に使わなければ、酒代に消えていくだけなのだ、と思い直す。酒は私の人生に必須のものだが、何も生み出さないのも事実である。それなら、仲間に少しでも美味い物を食べさせた方がいい。

また、中途半端な管理職のようなことを考えているな……苦笑しているうちに、公子が電話をかけ出した。幕の内弁当を六つ、九時前に届けるように頼んで電話を切る。六つ……公子はどういう計算でやっているのだろうか。私の疑念に気づいたように、「室長の分も入ってるわよ」と公子が言った。

「だったら一個足りない。田口さんの分はどうするんですか」

「あの人は、またカレーを食べてくるんじゃないかしら。放っておいていいんじゃない？　もしも食べてこなくても、皆が食べてるところを見学させておけばいいじゃない」

カレーの食べ歩きか。あり得る話だ。シンを見つけ出す前に、彼が脳内で作っているであろう「東京カレーマップ」が充実するだけかもしれない。公子が、露骨な嫌悪感を隠そうとしないのも理解できる。どういう組織にでも役に立たない人間がある程度の割合で必ずいるものだが、田口は一人で三人分ぐらいの役立たずを演じている。

溜息をついた瞬間、携帯が鳴り出した。誰だろう……真弓だった。切迫した声が、弁当に関するのんびりした考察を吹き飛ばす。

「誘拐《ゆうかい》よ。すぐに現場に来て」

9

真弓との電話を終えてからすぐ、失踪課のメンバーたちに連絡を入れた。日比谷方面にいる醍醐たちを呼び出し、六条の自宅近くにすぐ集まるよう指示する。次いで捜査一課に連絡し、特殊班の担当管理官に話を通して出動を要請した。だが向こうも呆気に取られた様子で、反応が鈍い。たまたま警察官が家にいる時に、「ご主人を誘拐した」という脅迫電話がかかってくる確率など、ゼロに近いはずだ。

集合場所——誘拐事件で最大の問題点はこれだ。被害者宅が一戸建ての場合、犯人も監視しやすい。人相の悪い刑事たちが続々と家に入って行ったら、被害者が警察に通報したことがすぐに分かってしまう。特殊班が、六条の自宅近くにある駐車場を指定した。車がいくらあっても怪しまれない場所。

「公子さん、適当に引き上げて下さい」私はコートに袖を通しながら言った。「今夜は長くなると思います」

「何かあるかもしれないから、終電の時間まではいるわ。弁当はキャンセルでいいですね？」

「残念ですけど」

失踪課の覆面パトカーが、一台だけ残っていた。慌てて乗りこみ、シートベルトも締めずに走り出す。煙草をくわえ、火を点けるとすぐに窓を開けた。冷たい風が吹きこんで目を刺激し、涙があふれてくる。いったい、この事件はどこにいくのだろうか。結果的に、予想していた通り事件だったわけだが、自分の勘を誇る気にはなれない。一部で高名な「高城の勘」は、悪いことでしか当たらないのだ。

現場に一番近かった私が、当然指定の場所に一番乗りになった。遅くまで空いている、神宮外苑の駐車場。一般客を装ってスカイラインを乗り入れ、すぐに携帯電話を取り出す。

奇妙な捜査になるであろうことは想像がついた。六条家の中にいる真弓を核として、しばらくは外から援護することになるだろう。その間、他の捜査員を家に入らせる方法を考えねばならない。

「――ちょっと待って」電話に出た真弓が、一瞬言葉を切る。空白の時間がやけに長く感じられたが、すぐに彼女のクリアな声が耳に飛びこんできた。「場所を変わったから、普通に話して大丈夫よ」

「どういう状況なんですか？」

「さっきも言ったけど、男の声で『六条を誘拐した』という電話がかかってきた」

「時間は？」

「十九時十二分」

私は手帳を開き、苦労しながら携帯電話を耳と肩の間に挟んで彼女からの情報を書き取った。七時十二分……一、二分の誤差はあると考えていいだろう。

「電話を受けたのは？」

「奥さん」

「内容はそれだけですか？」

「ちょっと待って。正確に言うから」真弓が手帳を広げる気配が感じられた。「身柄は預かっている、身代金一億円を用意しろ、という内容ね。受け渡し場所と日時は追って指定する、と」

「典型的ですね」

応じながら私は、かすかな違和感を覚えていた。六条が姿を消してから——最後に目撃されてから、既に五十時間以上が経っている。もしも犯人が、六条が「カフェ・ミラノ」を出た直後に接触して拉致《らち》したのなら、脅迫電話をかけるまでに時間をかけ過ぎだ。すぐに脅迫電話をかけてきたなら、受け渡しの場所と時間を決めていないのも理解できる。だが、五十時間後にかかってきた脅迫電話で、まだそんな肝心なことを犯人が決めていないというのは、あまりにも準備が遅い。

悪戯《いたずら》ではないか、と考えた。どこかから、六条が失踪した情報が漏れ、誰かがその情報を使って嫌がらせをしている、とか。六条にも敵がいなかったわけではないだろうから、そんなことをする人間が出てきても不思議ではない。

もう一つの可能性は、実際の拉致はずっと後だった、ということだ。だいたい、昼間の日比谷で人をさらうなどというのは、現実みに乏しい。夜になって六条の拉致に成功し——いや、そうだとしても犯人は時間をかけ過ぎだ。あるいは六条は、一昨日の午後からつい先ほどまで、自分の意思で自由に動き回っていた可能性もある。犯人が六条の自由を奪ったのはつい先ほど、とも考えられた。

「いろいろ考えているのは分かるけど、今は可能性を絞らないで」私の頭の中を読んだように、真弓が言った。

「家族の様子はどうなんですか？」

「奥さんが取り乱してて……今、休んでもらっているけど、しばらく事情聴取は無理ね。電話の内容を聞き出すだけでも一苦労だったから。六条は……何とか生きてるけど、役にはたたないわ」

「当たり前です。あいつは被害者なんですよ」私はかすかな憤りを感じた。「少しは気を遣ってやって下さい」

「刑事として振る舞って欲しいわね」真弓が冷たく言った。「こんな場合だからこそ、冷静に――」

駐車場の出入り口で、ヘッドライトが瞬き、私の目を焼いた。援軍が来たのだと気づき、「また連絡します」とだけ言って電話を切った。

車を降りると、ひんやりとした空気が全身を包みこむ。すぐ側のイチョウ並木がちょうど色づく時期だが、この時間だとその凜々《りり》しい姿を拝むことはできない。背後には巨大な秩父宮ラグビー場がそびえ立っており、夜の闇の中、暗く沈む姿はどこか不気味な感じがした。ここで怪我を負った多くのラガーマンの怨嗟《えんさ》が漂っているような。

援軍の一番乗りは長野だった。音高くドアを閉めると、大股で私に近づいて来る。彼の表情が崩れそうなのを見て、私は顔をしかめた。大きな事件に発展したので、嬉しくて仕方ないのだ。この男は事件を食べて生きている。大きな餌を見つけて狂喜するのは、野生動物の本能だろう。

「ようよう、えらいことになったな」喜びを隠し切れず、顔から笑みが零れる。

「落ち着けよ。不謹慎だぞ」

私は唇に人差し指を当てて彼を黙らせ、車に入るよう促した。長野がすぐに、スカイラインの助手席に体を押しこめる。私もすぐに運転席に座った。

「ずいぶん早かったな。どこにいたんだ？」

「本庁だよ」

「特殊班にも連絡したんだけど、一緒じゃなかったんだ」

「あいつらを待ってたら、遅れる。いろいろ用意が必要だからな」

それにしても、どれだけのスピードで走ってきたのだろう。それも部下に運転を任せるのではなく、自らハンドルを握るとは。気合が入っているのは分かるが、いつか事故を起こすのではないかと心配になる。

日比谷から来る醍醐たちは、到着が遅れていた。早く着いてくれ、と私は心の中で祈った。長野に質問攻めにされても、答える材料がない。それに、何度も同じ説明を繰り返さなければならないのが面倒だった。自分で「長野に連絡してくれ」と公子に頼んだにもかかわらず。

「何となく、俺はこんな予感がしてたんだよ」やけに自信満々に長野が言い放つ。

「悪い予感は当たるな」

「身代金の額は？」

「一億」

音を立てずに口笛を吹き、長野が首を捻った。

「ふっかけたもんだな。厚労省審議官っていうのは、それだけの価値があるということか」

「額に関しては何とも言えないけどな」

「準備すると思うか？」

「どんな家でも、簡単に一億のキャッシュを用意するのは無理だぜ」私は、足を踏み入れたことのある六条家の部屋の様子を思い出した。金庫は……なかった。だいたい、長野の指摘する通り、自宅に一億円を置いておく家などあり得ない。危険過ぎる。

また一台の車が入ってきた。私が乗ってきたのと同じスカイライン。先代V35スカイラインは、もう街中で見る機会は減っており、すぐに醍醐たちだと分かる。私は車を降り、再び外気に身を晒《さら》した。一瞬震えがくるほどの気温だが、むしろ身が引き締まる。

蒼い顔で運転席から飛び出そうとする醍醐を手で制し、私は後部座席の空いたスペースに飛びこんだ。分かっていることを説明し終えると、車内を嫌な沈黙が覆った。

「私たちもこの捜査に参加するんですか？」愛美が疑わしげに訊ねる。

「当たり前だ。流れからして、俺たちがやらないでどうする」

「一課と縄張り争いをするのは気が進みませんね。一歩引いた方がいいんじゃないですか？」

　彼女の引き気味の発言に、私は虚を衝《つ》かれた。愛美は無理に突っこむタイプではないが、自分たちの権利を取り上げられることに対しては敏感である。いきなり引き上げを覚悟したような発言は、彼女らしくない。

「捜査一課が入ると、ゼロからやることになる。俺たちにはそれなりに、今までの積み重ねがあるんだ」私は冷静に彼女に反駁した。

「長野さんが、今までのところはカバーしてるんじゃないですか。どうせ特殊班の仕事にも首を突っこむんでしょう？　任せておけばいいですよ」

「そんなに嫌わなくても……」

「分をわきまえるってこともあるんじゃないですか」

「おいおい」

　私は苦笑したが、車内に満ちた緊張感が解れることはなかった。あろうことか、醍醐も反発し始める。

「だいたい、俺たちの仕事って、途中までのことが多いじゃないですか。いいところになると、持っていかれるんだから」

「何だか、やりきれないですよ」醍醐の援護を得て、愛美が続けた。

「感傷的になるのは君らしくないぞ。とにかくここは、流れに任せよう。今は室長が家の中に入ってるから、こっちもしっかり噛んでることになる」

「何で室長が家にいるんですか」愛美が不機嫌そうに訊ねる。

「六条の様子を見にいったんだよ。そこにたまたま、誘拐犯から電話がかかってきた」

「どうしたんですか、室長」愛美が不審気に言った。「何で急にやる気を出してるんですか」

「そこはあまり突っこむなよ。やる気になってるのは間違いないんだから、あまり詳しく聞かなくてもいいだろう」

「何だか釈然としませんよ。だって――」

私の携帯が鳴り出したので、愛美が口をつぐんだ。真弓の名前を見て、慌てて通話ボタンを押す。

「また電話があったわ。取り引きは明日の朝五時。場所は国立競技場の千駄ヶ谷《せんだがや》門前」

「悪戯ですね」私は即座に断じた。「あの辺りだと、午前五時でも人も車も通りますよ。

そんなところで身代金の受け渡しができるわけがない。悪質な悪戯に決まってます。それに、家にも近過ぎる」

「それを判断するのは私たちじゃないわ」真弓がきっぱりと言い切った。「特殊班はまだ？」

「まだですね。いろいろ準備があるようで……」目を焼くヘッドライトの方を見ると、一台のワンボックスカーが駐車場に入ってくるところだった。特殊班の現場指揮車で、車内のシートは運転席と助手席を除いて取り外され、中は通信機器などで埋まっている。特殊班はこのような車両を何台か抱えており、数か月前の事件では、バスを改造した車を現場本部にしたことがある。

「さっきの電話は録音したわ。後でデータを引き取ってもらえると思う」

「分かりました。特殊班と合流します」

電話を切り、三人の仲間に「行くぞ」と声をかける。四枚のドアがまったく同時に開いた。長野も車から降り立ち、ワンボックスカーに向かう。助手席のドアがスライドして開き、中から特殊班を統轄《とうかつ》する管理官の梅田《うめだ》が降りてきた。髪がすっかり白くなっているので一見年寄りに見えるが、実際にはまだ五十二歳である。長年の激務は、髪の毛だけに影響を与えたのだ。顔には皺もないので、ひどくアンバランスな外見になってしまっている。ぴんと背筋を伸ばすと、疲れた顔に急に生気が漲《みなぎ》った。

「もう少し待ってくれ」気合十分な態度に似つかわしくない、ソフトな声。腕時計に視線を落とす。「特殊班は分乗してこっちへ来ることになっている。一分か、二分遅れだ。それと、ここの駐車場の管理者には話をつけたから、ここを当面の前線本部とする」

「管理官」

私は一歩進み出て、つい先ほど具体的な受け渡しの指示があったことを告げた。途端に梅田の眉間の皺が深くなる。

「どうもおかしいな」

「ええ」私は低い声で言ってうなずいた。

「悪戯か？」

「その可能性もあると思います」

「分かった。だが、あくまで犯人は本気だという前提で進める」梅田の指示に迷いはなかった。その顔が一瞬だけヘッドライトに照らされ、怒りの形相が見えたが、すぐにまた闇に消えた。駐車場に入ってきた二台の覆面パトカーが、ヘッドライトを消したのだ。「よし、来たな。高城と長野は、こっちの車に移ってくれ。少し狭いが、中で打ち合わせをしたい。他の者は車で待機。犯人が監視している可能性があるから、余計な動きはしないように」

言い残して、梅田はさっさと車に入ってしまった。長野は、ほとんど暗闇の駐車場の中でも、顔が輝いているように見える。私は、身軽に車に乗りこむ長野の後に続いた。

車に入ったのは、私たち三人の他に特殊班第一捜査、第二捜査係のそれぞれの係長。シートが取り払われ、代わりに両サイドに狭いベンチが置いてあるだけなので、それなりに広さはあるが、天井が低いためにどうしても頭を押さえつけられる感じになる。煙草の香りを恋しく思いながら、私は梅田の言葉に意識を集中させた。私をここへ入れたということは、失踪課も捜査に組み入れるつもりか……それならそれで構わない。管轄の壁にこだわる人間もいるが、私はやれる時はやるべきだと思う。疎《うと》ましがられても、こちらが入ることで利点があると思えば、積極的に協力すべきだ。

屁理屈をこねて、原則論から始めるには、私は年を取り過ぎた。

「よし、時間がないからさっさといくぞ」そう言いながら、梅田の口調にはまだ余裕が感じられた。「まず、家に入る方法を検討しよう。高城、あの家には以前入っているんだな？」

「ええ」こちらの動きは完全に把握しているわけか。かすかな気味悪さを感じながら、私は認めた。「ただし、玄関から入っただけですから、裏口の様子は分かりませんよ」

「阿比留が中にいるといったな。後で連絡を取って、安全に家へ入る方法を探ってくれ。それと、現在機捜が家の周辺を警戒しているが、今のところ不審者は見当たらない。家は監視していないかもしれないな」

機捜の連中なら、夜に紛《まぎ》れて上手くやっているだろう。所轄の刑事課などから引き上げられた若手が中心なので、とにかく腰が軽く、動きが早い。遊撃捜査はお手の物だから、上手く周辺のポイントを潰しているはずだ。

「次。中へ入ったら、現金が用意できるかどうかを確認する。まあ、この時間だから、一億円が用意できるはずはないが。次。高城、家族の様子はどうだ？」

「六条の失踪で、精神的に相当参っています。娘がうちの分室にいるんですが……」

「それは知っている」

「室長は、彼女の精神的なケアの目的で家を訪ねていました」

「いいタイミングだったな」皮肉というわけではなく、梅田のうなずきは本気で自分の幸運を祝っているようだった。「最悪、阿比留一人に粘ってもらう手もある」

「本人もそのつもりで覚悟していると思います」

「結構」梅田の携帯が鳴り出した。相手の言葉に耳を傾け、一言二言話してすぐに電話を切る。「機捜からだ。周辺に怪しい人間はいない。他の民家に潜りこんで監視しているとは考えられないから、犯人は近くにいないと判断していい」

　梅田の口調はてきぱきしており、聞いているだけでこちらも気が楽になるようだった。一緒に仕事をしたことはないが、部下はかなり楽ではないかと想像する。判断を迷う上司は、一番扱いにくいものだ。自信のなさは、自然に下にも伝わってしまう。

「家へ入る方法を決めるまで待機。ただし、どう転ぼうと今夜は徹夜になると覚悟してくれ。それと失踪課だが――」

梅田が私の顔を凝視した。やれるか、と無言で問いかけてくるようだったので、顎に力をこめてうなずく。こちらの力を試すような態度は、わずかに気に入らないが、そんなことを気にしている場合ではない。

「六条氏の失踪からの流れがあるから、しばらくつき合ってくれ。ただし、誘拐の件については、あくまで応援だということを忘れずに」

「やるからには、応援という意識はありません」

「分をわきまえろ、高城」

いきなり梅田の口調が冷たくなった。仕事はやらせるが、あくまで人手を確保するため、ということか。構わない。実際に捜査が動き出したら、管轄もクソもなくなるのだから。

「室長と連絡を取ります」

「よし」先ほどの冷たい喋り方は完全に消え、元の熱の籠った口調が蘇っていた。「確実に侵入できる方法を検討してくれ」

私は一度ワンボックスカーを出て、自分の覆面パトカーに戻った。失踪課の三人もすぐに車内に滑りこんでくる。簡単に事情を説明すると、愛美が鼻を鳴らした。

「要するに人数合わせですね？」

「何でもいい。取り敢えず捜査には参加できるんだから、目に物見せてやればいいじゃないか」

「そうですね」

熱の籠らない口調で愛美が言った。私はこの話題をそれ以上引っ張らないように意識しながら、真弓の携帯へ電話を入れた。

「家の中へ安全に入る方法はありますか?」

「裏口が使えると思うわ」

「裏には家はないんですか?」

「民家は二軒。あとはセレクトショップが一軒あるけど、それぐらいは潰せるでしょう」

犯人が潜んでいないかどうかチェックできるだろう、という意味だ。「私が見た限り、セレクトショップの方はもう閉店していて、人気もないけどね」

「そこから見てるんですか?」危ないことを……窓辺に、家の者ではない人間がいたら、犯人が気づくかもしれない。

「二階からね。たぶん、犯人はここを監視していない。私はまだ、悪戯じゃないかって気がしてるわ。六条さんも、ひょっこり帰って来るんじゃないかしら」

「それなら何も問題ないんですけど、そう上手くはいかないでしょう」

私は真弓と、家へ入る手順を確認した。まず、機捜による周辺の再クリーニング。その後、時間差で一人ずつ中へ入る。必要な人間が全員家の中に揃うには、一時間ほどかかるだろう、と結論を出した。

「現場を仕切ってるのは？」心配そうに真弓が訊ねる。

「梅田管理官」

「あの人なら、うちを邪険にすることもないでしょう。思い切りやって」

完全に元の真弓に戻っている。それは喜ばしいことであったが、また彼女の上昇志向につき合わされて尻を叩かれるのかと思うと、少々うんざりした。

「ここにいる全員は、家の中に入れない。俺は行くつもりだが、後は明神。いいな？」

「了解です」

「醍醐と森田は、次の動きに備えてくれ。朝までそんなに時間があるわけじゃない。タイミングを見て、何か腹に入れておいてくれよ。腹が減ってると、いざという時動けないからな」

「ああ、忘れてました」リアシートに座る醍醐が、にやにや笑った。「こんなこともあろうかと、非常食は用意してあります」

バッグからコンビニエンスストアのビニール袋を取り出し、私に差し出す。受け取って中を見ると、大量のカロリーメイトが入っていた。

「これか……水がないと、喉に詰まるんだよな」私は無意識のうちに喉を押さえた。

「それは自己努力で何とかして下さい」

「分かった。ありがたく貰っておくよ」私はチーズ味を一箱摑むと、コートのポケットに突っこんだ。食べたくはないが、結局今夜はこいつのお世話になるだろうな、と覚悟を決める。

一時間後、六条家のリビングルームに集合したのは私と愛美、特殊班の大塚《おおつか》係長と刑事の平林《ひらばやし》だった。梅田は、動きやすい指揮車の中で情報を集約し、指示を飛ばすことになっている。大塚は中肉中背、私より三歳年下の警部補で、特殊班での経験が長い。落ち着き払った態度は、麗子や舞にいい影響を与えそうだ。口数は少ないが、態度で相手を安心させられる男である。平林はＩＴ関係に強いという触れこみで、部屋に落ち着くとさっそくノートパソコンを立ち上げ、まず電話に録音されたメッセージのファイル化に取りかかった。無言でてきぱきとキーボードを叩く態度は、プロの凄みを感じさせる。

こういう時私は、少しだけ自分に自信がなくなる。私には何ら特殊能力はなく、ただ刑事として経験を重ねてきただけだ。それも、綾奈が行方不明になってから七年間は、ほとんど何もしていない。梅田は私に、「宥め役」を期待しているのかもしれない。失踪課の主な仕事は、泣いたり怒ったりする家族を落ち着かせることだと考えているのではないか――それならそれでいい。失踪課に期待されることがあるなら、ちゃんと応《こた》えてやろう。

大塚が、低い、落ち着いた声で麗子に状況を確認した。麗子は相当ダメージを受けている様子で、ソファに座ったまま、ずっと額に指先を当てていたが、何とか大塚の話についていっている様子だった。一通り確認し終えた大塚が、核心に入る。

「お金の用意はできますか」

できない、という言葉を私は予想していた。しかし麗子の口から出てきたのは、「できます」の一言だった。予想外の台詞に、その場の全員が凍りつく。


六条の書斎で、私は顔から火が出る思いを味わっていた。金庫は、この部屋のクローゼットの中に隠されていたのである。だが、これでは分かるはずがない、と自分を慰《なぐさ》めようと努めた。わずかな服を寄せて、麗子はクローゼット内の照明のスウィッチに手を伸ばした。よく見ると、オンオフのスウィッチの下に、高さ、幅とも十センチほどの小さなパネルがついている。それは蓋《ふた》で、開けるとスーツケースの錠にも似た五桁の数字のダイヤルが姿を現した。麗子が操作すると、奥の壁の一部が突然横にスライドして開く。壁紙の継ぎ目と見えていたものは、実はパネルだったのだ。埋めこまれた金庫が姿を現す。

「ちょっと下がっていただけますか」

麗子が硬い声で私と真弓に言った。私たちは慌ててドアのところまで後退し、彼女が金庫を操作する様子は見えなくなった。ここまで隠してあれば、泥棒が入ってもまず気づかないだろう。それにしても大袈裟だ。

かちりと低い音がして、金庫が開く気配がした。私は真弓と顔を見合わせ、互いに抱いた疑念を交換し合った。こんな大袈裟な金庫があって、中に相応の現金がしまってあるのは変じゃないか？　だが今は、それを追及している場合ではない。

麗子が現金を取り出し、六条のデスクに積み上げ始めた。明らかに百万円と分かる束……乱暴に摑み出し、適当に積み重ねていったが、途中で出し過ぎだと気づいたのか、二束を金庫に戻した。百万円の束が百個。デスクの上はほとんど金で埋まり、私と真弓は啞然とその光景を目にするしかできなかった。ほどなく気を取り直した真弓が、乾いた声で麗子に指示する。

「これを、下に運びます」

麗子がうなずく。私は思わず、「この金は何なんですか」と訊ねた。しかし麗子は首を振るだけで、説明を拒否する。クローゼットからデパートの紙袋を二枚取り出すと、乱暴に金を突っこみ始める。きちんと積み重ねれば、袋二つに収まるはずが、適当なのではみ出てしまう。私はつい見かねて手袋をはめ、手伝い始めた。

きちんと金の詰まった袋は、大きなブロックのようになった。持ち上げてみるとずっしりと重い。片方で五キロぐらいの計算だから、運搬時も気をつけないと、ヘマをしかねない。犯人は「家族が金を持ってくるように」と指示したのだが、麗子と舞の二人だけで大丈夫だろうか。誰かが家族を装って代わりに行く手もあるが、犯人は早い段階から家族構成を確認し、顔も割り出しているかもしれない。危険は犯せない。

ずっしりと詰まった札束をリビングルームに運びこむと、その場にいる全員に緊張が走った。

「よし」すぐに我に返った大塚が命じる。「全員で番号のチェックにかかってくれ」

私は壁の時計を見上げた。午後九時。受け渡しの時刻は午前五時だし、場所もすぐ近くだが、念のために午前四時には家を出て準備した方がいいだろう。それまでに一万枚の札の番号を控える……少しは仮眠できるかもしれないと思ったが、これでは無理だ。気合で何とかするしかないと自分を奮い立たせ、広いダイニングテーブルを作業場に使い、ナンバーを転記する作業を始めた。とはいっても、さすがに手書きではない。平林がノートパソコンを二台持ちこんでいたので、それをフル活用しての作業だった。一人が読み上げ、一人が打ちこむ。ミス防止のために途中で交代し、さらに照合をして念を入れた。

すぐに肩と首が凝ってくる。作業の進捗《しんちょく》状況を見守っていた大塚が、「急ぐ必要はない」と告げたので、私は札から手を離して背中を伸ばした。ばきばきと嫌な音が聞こえてくる。ふとキッチンの方を見ると、舞が所在なさげにぼんやりと立っていた。胸の下で腕を組み、少し下を向いた視線は虚《うつ》ろに彷徨っている。

立ち上がり、彼女の方に歩み寄った。脇をすり抜けてキッチン――そこだけで十畳ほどの広さがあった――の奥へ入り、リビングルームの方から姿が見えていないことを確認してから、舞に声をかける。

「大変だったな」

舞が無言でうなずく。この状況が正確に頭に入っているかどうか、はなはだ疑問だった。

「君は、犯人の声は聞いていないんだな」

「ええ」

私は録音で聞いた。若い男の声のようだが、張りがなく、くぐもった感じだった。自信がないという感じではなく、元々喉が弱くて大声を出せない人間が、無理に迫力ある声を作ろうとしている感じ。

「何か、事前におかしなことはなかったか？」誘拐犯は、行き当たりばったりで犯行には及ばない。大抵、現場の下見をするものだ。「怪しい人間が家の周囲をうろついてたりとか、そういうことに気づかなかったか？」

「特にないです」

私は首を振った。舞に期待し過ぎてはいけない……彼女は警察官ではあるが、大抵の警察官が自然に身につける観察眼や、物事を疑ってみる目は、持ち合わせていない。誰にもない運の強さだけはあるのだが、そんなものは自力でコントロールできるはずもない。

「無言電話とかは？」

「そういうのもない……はずです。私は知りません」

「分かった。身代金を置きに行く時は、君に現場に出てもらわなくちゃいけない。その前に、少し休んでおいたらどうだ？　このまま起きていてもやることはないし、少しでも寝て、体力を温存しておいた方がいい」

「眠れそうにないですから」舞が深々と溜息をついた。髪をきちんとセットせず、化粧もしていないせいか、いつもまき散らしている高慢な雰囲気はまったくなく、ただの傷つきやすい女性に見えた。

「横になっているだけでもずいぶん違うぞ」

「大丈夫です。一人になると、いろいろ考えてしまうから」

「いろいろって？」

「父のことです」

舞の目に涙が盛り上がり、あっという間に零れた。私はかすかな動揺を感じながら、黙ってそれを見守るしかなかった。

「子どもの頃のこととか……忙しいのに、あちこち連れていってもらいました。そういうこと、急に思い出しちゃって」

「ああ」

娘と父。私は急に喉が渇くのを感じた。私が綾奈にしてやれなかった些細《ささい》なことを、二人は想い出として積み重ねてきたに違いない。

「父が家にいないのが、今でも信じられないんです。何か、ぽっかり穴が空いたような感じがして」

「分かる」

空疎な感覚は、私にはお馴染みのものだ。ただし、未だに飼い慣らしてはいない。厄介で性格の悪い隣人のようなもので、上手くつき合う術などないのだ。無視しようとしても、朝になれば顔を合わせてしまうこともある。舞もこれから、こういう感覚と一緒に生きていくことになるのだろうか。

「眠る気がないなら、とにかく気持ちをしっかり持ってくれ。ほんの数時間のことだから。それぐらいの時間ずっと緊張していても、死ぬようなことはないから」

「ええ……」舞の声にはまったく自信が感じられなかった。人差し指を鉤《かぎ》に曲げ、関節のところで目尻の涙を拭い去る。

気づくと、真弓が彼女のすぐ後ろに立っていた。忠告を飛ばすように、鋭い視線を私に投げている。余計なことを言って、被害者の家族を精神的に揺さぶらないように、とでも言いたげだった。こちらは慰めているつもりだったのだが……舞のことは真弓に任せて、金のチェックに戻ることにする。だが、キッチンを出ようとした瞬間、携帯電話が鳴り出した。マナーモードにしておかなかったのが大変な罪のように感じられ、慌てて通話ボタンを押す。舞に背を向けて話し出すと、のんびりした声が耳に飛びこんできた。

「ああ、田口だけどね」

すっかり忘れていた。何もないという連絡だろうと思い、さっさと帰って下さいと言おうとした瞬間、田口が戸惑った口調で告げた。

「あのね、犯人だっていう男を確保してるんだけど、どうしようか？」

10

「何なんですか、いったい」醍醐がぼやいた。ぼやきながらもアクセルは踏みっ放しで、スピードメーターの針は百キロ近くを指している。サイレンを無視して道を譲ろうとしない前の車に向かって、遠慮なくクラクションを浴びせかけ、「馬鹿野郎」と悪態をついた。

「醍醐、ちょっとスピードを落とせ」

「時間、ないですよ」

「機捜と所轄が出てくれてるから、大丈夫だ」

「任せておけますか。これはうちの事件なんですよ」

「分かってるけど、落ち着け。事故でも起こしたら馬鹿らしいぞ」

醍醐がようやくアクセルを緩める。私は背中に軽く汗をかいているのを意識した。車の少なくなった時間帯とはいえ、一般道で時速百キロは自殺行為である。

ほどなく私たちは、新宿中央署に到着した。エンジンを切るのももどかしそうに、醍醐が車を飛び出して行く。私は敢えてゆっくりと彼の後に続いた。犯人は確保しているのだから、何も慌てることはない。それにこれが本当に殺人事件なら、今後は我々の手を離れるのだ。事実関係を確認したら、すぐに六条家に戻らなければならない。どう考えても、そちらの方が火急の用件だった。

当直の警官たちに名乗ると、すぐに刑事課の取調室に通された。所轄の刑事が何人か集まって、ドアが開いたままの取調室を覗きこんでいる。中から、激しい泣き声が聞こえてきた。男の声だが、尋常な様子ではない。まさか、田口が暴力的な手段で自白を強要したのでは——私は顔が蒼褪めるのを意識しながら、取調室に飛びこんだ。

デスクの向こうで、一人の男が突っ伏して肩を震わせている——泣き声は空気を震わせていた。黒い革のフライトジャケットと、襟足まで届く長い髪だけが見える。耳を塞ぎたくなったが、さすがにそれはできない。ドアに近い方に座った田口は、腕組みをしたまま左右に首を振り続けていた。やがて大欠伸《おおあくび》をして振り返ると、困ったような笑みを浮かべて「高城警部」と短く言った。

私は醍醐を中に入れて容疑者の監視を任せ、田口を刑事課の大部屋へ連れ出した。かすかに煙草の臭いが漂っているのを嗅《か》ぎ取り——おそらく夜になると禁煙解禁という暗黙のルールがあるのだろう――迷わず煙草に火を点ける。久々に肺を満たしたニコチンで、すっと気分が落ち着いた。所轄の若い刑事が、べこべこになったアルミの灰皿を渡してくれる。私は空いたデスクの端に腰かけ、灰皿を左手に持ったまま、田口から事情を聴き始めた。

「どういうことなんですか」

「どうもこうも、こっちだってたまげたよ」田口が大きく目を見開いた。「こんな簡単な仕事なら、刑事も悪くないね。俺みたいなロートルでも十分務まる」

「どういうことなんですか！」私は思わず声を荒らげた。報告は結論から――警察学校に入って初日に教わる大原則を、この男はすっかり忘れているのだろうか。

「そう怒りなさんなって」田口の顔に、にやにや笑いが蘇った。この図太さは、若い頃だったら大きな武器になったかもしれない。「聞き込みをしていた店で、あの男がいきなり『自分が殺した』って言い始めたんだよ。泣き出しちゃってね。それからずっと、止まらないんだ」

「訳が分からない」軽い頭痛を覚え、私はバッグの中から薬を取り出して喉に放りこんだ。水を飲む代わりに、煙草の煙を肺一杯に貯める。

「それはこっちも同じでさ」田口が丸い肩をすくめた。「びっくりしたよ。いきなりそんなこと言われても、どうしていいか分からないし」

「で、どうしたんですか？」

「逃げ出す様子もなかったから、あんたに連絡した。で、今ここにいる」

「容疑者、名前は？」

「あ、まだ聞いてないや」

私は唖然として田口の顔を見詰めた。田口が唇を尖らせて反論する。

「しょうがないじゃないか。いきなりだったから、そんなこと確認してる暇はなかったんだよ」

犯人の身元特定――「そんなこと」どころか、一番基本的で大事な仕事である。いったいどのレベルからこの男に仕事を教えればいいのか、私は底なし沼を覗きこむような気分になった。

醍醐が取調室から出てきた。手帳を広げて淡々と報告する。

「高井尚人《たかいなおと》、年齢は二十五歳。住所は杉並《すぎなみ》区ですね。職業は、インド料理店『アショカ』のウエイターです」

「容疑は認めてるのか？」

「オス。間違いなく自分が殺したと言っています。詳しいことはこれからですが」

「あそこは、豆のカレーが美味かったねえ」うっとりしたような顔つきで田口が言った。

「スパイシーなのにまったり甘くてさ。あの味は、日本人には出せないだろうな。コックがインド人なんだ」

「田口さん、いい加減にして下さい。カレーの味を調べにいったんじゃないですから」頭痛はますますひどくなってきた。薬を二錠追加して呑もうか、と真剣に考え始める。

「でも、食べて店の様子を頭に入れてからおもむろに本題に入る、というのがスムーズなやり方なんじゃないか」

「それで今晩は、何軒回ったんですか」

「あそこが二軒目だった」

一つだけ分かった。田口と舞には共通点がある——類《たぐ》い稀《まれ》なる運の強さだ。だが、それは当てにはできない。コントロールできない物には頼れないのだ。

「醍醐、田口さんと一緒に簡単に事情聴取してくれ。後は所轄に引き渡す」

「オス」醍醐はすぐに取調室に消えた。田口は自分が何を言われたのかも分かっていない様子で、その場にぽつんと立ち尽くしている。

「田口さん、取り調べをお願いします」

「そんなこと言ったって、俺は取り調べの経験なんかないんだよ」

「実地研修のいい機会じゃないですか」頭痛が引く気配はない。

「この年になって新しいことを覚えても、何にもならないんだけどなあ」愚痴は、泣き言のレベルに達しようとしていた。

「いいから、さっさと行って下さい」

ようやく田口が踵《きびす》を返し、のろのろと取調室に向かう。この男は、もう一度警察学校に入れて、高校を卒業したばかりの若い奴らと一緒に叩き直すべきではないか。基本的なことまで一々指示しないとできないようでは、戦力どころか身内の爆弾である。

気を取り直して、真弓に連絡を入れる。真弓は、今日中に失踪課としての事務的な処理をする必要はない、と即座に決定した。どうせ書類仕事だけなのだ。事情聴取をすませて所轄に引き継いでおけば十分である。それを聞いてから、公子には待機解除を指示した。事情を説明すると、呆気に取られてしばらく言葉を失ってしまう。

「……驚いたわね」ようやく吐き出した言葉はかすれていた。

「驚いたのはこっちですよ。まさか、田口さんがこういう強運の持ち主だとは思わなかった……とにかく、今日はお疲れ様でした。引き上げて下さい」

「舞ちゃんの方、どうなの？」

私は口元を手で被い、声を落とした。

「今のところ、明日に向けて準備中です。早朝から動き出しますから」

「だったら、私もここで待機していた方がいいんじゃないかしら」

「大丈夫ですから、今夜は休んで下さい。我々は明日、へろへろになってる予定ですから、公子さんにだけは、しゃきっとしていてもらわないと」

「そう……じゃあ、引き上げますよ」

「お疲れ様でした」

しかし私の方では、まだこの場を引き上げるわけにはいかなかった。所轄に捜査を引き継ぐにしても、まず高井が本当にシンを殺したかどうかを確認しなくてはいけない。ということは、まず遺体を見つける必要がある。

心配したものの、田口が店に入って来た時点で完全に観念していた高井は、ずっと泣きながらも迷わず証言を続けた。何度も店を訪れているシンと知り合いになり、個人的に店の外でも会うようになったこと。金に困ってシンから借りたが、取り立てが厳しく、辟易《へきえき》していたこと。誤魔化そうとしたらいきなり殴りかかられたので、つい反撃して殴り返してしまい、転んだシンは頭の打ち所が悪かったようで死んでしまったこと——遺体は始末に困って、自分の車のトランクに押しこんである、という。いずれタイミングを見て、どこかへ遺棄するつもりだったらしい。

そこまで一時間。私たちは高井のマンションへ走り、駐車場にあった彼の車のトランクから、証言通りにシンの遺体を発見した。一件落着——所轄に捜査を引き渡し、新宿中央署を辞去した時には、午前一時をだいぶ回っていた。

駐車場で、煙草に火を点ける。夜風に散る煙を見詰めながら、私は一つの細い可能性が消えたことを意識した。ＮＳワールドと六条の関係は、これでなくなったと言っていいだろう。六条が仕事の関係で拉致された可能性は……今は除外しておいていいかもしれない。結局、振り出しに戻ったわけだ。

「参ったなあ」田口が、恨めしそうに夜空を仰ぐ。「もう、電車もない」

「このまま六条の事件の方に回りましょう」私はわざわざ、覆面パトカーのドアを開けてやった。「何事も経験ですよ」

「この年になって徹夜するとは思わなかったよ」ぶつぶつ文句をつぶやきながら、田口が後部座席に乗りこむ。醍醐がハンドルを握り、車を発進させた。田口は誘拐事件の概要を知らないから、一応説明しておかないと――と口を開こうとした瞬間、軽い鼾《いびき》が聞こえてきた。車に乗ってわずか十秒、後頭部をシートにつける暇もなく、眠りに落ちてしまったのか……かすかに口を開けて静かに眠る彼の顔は穏やかで、子どものようだった。バックミラーを見ると、醍醐が必死に笑いを噛み殺しているのが分かる。

「醍醐」

「オス」答える声が笑いで震えていた。

「サイレンを鳴らして飛ばせ。そうすれば目が覚めるだろう」

「無駄な気がしますけどね。そう簡単に起きそうにない感じじゃないですか。それに、サイレンはまずいでしょう。そのまま六条さんの家に近づいたら、犯人に勘づかれますよ」

「……そうだな」

憮然《ぶぜん》として腕組みをし、私はシートからはみ出した醍醐の後頭部を睨みつけた。相変わらず激しい頭痛が襲い続け、軽い吐き気さえ覚える。頭痛薬を取り出して、水なしで二錠を呑み下し、ゆっくりと目を閉じる。

最悪の夜になるのは間違いなかった。


六条家に戻ると、札のナンバーを控える作業は終わっていた。急遽《きゅうきょ》森田が呼びこまれ、手伝っていたらしい。肉体労働をしたわけでもないのに、彼はぐったり疲れてソファにだらしなく腰かけていた。

麗子と舞の姿がない。私は愛美を呼びつけて様子を聞いた。

「二人とも寝室で休んでます」

「やっと寝る気になったか」

「眠れないと思いますけどね」愛美が肩をすくめる。肘を曲げて腕時計を見下ろし、「あまり時間もないですし」とつけ足す。

「高城さん」大塚が近づいて来た。こちらは深夜にもかかわらず疲れた様子を見せない。そういう演技をしているのか、本当にタフなのかは分からなかったが。「そっちはもう、片づいたんですか」

「どうもうちの分室には、幸運の女神というか……幸運のオッサンがいるようだ」

愛美が肩を震わせ、声を押し殺して笑い出した。「不謹慎だ」と誰かが言い出してもおかしくないのに、部屋中に弛緩《しかん》した雰囲気が広がる。緊張がピークを過ぎて、神経が破綻してしまったのだ。緊張が過ぎると、人は笑うしかなくなる。

「だったら後は、こっちに集中で大丈夫ですね」大塚が真顔に戻って言った。

「ああ、何ができるかは分からないけど」

「それより、長野さんのことなんですけど……」

嫌な予感が背中を這い上がる。

「あいつがどうかしたか？」

「管理官にかけ合って、自分の係の刑事を招集したらしいんですよ。あまり人数が多くなると、現場が混乱するんですけど……何考えてるんですかね」

「あいつはそういう奴だから」

「今回は度を超してますよ」

喋り方が静かなので気づかなかったのだが、この男は本気で怒っている。まずい……刑事部内に長野の強引なやり方を知らない人間はいないが、一線を越えると「やる気のある男」とは見られなくなる。今、長野はぎりぎりのところを綱渡りしている。

「俺からよく言っておくから。目を瞑《つむ》ってやってくれないか」

「まあ、いいですけど……長野さん、このままだといつか、怪我しますよ」

「友人へのご忠告、痛み入る」大袈裟に礼を言って、私はソファに腰を下ろした。隣に座っていた森田が慌てて座り直し、間隔をおく。そこまでしなくてもいいのに……と苦笑してから目を閉じた。強烈な睡魔が襲ってきたが、まだ居座る頭痛が睡眠を遠ざける。これなら頭痛も悪くないものだなと思いながら、ワイシャツの胸ポケットに指を入れて煙草に触れた。

ゆっくりと目を開き、大塚に顔を向ける。

「作戦に変更は？」

「微調整しました。失踪課の皆さんの配置は、こんな感じです」

彼がこちらに近づこうとしたので、首を振って制し、立ち上がった。作戦本部代わりのダイニングテーブルに広げられた、国立競技場千駄ヶ谷門付近の見取り図を見下ろす。道路沿いに、バツ印が幾つかつけられていた。

「残念ながら、この辺りには身を隠す場所がありません。何か所かに分散して、車の中で張り込むことになります」大塚がてきぱきと説明する。

「それしかないだろうな」

急に激しい空腹を覚え、私は醍醐に貰ったカロリーメイトを取り出した。喉に詰まるのを覚悟で貪《むさぼ》るように食べ、案の定しばらく声が出なくなってしまう。大塚が苦笑しながら、淡々と説明を続けた。

「六条さんには、車を運転して現場に行ってもらいます。後部座席の床に一人、うちの刑事が隠れます。四時五十分、現場に現金を置いて、直《ただ》ちに現場を離脱、そのまま家まで帰ってもらいます。後は、我々が現場で監視です。現金を置く場所はここ」

大塚が「チケット売り場」と書かれた所をボールペンの先で叩いた。この見取り図は、道路地図を基にして、様々な情報を書きこんだものだ。機捜の連中が歩き回り、短時間でポイントを正確に摑んできたのだろう。

「チケット売り場には、小さいですけど屋根があります。犯人側からは、置く場所の指定は特にありませんが、屋根がある方がいいでしょう」

「雨が降るかもしれないし」

「明日の正午まで、降水確率ゼロパーセントです」そんなことはとうに調べただろう、大塚が自信ありげな口調で反論した。

「犯人、本気だと思うか？」ようやく口の中の物を呑みこみ、訊ねる。

「個人的には悪質な悪戯の可能性も考えていますが、最悪の事態を想定して動くべきですね」

教科書的な模範解答。だがこの場では、鬼面人を威《おど》すような珍妙なアイディアはいらないのだ、と気づく。基本に忠実に動くのがベストだ。

「犯人がここにアプローチするには、どうすると思う？」

「徒歩はあり得ないでしょうね。車か……」

「オートバイかな」

私がつけ足すと、大塚がわずかに頬を緩ませる。素早くうなずいて続けた。

「現金は、二つのバッグに分けて入れました。それだと、犯人が現金をピックアップするのに手間取る可能性がある。そこが我々にとっては狙い目です」

「もたもたしている間に犯人を逮捕する、と」

「そういうシナリオで」うなずき、見取り図を覗きこむ。「失踪課さんには、車二台で張ってもらいます。ここと、ここですね」道路の左右二か所のバツ印を、赤いボールペンでなぞった。一か所は、千駄ヶ谷門の向かいにあるアイススケート場の駐車場。建物に直角に車を停められる駐車スペースが並んでいるのだが、その一番東側、首都高の入り口に近い方である。もう一か所は東京体育館の前の路上駐車スペースだった。明るさにもよるが、いずれの位置からもチケット売り場は直接見えないのではないか。

「遠いな」

「馬鹿にするつもりはありませんけど、あくまでバックアップでお願いします。こういうことは、我々の方が専門家ですから」大塚が表情を引き締める。

「分かってる。俺たちが素人《しろうと》なのも間違いない。気にしないでくれ」

「すみませんね。流れなので」

黙ってうなずいた。この時間になると、薬の影響は別にして、頭が働かなくなってくる。

「少し休んだらどうですか」

「そうもいかないよ」私は両手で顔を擦った。「この時間に寝たら、絶対に起きられない。ずっと起きてる方が、まだ使い物になるだろう」

「そうですか」大塚が肩をすくめた。「どうぞ、ご自由に」

何となく、失踪課のメンバーたちと固まってソファに座った。静かに目を閉じていた真弓が、急に目を開ける。寝ていたわけではなく、何か考え事をしていた様子だ。

「六条はどんな具合ですか？」

「寝るように、強く言っておいたわ。寝ないで現場に行ったら、何かミスをするかもしれないし」

「金を置くだけですから、ミスはないと思いますけどね」

「車を運転していくのは六条なのよ。事故でも起こされたらたまらないでしょう」

「……そういうことですか」

真弓がちらりと腕時計に目をやり、「中途半端ね」とつぶやいた。「ああ」と生返事をしてから、私は指先をいじり始めた。今すぐできることは何もない。ただ眠らないよう注意しながら時間をやり過ごす――こんな面倒な待機は久しぶりだった。森田も寝ないことに決めたようで、いつものように背筋をぴんと伸ばしたまま、壁と睨めっこをしている。まるで何かの修行をしているようだった。一方愛美は、少しでも睡眠を確保しようとしている。私の横に座り、腕組みをしたまま目を閉じているのだが、時折首がかくりと私の方に折れる。だが、半分意識がない状態でも、どうしても私にもたれかからないと決めているようで、その都度びくりと動いて体を立て直すのだった。そんなに嫌わなくてもいいのに……苦笑して、私は立ち上がった。眠気を追い払うには、結局煙草しかない。

窓辺に立ち、じっとカーテンを見詰めながら煙草をくわえる。もちろん火は点けられない。ただフィルターの感触を唇で味わい、かすかな煙草の香りを嗅ぐだけだ。それでも、ただじっと座っているよりははるかにましだった。

時間がこれほどゆっくり流れたのは初めてだった。

午前四時、私たちは取り引きの準備を始めた。二つのバッグに詰めた現金をガレージに運びこむ。二台ある車のうち、ベンツのワゴン車を運搬用に選んだ。もう一台は、二人乗りのベンツのロードスター。車好きには理想の組み合わせだ。この二台を購入し、維持していくだけの金がこの家にあるという事実を、やや複雑な気持ちで受け止める。

やはりほとんど寝ていない様子で顔色の悪い舞と、最後の打ち合わせをする。彼女はブラウスの上にカーディガンを引っかけただけで、自分の体を両腕で抱きしめて寒さに耐えていた。寒過ぎて、こちらの指示が頭に入らないのではないかと懸念したが、充血した目に集中する真剣さが見られたので、そのまま説明を続ける。携帯の他に無線も持たせたから、いざという時に連絡が取れなくなることはあるまい。

「現場でも焦ることはない」言い聞かせるように大塚が言った。「多少遅れても、金を下ろすのに手間取っても、時間の余裕は取ってある。焦らないで、とにかくバッグを置いてくればいい。万が一犯人が途中で現れたら、とにかく無線に向かって叫んでくれ。遅くとも十秒以内に駆けつけられる位置に、最低二人は待機している」

舞が力なくうなずいた。この場での彼女は、警察官ではなくあくまで誘拐被害者の娘だった。

「六条」

私が呼びかけると、のろのろと顔を上げる。

「仲間を信じろ。何があっても、俺たちが何とかする」

舞がまたうなずいたが、私の言葉の意味を理解しているかどうかは分からなかった。これ以上の言葉は、無駄に空気を震わせるだけだと判断し、一度だけうなずきかけて彼女に車のキーを渡す。その拍子《ひょうし》に触れた手は、ずっと氷でも握っていたかのように冷たかった。

「よし、準備に入ろう」

大塚が腕時計を見ながら命じた。特殊班の若い刑事が一人、リアシートの前の隙間に横たわって体を隠す。一瞬躊躇《ためら》った後、舞が運転席に座った。まだドアが開いたままだったので、大塚が「三十分後、スタートです」と指示する。この場は大塚が見送り、私たちはすぐに現場へ飛ぶことになっている。既に現場周辺のクリーニング――徹底調査――は終わっており、怪しい車や人がいないことは確認済みだった。

寝不足の重い頭を抱えたまま、裏口から外へ出た。吐く息が白いほどではないが、息をしていると口の中が冷たくなるような気温。まだ真っ暗で、自分の手も見えない。既に醍醐は現場で張っているはずで、私たちは別の車で近くまで行き、合流することになっている。

足がくたびれているのを意識する。急いでいるつもりなのだが、どうにもスピードが乗らない。森田も同様だったが、愛美だけは快調な足取りで、私たちをリードしていく。ほんのわずかだが寝たことで、エネルギーを補充したようだ。図太いというか……元々こういう性格なのだろう。それだけの覚悟がなければ、女性が刑事をやっていくことはできない。

私たちは無言で、もう一台の覆面パトカーに乗りこんだ。愛美がハンドルを握り、絵画館や軟式野球場をぐるりと取り巻く一方通行の道路を、左へ入った。絵画館脇のＹ字路を左へ曲がり、千駄ヶ谷門方向へ向かう。ヘッドライトに照らされて、前方にスケート場のオレンジ色の建物が見えてきた。愛美が車を一時停止させる。降り立った森田が、すぐに道路を横断して向かいの駐車場に走った。醍醐が乗っている車に乗りこむのを見届けて、愛美がスカイラインを再発進させる。スケート場の駐車場を見ると、他にも覆面パトカーが二台、停まっていた。ただし、チケット売り場からはいずれもかなり離れている。

東京体育館の前に車を停めると、愛美が小さく溜息をつき、肩を上下させた。

「緊張してるのか」

「してます」愛美が素直に認めた。

「いいことだな。変に突っ張って、緊張してないって言い張るようだと、かえって危ない」

「分かってます。ちなみに、下らないことをぺらぺら喋るのも、緊張している証拠だそうですよ」

愛美がシートを少しだけ倒した。楽な姿勢でバックミラーを監視するつもりだろう。シートに背中を預ける前に、グラブボックスから双眼鏡を取り出して私に手渡した。私は体を捻って、少し不自然な姿勢のまま、双眼鏡に目を当てた。まだ外は暗く、チケット売り場は見えない。いや、明るくなっても何も見えないだろう。地図を見て想像した通り、ここからは相当離れている。要するにサブ扱いか、と私は苦笑した。この現場から排除されないだけましではあるが。

無線は静かなままだった。問題の午前五時まで、あと二十分。何かが起きるとは思えない、静かな空気が流れている。外の音に馴染んでおこうと窓を開けると、寒気が入りこんで頬をくすぐった。車さえ通らないのは、東京ではこの時間ぐらいだろう。タクシーぐらいは流していそうなものだが……近くを走る中央線の始発電車はもう動いているはずだが、街が目覚めるのはもう少し先だ。

「高城さん」

愛美が緊張した低い声で囁く。開いた窓から外を見ると、一人の老人が犬を連れて足早に歩いているのが目に入った。白いジャージの上下にジョギングシューズ。犬は巨大なセントバーナードで、散歩させているというより、犬に引っ張られているようだった。

「あれは、違うだろう」

「……ですね」

またも沈黙。次第に車内の空気が張り詰め、耐え難い緊張が全身を支配する。私は何度か肩を上下させ、無言の行に耐えた。愛美は少しシートを倒した楽な姿勢のまま、じっとバックミラーを見続けている。自分の部下ながら、恐るべき集中力だった。瞬きさえしていないのではないかと思える。日の出はまだしばらく先。しばらくは街灯の光だけを頼りに監視を続けることになる。冷たい空気に映える光は凍りついたようで、そんなはずはないのに冷たさを感じさせる。世界が終わり、自分たちだけがこの場所に取り残されてしまったような気になった。

ふと、単眼の光が目に入った。

「明神、前」

　愛美が少しだけ体を起こし、体を前へ乗り出してハンドルを抱えた。開いた窓からは、50ccバイク特有の甲高い排気音が飛びこんでくる。フルフェイスのヘルメットに隠れて顔はまったく見えないが、若い男のようだった。丈の短いナイロンのフライトジャケットに、細身のジーンズ。足元は六インチの編み上げブーツ……そこまでは分かったが、バイクはあっという間に通り過ぎてしまった。直前、双眼鏡を目に当て、ナンバーを確認する。

「ナンバー、控えました」愛美が短く告げる。

「念のため、連絡」

　愛美が無線を取り上げ、報告を始めた。

「現在、A1地点を50ccバイクが通過。車種はヤマハのジョグ、ナンバーは……」

『えぇー、そのバイクはチケット売り場前を既に通過。特にスピードを落としていない』

　現金を置くポイントに一番近い場所で待機しているであろう刑事が答えた。違うのか……私はシートに背中を預けた。偵察に来たとも考えられるが、それならあまりにも無用心過ぎる。用意のいい犯人なら、とうに下見を済ませ、ぎりぎりまで現場に近づこうとしないはずだ。

「関係ないな」

「そうですね」素っ気なく言って、愛美が腕時計を見る。最近、カルティエのごく小さい、薄いモデルを買ったことに私は気づいていた。ほとんど化粧っ気もない彼女にしては、洒落た時計を買ったものだ。

「何時だ？」

「十分前です」

ここから先が長いのは、経験的に分かっていた。一秒が一分に、一分が一時間に感じられる。

「前をケアしてくれ」

「了解」

私はシートの上で体を捻って膝立ちし、完全に後ろを向いた。双眼鏡の視野に全神経を集中させ、暗闇の中で何かを見つけ出そうとする。じりじりと時間が過ぎ、双眼鏡を押しつけた目の周辺が痛くなってきた。

突然、無線から声が流れ出す。予定通りの時間だと頭では分かっていたのだが、やはりどきりとした。

『マル対、現場に到着』

舞……無事にやれるだろうか。緊張のあまり、重大なヘマをしないとも限らない。報告が続かないまま、また時間だけが過ぎる。無線を引っ掴んで「状況を報告しろ！」と怒鳴りたい気持ちを抑え、監視を続ける。はるか遠くにぽつんと見える二つのヘッドライト……あれが舞の運転してきたベンツだろう。ほどなく、ヘッドライトがゆっくりと大きくなってくる。

『マル対、チケット売り場に現金を置いた。現場を離脱中』

第一段階は終了だ。私はゆっくりと息を吐き、双眼鏡を目から外した。横を向き、舞のベンツが脇を通り過ぎるのを待つ。舞は慎重に制限速度を守っているようだったが、それでも通り過ぎるのは一瞬の出来事である。強張った顔を見て、私は彼女の緊張感を我が事のように感じ取った。

「大丈夫だったみたいですね」愛美も溜息を漏らす。

「本番はこれからだ」

「分かってます」

再び時間が流れ始める。今度は、先ほどよりもさらにゆっくりだった。次第に手が汗ばみ、双眼鏡が持ちにくくなってくる。意識して瞬きを我慢していたので目が乾く。きつく目を閉じ三秒……また瞬きをしないよう、耐える。それを繰り返しているうちに、愛美が突然「五時です」と告げた。

緊張がピークに達し、自分の鼓動の音さえ聞こえてきそうだった。何度も唾《つば》を呑み下し、両手を順番にズボンに擦りつけて汗を拭う。無意識のうちに、頭の中で数を数え始めていた。何事につけてずぼらな私だが、体内時計にだけは自信がある。六十をカウントすれば、誤差一秒以内で一分になるのだ。

六十を二回数えた。双眼鏡から目を離し、腕時計を確認すると、間違いなく五時二分になっている。再び双眼鏡に目を当て、暗闇を凝視しながら六十をさらに三回。

「今六時……五分か？」

「はい」愛美が短く答える。

「来ないな」

「ええ」

私は双眼鏡を離し、シートに置いた。両手で目を擦り、緊張を解してやる。

「張り込みを始めてから通り過ぎた車は？」

「タクシーが三台だけですね」

「人はいなかったよな」

「ええ……」

言った側から、愛美が緊張するのが分かった。前方、向かい側の歩道を、男女の二人組がジョギングにしては速いスピードで走って来る。二人ともトレーニングウエア姿。シューズも本格的なマラソン用で、いかにも走りなれている感じがした。男は四十歳ぐらい、女はもう少し若いだろうか。二人とも同じぐらいの身長——百七十センチほどで、申し合わせたように手と足の動きが合っている。二人……バッグは二つ。

二人が通り過ぎると同時に、愛美が車のドアを押し開けた。

「待て」

私が鋭く忠告を飛ばすと、愛美が怒ったような口調で「分かってます」と答えた。ドアを細く開け、右足だけを外に出したまま、体を捻って二人組の背中を見送る。二人組は、こちらの存在をまったく意識していない様子で、快調に飛ばしていた。

「報告！」

短く指示すると、愛美が無線を摑んで「現在、A1地点をジョギングの二人組が通過。男女二人組、身長百七十センチほど、二人とも白いウエア」と低い声で簡潔に告げた。

『A1地点、了解』

沈黙。今、この周辺で張っている刑事たちの意識は、一斉にこの二人組に向いているはずだ。見ていると、二人は突然道路を横断し、現金が置いてある側に移った。

「おい」

私が緊張して言うと、愛美がまた「分かってます」と短く答え、足を引っこめた。すぐに車のエンジンをかけ、バックミラーを凝視する。Uターンするなり道路を塞ぐなり、いかなる動きにも対応しようという狙いだ。

三十秒ほどが過ぎる。無線から、気の抜けた声が聞こえてきた。

『二人組、B2地点を通過。バッグにはまったく気づいていない模様』

私は盛大に溜息をついて、シートに体を預けた。単なる早朝ジョガーか……これは悪質な悪戯だ、という確信が急速に高まってくる。

11

駐車場に停めた指揮車の中では、管理官の梅田が、さすがにげんなりした表情を浮かべていた。午前六時半。まだ警戒態勢は続いているが、既に身代金は撤収され、現場の監視も覆面パトカー二台だけに減っている。

「さて」気を取り直したように梅田が言った。「そろそろ判断しないといけない。犯人は本気だったか？」

無反応。その場にいる全員が疲れ切り、狭い閉鎖空間で悪い空気に汚染されたように、蒼白い顔をしている。私も同様だった。この包囲網は何だったのか……虚脱感を覚えると同時に、疑念が沸き上がるのを意識する。

情報漏れ。

六条の失踪は未だマスコミには知らされておらず、当然報道もされていない。とすると、六条失踪を知る人間は限られている。警察か厚労省、あるいは家族……聞き込みをかけた相手ということも考えられる。金を奪うのが目的ではなく、私たちがまんまと引っかかったのを見て喜んでいるとか。だが、悪戯にしてはあまりにもリスクが大き過ぎる。

「よし。優先的にやるべきは、今回の一件の犯人を特定することだ。かかってきた二回の電話の解析から、脅迫電話は公衆電話からかけられたということは分かっている。別の電話だが、二回とも渋谷区内からだ。その周辺の聞き込みを強化する。それと、電話の内容そのものに関する分析も進めているから、それもいずれ役に立つだろう」

「犯人は、六条さんの自宅の電話番号をどうやって知ったんですかね」私はぽつりとつぶやいた。六条の電話番号が電話帳などに載っていないことは、分かっている。

「それぐらい、何とでも調べようがある」

梅田が軽い調子で言ったが、私はすぐには納得できなかった。昨今、固定電話の番号を調べるのは意外に難しい。梅田が細かく指示を出していったが、全て私の耳を素通りしていった。この件については、失踪課はお払い箱になるだろう。悪戯なのか、犯人が何らかの事情で姿を現さなかったのかは分からないが、あくまで誘拐事件として、捜査一課特殊班が担当するのが筋だ。もちろん失踪課としては、一課がどう動こうが、六条の捜索をやめるわけではないが……敢えてここで宣言する必要はないだろう、と判断する。

「――以上だ」一度言葉を切り、梅田が私の顔を凝視する。何の感情も読み取れず、淡々と義務を果たしている様子だけが伝わってくる。「失踪課には、これまでのご協力を感謝する。今後は一課で引き取るから、自重してくれ」

自重——その言葉に引っかかり、私は言う必要のない言葉を吐き出してしまった。

「六条さんは現在も行方不明なんですよ？　我々は引き続き捜索を行います」

「余計なことをされると、事件の捜査に悪影響が出る恐れがあるんだがね」梅田が、ボールペンでクリップボードを叩き始めた。熟達したドラマーのように、リズミカルに音を叩き出す。やや甲高いその音は私の耳を不快に刺激し、気持ちがささくれ立ってくるのを意識した。

「もちろん、捜索の結果は逐一報告します。それは、一課の本筋の捜査にも役立つと思いますが」

「六条氏の行方を捜すことと、犯人を捜すことは密接に結びついている。だからこそ、我々だけでやった方が効率的だ」そこで一度息を切り、瞬きもせずに私を見詰めた。「だいたい失踪課では、今までに六条氏の行方につながる手がかりを摑んでいるのか？　プロに任せなさい」

「行方不明者捜索のプロは我々です」あまりにも一方的な決めつけに、私は普段なら口にしない言葉を言い放った。「それにこの件は、上からきている話です」

「だから？」梅田の言葉は冷たく、反論しようのない硬さをも感じさせた。「この事件は既に、単なる失踪ではない。どういう経緯で情報が下りてきて、失踪課に出動命令が下ったかも分かっているが、そんなことは今となってはどうでもいい。それとも失踪課は、上の威光がないと仕事ができないのか？」

　私は耳が熱くなるのを感じた。今の発言は失敗だったと悟る。まさに梅田の言う通り、「上の命令」というお墨付きを錦の御旗のように振りかざしただけだ。しかし、「引きます」とは言えない。しばらく無言でいると、梅田はそれを了解の合図と解釈したようで、淡々とした表情でうなずく。勝手に誤解させておこう。

「以上。疲れているところ申し訳ないが、直ちに動いてくれ。分かっていると思うが、初動が全てだ」

　狭い指揮車の中で一斉に男たちが動き出したので、車がぐらりと揺れた。左側のドアに近い方から次々と外へ出て行き、私と長野が最後になった。梅田は車の中に残った。

　失踪課の覆面パトカーの方にぶらぶら歩いて行きながら、煙草に火を点ける。徹夜明けで、体に染み渡るニコチンが吐き気を呼び起こした。頭痛は消えていたが、その後に特有の痺《しび》れるような重みが頭に満ちている。駐車場のアスファルトに煙草を投げ捨てて踏み消すと、後からついて来た長野が拾い上げた。立ち止まって振り返り、首を振る。

「こんな所へ煙草を捨てると、逮捕されるぞ」

「馬鹿馬鹿しい」

失踪課の覆面パトカーに乗りこみ、音を立ててドアを閉める。長野は迷わず助手席に腰を落ち着けた。

「何か話でもあるのか」前を向いたまま、私は訊ねた。

「大人しくしておけよ」忠告しながら、長野が灰皿に吸殻を捨て、指先を擦り合わせて汚れを落とした。「ここからは、完全に一課の仕事になる。何も無理に首を突っこんで、トラブルを起こす必要はない」

「お前に言われたくないんだけど」

私の皮肉は、彼にはまったく通用していない様子だった。人は、自分のことが一番分からない。彼にしてみれば、自分は能力が高いから、他人の事件にも首を突っこむ権利がある、という理屈なのだろう。馬鹿馬鹿しいし、組織の論理を無視したやり方だが、それで彼が一定の成果を挙げているのも間違いない。

「で、本当のところはどうなんだ？　引くつもりか？」探りを入れるように長野が訊ねた。

「今後どうするかは、失踪課全体で決めることだ。俺一人の意思じゃどうにもならない」

「お前が失踪課なのかと思ってたよ」

長野の言葉は、皮肉にしか思えなかった。「警視庁のお荷物」「盲腸」と言われる部署に配属された時、私は人事も見る目があると皮肉に考えたものである。当時、綾奈の失踪から七年。その間あちこちの所轄を回り、酒に溺れてろくに仕事もしてこなかった私を放りこむには、いかにも適当なセクションである。だがそこで待ちうけていた真弓は、私に失踪課を――少なくとも三方面分室を――きちんとした捜査部署として立て直すよう期待した。上を狙う彼女の野望のために使われるのは馬鹿馬鹿しかったが、それでも何となくこの水が体に合い、ようやくまともに仕事ができるようになったのは事実だ。次第に分室としてのまとまりも生まれた矢先、今度は真弓が己の過去に絡んだ事件に巻きこまれ、一時三方面分室は崩壊寸前に陥った。それが緩やかに回復しつつあるのが現状なのだが……とにかく、「私は失踪課」ではない。一人の人間が、組織全体を体現する存在になど、なれるわけもないのだ。

「俺はただの駒《こま》だ」

「綾奈ちゃんのことは、どうしてるんだ」

長野が突然切り出した。真意がつかめず、私は横を向いて彼の顔をまじまじと見詰めてしまった。が、やはり本音は読めない。

「リストを作って、当時の同級生に当たっている」

「大変じゃないか。もう皆高校生だよな」

「ああ。だけど、当時の様子が知りたい。失踪当時の状況を再構築すれば、見えてくるものがあるはずなんだ」

「それが、お前が失踪課で学んだやり方か」

「そうだと思う」

「もう一つ、優しさとかな」

意外な台詞に、私は思わず目を剝いた。彼の口から「優しさ」などという言葉が出ると、ぎょっとする。だが長野は、腹の上で両手を組んだまま、平然とした顔つきをしていた。

「その優しさは、他のことにも生かしてやるべきだと思うな」

「どういうことだ？」

「六条舞だよ。普段は失踪人を捜している警察官の家族が行方不明になった――こんなことを経験しているのは、お前ぐらいだぞ……室長もそうだけど。お前だからこそ、同じような立場の人の痛みは分かるんじゃないか」

「人の痛みは、決して同じじゃないんだよ。『分かる』なんて言うのは、安っぽい同情に過ぎない」

私は警察で多くのことを学んだが、そのうちいくつかはまったく役に立たない、教条主義的な内容に過ぎなかった。「人の痛みの分かる刑事になれ」というのもそうである。被害者に感情移入して、悲しみや憎しみを捜査に対する執念に転化するのはいいことだが、悲しみを理解できると思ったら大間違いだ。百人の被害者、百人の事件……百通りの悲しみがある。それを全て理解できると考えている刑事がいたら、傲慢か間抜けか、どちらかだ。

「いずれにせよ、六条にはもう一回会うよ。引き上げるにしても、そのことを言っておかないといけないし、今後の業務連絡もある」本当は、どうしても知りたいことがあったのだが、それを長野に告げるのは躊躇われる。

「そうだな……そういうことにしておくか」長野がドアに手をかけた。「目立たないようにやれよ」

「分かってる」

まだ何か言いたそうで、長野はドアを開けなかった。だが、結局は思いを言葉に集約するのを諦め、冷たい朝の空気の中へ出て行った。基本、無神経な男のくせに、時折妙に気を遣うことがある。だからこそ私は、この男との距離感を楽しみつつ、長い間つき合っているのだろう。


慎重に裏口から家に入ると、そこに漂う淀《よど》んだ冷たい空気に、私は打ちのめされた。真弓がまだリビングルームに陣取っていたが、さすがに疲労の色が濃い。私は臨時の捜査会議の様子を説明し、彼女は相槌も打たずに聞いていた。話し終えると、「順次、撤収ね」とつぶやく。

「ここを撤収、という意味ですよね」私は小声で念押しをした。彼女は復活しかけていると信じているが、仕事を取り上げられれば、急にやる気が萎《しぼ》む恐れもある。真弓は周囲を見回すと、無言で素早くうなずいた。それで一安心し、大塚たちに挨拶《あいさつ》をする。大塚は目を瞬《しばたた》きながら、軽く一礼した。かすれた声で「お疲れ様でした」と言うと、椅子に座ったまま思い切り伸びをする。ダイニングテーブルの上に広げられた地図や放り出された筆記具などが、先ほどまでの緊張した雰囲気を告げていた。

「長引くかもしれないけど……」

「慣れてますから」

緊張が引き伸ばされた後の弛緩の時間。大抵の人間は、ここで一度リセットしないと後でガタがくるのだが、彼に関してはそういう心配はいらない様子だった。依然として気持ちが張り詰めている感じで、なおかつ無理をしている気配がない。

「奥さんは？」

「休んでますよ。ほとんど倒れるみたいに……当然でしょうね」大塚が眉をひそめる。

「うちの六条も？」

「部屋にいますけど、寝てるかどうか。緊張も不安もあるでしょうし」

「少し、彼女と話していいかな。業務連絡があるんだ」

大塚が疑わしげに首を捻ったが、私はすぐに疑問を氷解させてやった。

「休んでるんだから、仕事上の引き継ぎがいろいろあるんだ」

「まあ……あまり無理しないで下さいね。いつ何があるか分からないんだから」

「分かってる」彼の肩を一つ叩き、私は真弓の許へ歩み寄った。顔をくっつけるようにして「ちょっと六条と話してきます」と告げる。

「一人の方がいい？」

「そう、ですね」

「分かったわ。詳しいことは、後で失踪課で」

彼女にうなずきかけ、私は階段を上がった。手すりの優美な曲線や、よく磨き上げられた焦げ茶色は、家の中に不気味な落ち着きをもたらしている。それこそ、横浜辺りに今も残っている、明治時代の洋館に迷いこんでしまったようだった。

舞の部屋の前に立ち——六条の書斎の向かいだった——しばし躊躇った後、ノックする。ほどなくドアが細く開き、舞が顔を見せた。寝ていたのか、ブラウスにはわずかに皺が寄り、目の下に薄《う》っすらと隈《くま》ができている。

「ちょっと話していいか」

私は向かいの書斎の方に視線を投げた。いくら捜査とはいえ、彼女の部屋に足を踏み入れるのは躊躇われる。舞がのろのろとうなずき、重い足取りで廊下を横断した。書斎のドアを開け、私を先導する形で中に入る。

「座ってくれ」

指示すると、言われるままに六条の椅子に腰を下ろす。しかし父の思い出を汚すのを恐れでもするように、ごく浅い腰かけ方だった。

「二つ、聞きたいことがある。一つ目は……君のお父さんは選挙に出る予定だったのか？」

「そういう風に聞いてます」

「家の中で話はしなかった？」

「母とは話していたようですけど、私は関係ないですから」

関係ない、という一言の冷たい響きに、私は注目した。選挙は間違いなく、家族総出の大イベントになる。というより、家族の全面的な協力を取りつけられない限り、本格的な選挙運動など不可能だろう。だが舞は、他人事《ひとごと》のような態度だった。

「選挙は、大変なことなんだけど」

「それは父の問題です」

あまりに素っ気ない態度に、私は言葉を失った。何が彼女をそんなに頑なにさせるのか。父親に対する愛情が深いことは、以前の会話から推測できている。となると、母親との関係がしっくりいっていないのか？　母娘は、一度憎しみあうようになると、簡単には関係を修復できないものだ。例えば六条の出馬に関して、夫婦だけが力を入れて準備を進め、舞はまったく相手にされていなかったら……自分だけがのけ者だと感じ、距離を置き始めるのは、いかにもありそうなことだ。その際、父親ではなく母親に対して憎しみを抱くようになるのも、理解できないではない。誰かを憎まなければならない時、当事者ではない人間をターゲットにしてしまうのは、よくある話だ。

「もう一つ、いいか」

「はい」

私は、閉じたままのクローゼットに目を向けた。

「クローゼットの中に金庫があるのは知ってたか？」

「いえ」

「身代金はそこから出た。どれぐらい入っているかは分からないけど、家の中に一億円以上も現金があるのは、異常だと思う」

確かに、金融機関を信用できずに、タンス預金に頼る人が多いのは事実である。どこの調査だか忘れたが、日本全体で三十兆円近い金額が家の中で眠っている、という記事を読んだことがあった。世帯数で割れば、一世帯当たり六十万円ぐらい……平均を出すことに意味はないが、一億円が隠し金庫の中にあったのは、どう考えてもおかしい。

「どうなんだ？　家にはいつも、こんな多額の現金が置いてあるのか？」

「それは、私には分かりません」否定する口調が少し強くなる。「家のお金のことにはタッチしてませんから」

「君の家が金持ちなのは分かるけど――」

「高城さん、何が言いたいんですか」冷たい声で舞が言い放った。疲労と苦悩のせいか、声には凶暴な気配が潜んでいる。

「気になっただけだ」私は一番無難な答えを返した。「普通と違うことがあれば、どうしても確かめたくなるのが刑事の性分なんだよ」

「……そうですか。とにかく、私は知りません。金庫があるのも知らないし、どうしてそんな大金があったかも、見当がつきません」

「それならいい」

だが後で、麗子には確認しなければいけないだろう。トラブルになるのは覚悟の上だ。この問題に関しては、十分納得できる答えが得られない限り、私は悩み続けるだろう。

「失踪課は公式には、この捜査――誘拐の捜査から引くことになった」

「そうですか」舞はさしてショックを受けていない様子だった。

「誘拐の捜査は一課の担当だから……ただし、俺たちは諦めない。六条さんの捜索は、失踪課の仕事なんだ」

「分かりました」

「もう少し待ってくれ。必ず見つけ出すから」

舞は言葉なく、静かにうなずくだけだった。彼女のその態度からは、「信頼」という文字は一切見えなかった。

失踪課に戻り、自席に座った途端にエネルギーが切れた。首を後ろに折るようにして天井を仰ぎ見、腹の上で両手を組み合わせる。既に渋谷中央署全体は動き始めていて、廊下の方でざわついた雰囲気がするのが救いだった。当直体制時の静けさだったら、間違いなく寝てしまうだろう。つくづく、五十歳が近い年齢を意識する。他のメンバーも、思い思いに眠気に耐えていた。わずかだが睡眠を取った愛美だけがしゃきっとした感じで、新聞に目を通している。これからの方針を指示しなければならないのだが、どうにも考えがまとまらない。考えようとすると眠気が頭に入りこみ、追い出そうとしても簡単にはこちらの要請を受け入れてくれなかった。

「おい、皆生きてるか」

カウンターの方から呼びかける声に反応してのろのろとそちらを向くと、法月大智が、いつものように微笑を浮かべて立っていた。それだけで、ざらざらしていた気持ちが少しずつ癒《いや》されていく。法月はかつて三方面分室にいた仲間で、定年を間近に控え、渋谷中央署の警務課に異動になった。心臓の持病に苦しみながら、刑事という仕事に執着していた本人も、ついに諦めた様子である。どんなに優秀な刑事であっても、定年から逃れることはできない。今ではすっかり好々爺《こうこうや》といった感じになり、時折話しこむ時も、口調がゆったりした気がする。そういう態度には慣れてきたが、制服姿には未だに違和感を覚える。

法月が、カウンターに箱を置いた。何事かと思って見ると、栄養ドリンクである。

「疲れてるんだろう？　差し入れだ」

「すみません」

　昭和の「モーレツ社員」などという言葉をふと思い出す。栄養ドリンクを飲んで元気が出た気になるのは、微量に含まれているアルコール分のせいであることが多い。だいたい、これで栄養を補給できると思ったら大間違いだし、すぐエネルギーに変わるものはあまり入っていない――つい皮肉に考えてしまって反省する。捜査に口出しできなくなった法月の、これはでき得る限りの思いやり、かつての仲間に対するエールなのだから。

「醍醐、法月さんから差し入れだ」

　目を瞑ったまま体を前後に揺らしていた醍醐が、ぱっと目を開ける。法月の姿を認めると、急に顔が明るくなった。

「すみません、ありがとうございます」立ち上がり、六本入りのパッケージをいきなり破くと、さっそく一本取り出して口をつける。腰が折れそうな勢いで反り返り、一気に飲み干した。

「ご馳走《ちそう》さんです！」パン、と両手を叩き合わせ、大きく伸びをする。

「単純な男だね、お前さんも」法月が苦笑した。

「いやあ、結構効きますよ」

にやりと笑い、醍醐が全員に栄養ドリンクを配り始めた。愛美は嫌そうな顔をしていたし、田口は周りを気にせず、デスクに突っ伏して寝ていたが……私は一本をすぐに空けた。酒ほどの即効性はないが、わずかに喉を焼く感じに、意識が鮮明になる。

「で、どうよ」

法月が、興味津々といった様子で訊ねる。私は面談室へ入るよう、彼を促した。部屋で話せることではない。椅子に落ち着き、公子がお茶を用意してくれたところで、私は夕べからの動きを話し始めた。

「それは……」説明を終えると、法月が唸《うな》った。「悪戯じゃないのかねえ」

「だとしても、問題なんです。情報漏れの可能性があるんですから」

「そうか。確かにそれは面倒だな」

「といっても、今はその件を追及するわけにはいきませんけどね。六条さんの行方を捜すのが先です」

「分かってる……それにしても、選挙か」

「仮に当選したら、六条はどうするんでしょうね。親が代議士で娘が警察官っていうのも……」何も悪いことではないが、陰口を叩く人も出てくるだろう。

「それは何とでもなるというか、六条は気にもしないだろうけど……それこそ警察を辞めてオヤジさんの秘書になるとかな。この仕事へのこだわりもないんじゃないか？」

法月の口調には、どこか含みがあった。何か事情を知っている様子である。

「オヤジさん、何か摑んでるんですか」久しぶりに「オヤジさん」と呼んだ。さすがに一緒に仕事をしていないと、そんな風に気軽には呼べない。最近はずっと「法月さん」だった。

「うん、まあ……前から、六条が何で警察官になったのか不思議だって、皆で言ってたよな」

「ええ。未だに訳が分かりませんが」

「あいつ、男を追ってきたんだよ」

「はい？」

突拍子もない話に、私は思わず聞き返した。あれだけ合コンを繰り返して、腰が落ち着かない人間が……目をぱちくりさせていると、法月が豪快に笑い出した。

「ここを離れると、また新しい世界が広がるものでね。調べたわけじゃないけど、何となく耳に入ってきたんだ。詳しい話は知らないけど、学生の頃につき合ってた男が警視庁に入って、六条は一年遅れて続いたらしい」

「いや、まさか……で、その後どうしたんですか？」三十を過ぎてまだ独身ということは、その男とは上手くいかなかったのだろうか。

「そこははっきりしない。だいたい、相手が誰かも分からないんだ。調べれば分かるかもしれないけど、そこまでやるのは悪趣味だろう」

「まあ、そうですね」そう言いながら、法月はいずれ調べ始めるのではないか、と私は思った。気になったら底の底まで掘る——刑事の性癖は、捜査の現場を離れても急に失われるわけではない。

「警視庁に入るに際しては、家族の間で大問題になったそうだ。強硬に反対したのが母親。父親は、理由はともあれ自分の進路を自分で決めたのはいいことだと後押ししたらしいがね」

「その時に、何らかのコネを使ったとか?」

「それはないと思うけどなあ」法月が銀髪を撫でつけた。「厚労省と警視庁……キャリア同士の個人的なつながりはあるかもしれないけど、そんなに深いものじゃないだろう。採用に影響を与えるほどの関係があるとは思えない」

矢壁はどうだろう。舞が警察官を志《こころざ》した頃、彼が警視庁の然るべきポジションにいれば……いや、それは無意味な邪推だ。そんなことがあったからといって、今の事件に何か関係があるとは思えない。

「いずれにせよ、今の仕事には執着してないだろう。つき合ってた相手が自衛官になれば、自分も自衛官になるようなタイプだよ」

私は力なく笑ったが、一つだけ疑問の答えが得られたような気がした。

「もしかしたら、母親との対立は、未だに尾を引いているのかもしれません」

「そうなのか？」

「どうも、母娘関係が冷たい感じでした」

「そういうことはあるだろうなあ。男を諦めて親の言うことに従うようなタイプでもないだろう、六条は」

「どうなんですかね」法月はあっさりと断定したが、そう言い切れるほど、私は彼女のことを知らない。普段の態度からして、混み入った話をする相手ではないと勝手に判断してしまっている。

「ま、これも一つの情報としてな」法月が膝を叩いた。「ところで、はるかと会ったんだって？　また迷惑をかけなかったかね」

「彼女自身、迷惑な仕事だったみたいですよ」

「なるほど」法月が苦笑した。

「話してないんですか？」

「聞いたんだが、急に怒りだして何も教えてくれんのだよ。まあ、押しつけられた仕事だとは思ったがね……仲間と言っても、六条は金持ちだからなあ。やっぱり、我々とは感覚が違うんだろう。いきなり弁護士を呼ぶっていうのは変だな」

あるいは住田家が、というべきかもしれない。はるかを紹介したのは住田家なのだから。まさに、我々が窺い知ることすらできない世界だ。ほんのわずか、服の裾に触れるぐらいはできるかもしれないが。

12

私たちにできるのは、日比谷周辺での聞き込みを続けることだけだった。私も田口も参加し、総出で目撃者探しを続けたが、一日の働きは徒労に終わった。途中でNSワールド社に出向き、失踪課として今回の事件の事情を説明する。既に新宿中央署の刑事課からも連絡が行っていたが、これは届け出を受けた人間としての礼儀である。同行した田口は、ほとんど寝そうになっていた。

その日は、定時に全員を帰宅させることにした。一度失踪課に集まり、情報交換――内容はなかった――をしてから、真弓が解散を宣言する。醍醐と森田、田口はそそくさと引き上げた。朝方は元気だった愛美もさすがに疲れきり、いつも艶々《つやつや》している髪も輝きを失っている。私は拳を目に当ててぐりぐりとマッサージし、最後に一つ頬を張った。

「疲れたな」溜息と共に言葉を押し出す。

「そうですね」彼女が素直に疲労を認めるのは珍しいことだった。

「早く帰れ。明日から平常運転だ」

「土日、どうしますか」

言われて、今日が木曜日だったと思い出す。一日徹夜すると、曜日の感覚が失われてしまう。時差ぼけのようなものだ。

「明日、目立った動きがない限り、非番でいいよ」

「そうですか……」

愛美が唇を噛む。歯切れの悪い言葉に、私は疑念を抱いた。この週末に何かあるというのだろうか。

「気になることがあるなら言えよ。相談に乗るぜ。そういうのも管理職の仕事だから」

管理職の仕事。いつも彼女に言われている皮肉を逆に使ってみたが、愛美は乗ってこなかった。

「いや……いいです。プライベートな用件ですから」

「そうか」突っこむと拒絶反応を起こされそうだ。だが何故か、彼女は聞かれたがっている、と確信した。「本当にいいのか？」

「いいです」愛美の口調が強張る。「気にしないで下さい。ただ、仕事がある方がいいかな、と思って」

愛美が荷物をまとめ、立ち上がる。バッグを担《かつ》いで背中を向け、一瞬動きを止めた。私の言葉を待っているのだと分かったが、上手い台詞が見つからない。結局無言のまま、彼女はデスクを離れた。やけに緊張していたのに気づき、ふっと溜息をついてから、帰り支度をしていた公子に声をかけた。

「公子さん、明神、どうかしたんですか?」

「あら、知らないの?」不思議そうな顔をして、公子が近づいて来た。「土曜日にお見合いらしいわよ」

「は?」

「お見合いよ、お見合い。聞こえなかった?」

私はよほど間抜けな顔をしていたのだろう、公子が吹き出しそうになった。が、すぐに表情を引き締める。

「前から、警察官なんか辞めて静岡に帰って来いって、ご両親が煩く言っていたでしょう」

「そうですね」二人とも教員という両親から見れば、刑事の仕事はひどく危険に見えるようだ。実際、教員には想像もできないような危険な場面もあったのだが……。

「来年、お父さんが定年らしいのよ。それで、本腰を入れて静岡へ戻そうとし始めたみたいなのね。今回は、愛美ちゃんの高校時代の先生が仲介役だから、断りきれないって聞いてるわ」

「そうだったんですか……全然知らなかったな。公子さん、いつ聞いたんですか？」

「一週間ぐらい前かしら。高城さんには言いにくい話だと思うから、黙ってたんでしょう」

「別に、言ってくれてもいいのに。だいたい東京を離れるんだから、届けが必要でしょう。その時にばれますよ」

「でも、帰省する目的までは、言う必要ないでしょう」

「それはそうですけど」

冗談じゃないぞ……もやもやした気分を、私はもてあまし始めていた。失踪課において、愛美は貴重な戦力なのだ。法月がいなくなり、代わりに田口が来て、全体のバランスは明らかに下向きである。そこへもってきて愛美まで結婚退職するようなことになったら、間違いなく三方面分室は壊滅する。課長の石垣は、何だかんだと理屈をつけて人員の補充を拒否するだろう。使える人間が醍醐だけとなったら、まともな捜査はできなくなる。

「まあ、仕方ないですね」私は自分を納得させるように言った。愛美がいなくなったら大変な痛手だが、プライベートな問題に口を挟めるはずもない。どうするかは、彼女自身が決めることなのだ。

「それでいいのね？」公子が、どこか面白そうに言った。

「止める理由がないですよ。仕事が忙しいから、というだけじゃ駄目でしょう……まあ、後で話を聴いてみますよ」

「そうね。聴いてあげた方がいいと思うわ」

「だいたいあいつ、男はいないんですかね」私は親指を天井に向けた。「こっちでつき合ってる奴がいれば、こんな話にならないでしょう」

「高城さんが忙しくさせてるから、そんな暇、ないんでしょう」公子が笑いを噛み殺しながら言った。

「そんなつもりはないですけどね」公子の指摘は当たっている。しかしそれは、愛美自身、仕事に埋もれたいと願っているからだ。そういう本音は、一緒に仕事をしてみれば必ず分かる——プライベートな事情はともかくとして。

「まあ、ちょっと話を聴いてあげるのはいいことよ」公子が柔らかく笑った。「突然辞められたりしたら困るでしょう」

「本当は、そういうのは室長の仕事なんですけどね」

「同性だから、逆に言いにくいこともあるかもしれないし」

　ささやかな、だが極めて重要な話だ。面倒な仕事を背負いこんでしまったな、と鬱陶《うっとう》しく思う反面、今後のことを考えれば、きちんとやっておかねばならないとも思う。管理職の面倒臭さを、私はたっぷり味わっていた。

その日——木曜の夜、私はへとへとになって武蔵境に辿り着き、自宅への道をとぼとぼと歩き続けた。食欲もないが、無理にでも何か食べて、さっさと寝てしまおう、と決める。結局、一番よく通う中華料理屋に足を運び、卵ときくらげの炒《いた》め物《もの》を頼んだ。このところ胃が荒れている感じがするので、これとご飯で十分だ。

いつもは嬉しいきくらげの歯ごたえも、今日は何の感慨ももたらさない。ただ義務的に取った食事だった。それでも食べ終える頃には少しだけ元気を取り戻し、やはり寝酒は必要だな、などと考え始める。まだ「角」は残っていたから、今夜はこのまま帰ろう。シャワーで体を温め、後は二、三杯引っかけて寝るだけだ。

だが、行動予定はあっさり崩れた。シャワーで二日分の垢《あか》を洗い流し、ベッドに横たわった瞬間、意識が消える。その時は、酒が喉を引っ掻く感触も、酔いが回る心地好さも、完全に意識から消えていた。

私を眠りから引きずり出したのは、電話の音だった。最初ゆるゆると漂っていた意識が急に浮上し、携帯電話が鳴っていると認識する——その間、主観では五分ぐらいが経っている感じがした。

「高城君、これから出られる？」真弓だった。

「構いませんけど、今何時ですか」

「五時」

冗談じゃない……しかし、寝たのは確か十時ぐらいだったはずだ。睡眠時間は十分取れていることになる。ただ体はだるく、頭はぼうっとしたままで、一種の時差ぼけ状態になっているようだ。

「何事ですか」

「六条さんが家に戻って来たわ。今、一課から連絡がありました」

「どういうことですか」私は思わず、布団《ふとん》を跳《は》ね除《の》けた。戻って来た？　自力で誘拐犯から逃げ出したのか、あるいはまったく別の話なのか……寝ぼけた頭で考えたが、混乱するばかりだった。

「事情はまだ分からない。家族から一課に連絡があって、そこから私のところに回ってきた、というだけ。一課もまだ事情聴取してないみたいだけど」

「連中は、すぐにやりますよ」私は床に降り立った。体にまとっていた心地好く暖かい空気は吹っ飛び、寒さが全身に襲いかかってくる。「時間なんか関係ない。これだけ大騒ぎしたんだから、厳しく責めるはずです……ところで、無事なんですか」

失踪課の人間にあるまじき反応をしてしまった、と反省する。まずは、失踪者の安否を確認すべきなのだ。

「重大なトラブルがある、という話は聞いていないわ」真弓らしからぬ、持って回ったような言い方。彼女も正確なことは知らないのだろう。

「どうします？　全員招集をかけますか」

「そこまでする必要はないわ」一瞬間を空けて真弓が答える。「ここは、私とあなたで何とかしましょう。他の人たちは、定時から動いてもらえばいいから……動く必要があれば、だけどね」

「最初に手をつけたのは、こっちですよ」私は思わずいきり立った。「失踪事件としても、決着をつけなくちゃいけないでしょう」

「そう慌てないで」真弓が宥めにかかった。「そうやって突っ張ってると、向こうも頑なになるわよ。しれっとして、仲間に入っていればいいんだから。じゃあ、現地集合にしましょう」

「……分かりました」

彼女に強引に仕切られるのが気に食わない。だが、言っていることは一々もっともだった。私は首を振り、気合を入れ直して「では一時間後に」と短く言って電話を切った。

何なんだ？　行方不明になっていた人間が、突然自分の意思で姿を現したケースは、過去にもある。例えば、都内の大学の理事長が失踪した事件では、私たちが散々動き回った後で、当の本人は突然戻ってきた。あの時の間抜けな気分、怒りを思い出し、嫌な感情の奔流が体を駆け抜けるのを意識する。

だが今回は、あの事件とは違う。あの理事長は、私たちが捜している時に、まったく突然姿を現したのだが、六条の場合、その前に誘拐騒ぎがあった。そもそも誘拐が本当だったのかどうかも、見極めなければならない。

　六条というのは、本当はどういう男なのだろう。まともに話ができる相手なのか。この件では、もう自分が主役になることはないと分かっていたのに、私はあれこれと想像を巡らしていた。


　早朝なので、迷わずタクシーを拾った。六条の家に着いた時には、覆面パトカーが何台か、遠慮なしに六条家の前に停まっていた。インタフォンを鳴らそうとした瞬間、後ろから声をかけられる。

「高城君」

　振り向くと、真弓が立っていた。必要最低限の化粧をしているだけだったが、その余裕があったことに驚く。女性の準備には何かと時間がかかるものなのに。彼女はずらりと並んだ覆面パトカーを見て、苦笑いした。

「近所の人が何かと思うでしょうね」

「ええ」

「行きましょう。行くことは通告してあるから、一課に追い出される羽目にはならないはずよ」

「手回しのいいことで」私は唇を歪めて言った。「余計な喧嘩《けんか》をする必要はないから。こういう時は大人しく、下手に出ていればいいの」

私の皮肉を、真弓は簡単に弾《はじ》き返《かえ》した。

インタフォンを鳴らすと、一昨日から家に詰めていた若い刑事がドアを開けてくれた。服はずっと変わっていない。あれからそのまま家にいたのだろうか。疲れた顔に迷惑そうな表情を浮かべ、私に向かってうなずきかける。

「立ち合いさせてもらう」

「どうぞ」今にも眠ってしまいそうな、緩慢な動作でドアを大きく開く。

リビングルームは人で埋まっており、最初に感じた広さは失われていた。数えてみると、刑事だけで十人いる。動きはばらばらで、どこかへ電話をかける者、パソコンに向かって何かデータを打ちこんでいる者、話しこんでいる者など、様々だった。私の目はすぐに、ソファを中心にした一郭に引き寄せられた。麗子の横に、六条本人が座っている。髭《ひげ》が薄っすらと顔の下半分を覆い、げっそりした顔つきだったが、それでもぴしりと背筋を伸ばし、威厳を保とうとしているようだ。だがやはり、窮地《きゅうち》からやっと抜け出てきた人間、という印象は拭えない。ネクタイを外しただけのスーツ姿というのも、どことなくだらしない雰囲気を醸《かも》し出していた。

相手をしているのは長野だった。特殊班の連中を差し置いて、自分が調べるのが当然といった表情で、短い質問を矢継ぎ早にぶつけている。

「どこにいたんですか」

「失踪している間、何をしていたんですか」

「何故戻って来る気になったんですか」

　答えは全て「言えません」。長野が一番嫌う答えであり、彼の苛立ちは目に見えて募ってきた。だが、「誘拐犯に心当たりは」という質問に関してだけは、六条は真顔で「そんなことは知りません」と答えた。室内に微妙な空気が流れる。ということは、誘拐はやはり悪質な悪戯だったのか？　沈黙の中、六条が軽く咳払いをする。麗子は横で固まったままだったが、その咳払いを何かの合図と受け取ったように、決然とした冷たい口調で長野に告げた。

「申し訳ありませんが、主人は疲れています。少し休ませてもらえませんか」

「しかしですね、奥さん」長野が食い下がる。「こういうことは、時間をおかずにやった方がいいんです」

　長野の考えは簡単に読める。相手が疲れている時こそ、狙い目なのだ。集中力が切れていると、つい余計なことを喋ってしまう——ただしそれは、容疑者を相手にした時のやり方である。この場での六条は、あくまで「失踪から家へ戻った男」なのだ。ほとんど寝ていない様子で、まともな反応は期待できないだろう。何より、こんな状態で事情聴取を行ったら、後で問題になりかねない。この家族の背後にははるかが——本人は嫌がっている にしても——控えているのだ。長野とて、彼女と遣り合うことになったら難儀するだろう。

「長野、それぐらいにしておこう」管理官の梅田が割って入った。長野が不満気な表情を浮かべたが、梅田は無視して、六条に「お疲れ様でした」と声をかける。

六条が立ち上がる。百八十センチ近い長身で、五十代半ばになってもすらりとした体形を維持しているのに驚かされた。この元スキー選手が、多忙を極めているにもかかわらず、きちんとトレーニングをこなしているのは間違いない。梅田がすっと近づいたが、身長差があるので見上げる格好になってしまう。

「改めて事情聴取をお願いします。今日の昼からでいかがですか」梅田が感情の抜けた声でスケジュールを確認した。

「役所に行かなければならないんですが」

六条の言葉が、また重い沈黙を呼んだ。これだけの騒ぎを起こしておいて……と、その場の警察関係者は全員唖然としている。長野は、怒りで顔を真っ赤にしていた。

「申し訳ないんですが、抜け出すなり休むなりしていただかなければなりません。どうしてもお話を聴かせてもらう必要があります。どれだけ大騒ぎになっていたか、理解されてますか？」

「失礼」六条が咳払いした。「では、昼に伺います。どちらへ？」

「厚労省まで来られるなら、警視庁へお願いします。近いですからね」

これでまた、六条は私たちから離れてしまう。失踪課に呼んで話を聴くのが筋なのだが……私は敢えて反論しなかった。事情聴取の内容は、後から分かるだろう。何だったら、こちらも強引に同席してもいい。

「分かりました。取り敢えず、お引き取り願えますか？　昼に間違いなく伺いますので」

「よろしくお願いします」梅田が丁寧に頭を下げたが、その目に怒りが籠っているのを私は見て取った。

刑事たちが一斉にドアの方に向かったのを確認して、六条が声を上げた。

「舞、カモミールティーを淹れてくれないかな。蜂蜜《はちみつ》を少し入れて」

舞が無言でうなずき、キッチンに消える。麗子はそそくさと二階に消えてしまった。チャンスだ、と私はリビングルームに留まった。六条が私に目を留め、不審そうに首を傾げる。

「失礼ですが、あなたは？」

「失踪課三方面分室の高城です」

「ああ、あなたが」六条の表情がわずかに綻びる。まだ愛想を見せる余裕はあるようだった。「娘がいつもお世話になってます」

「少し話させてもらっていいでしょうか。これは事情聴取ではありません」

「結構ですよ」予想外の気楽な返事をしておいてから、六条がキッチンに声をかける。「舞、高城さんの分も、お茶をもう一つ頼む」

六条がダイニングテーブルにつき、軽く欠伸をした。私は細長いテーブルの反対側の端に座ったが、彼ははるか遠くにいるように感じられた。まともに話ができるかどうか……六条の方で口火を切ったが、深みのある低い声は、よく聞こえた。

「朝早くからすみません」

「仕事ですから……六条さんこそ、お疲れじゃないんですか」謝罪から始まったやり取りに、私は驚いた。予想していたより、ずっと余裕があるようだった。

「私は別に疲れていませんよ」

「そうですか？　こんな時間にご帰宅されたんだから、疲れていないはずがないと思いますが」

「いやいや」六条が顔の前で手を振った。あくまで、何があったかはっきり言うつもりはないようだった。

ほどなく、舞がお茶を運んできた。ほとんど透明に近い、薄黄色の液体。薬っぽい臭いがかすかに漂った。そういえば愛美はハーブティーが嫌いだったな、とふと思い出す。彼女は明日の土曜日、見合いに行くのだろうか……私はカップを取り上げ、お茶を一口含んだ。六条が指示したように蜂蜜が入っており、ほのかに甘い。何も食べずに家を飛び出してきた胃には優しかった。

「ああ、ありがとう」六条が優しげな微笑を浮かべたので、舞の表情も緩く崩れた。やはり、父親に対しては一定の愛情と信頼を抱いているようである。年齢こそ違うが、私は綾奈を思い出さざるを得なかった。

「六条さん」

呼びかけると、六条がカップ越しに私を見た。

「家族に心配をかけるのはよくないですよね」

私の軽い非難に、六条も軽い調子で答えた。

「その点は反省してます」

「我々も必死に捜していたんです」

「ご迷惑をおかけしまして」

「愚痴を言うつもりではないんですが……事情は話していただかないと困ります。我々も税金で動いているんですから、何も分からなかった、では話になりません。その辺の事情は、六条さんならよくお分かりかと思いますが」

「同じ公務員としてね」六条が苦笑した。「まあ……いずれお話しします」

これで言質《げんち》は取った、と思った。話を切り替える。

「一つ、聞かせていただいていいですか」

「事情聴取はしないんじゃなかったんですか」抗議したものの、本気で怒っている様子ではなかった。

「単なる質問です」

「そうですか……」お茶を一口飲み、カップを慎重に受け皿に置く。ずいぶん華奢《きゃしゃ》なカップで、少しでも乱暴に扱うと壊れてしまいそうだった。

「高度人材導入構想のことなんですが」

「驚きましたね。そんな話とは……」

「失踪課の仕事は、捜索する対象の全てを知ることです。そうしないと、捜せないんですよ」

「そうですか」六条の喉仏がわずかに上下した。「それで、その件が何か?」

「NSワールドという会社に、モデル事業の協力を申し出ましたね?」

「ええ」

「その会社の、インドから来ていた技術者が、殺されました」

「何ですって?」本気で驚いた様子で、六条が身を乗り出す。「どうしてまた、そんなことに」

簡単に事情を話すと、六条の驚きはゆっくりと沈降していった。

「分かりましたが、それが私に何か関係あるんですか?」

「その会社に、就労ビザの発行で便宜を図る、と確約したそうですが、それは本当ですか」

「ああ、確かにそう言いましたよ」あっさり認める。特に悪気もない様子だった。「もちろん、そう簡単にはいきませんけどね。肝心の法整備の問題などは、まだ手つかずです」

「では、実際には……」

「あれは、モデル事業が始まったら、という前提での話です。いくら私でも、一存ではどうしようもないですから」

「そうですか」もしかしたら何らかの引っかかりがあるのでは、とずっと胸に居座っていた疑問である。それをあっさり否定され、私は膝を裏から蹴られたような、嫌な挫折感《ざせつかん》を味わった。「話を蒸し返しますけど、誘拐の件は本当にご存じなかったんですか?」

「私は関知していません」声が硬い。

「一億円が奪われそうになったんですよ」

「奪われなかったんですよね? 悪質な悪戯でしょう」

「そう簡単には言い切れないと思いますが」他人事のような彼の口調が気になる。「今まで誰かと一緒にいたんじゃないですか」

「私は誘拐なんかされていませんよ。どういうことなのか、まったく分かりません……疲れていますので、少し休ませていただけますか」六条が静かな、しかしはっきりした口調で話を打ち切った。

「すみません、お引き止めして」無理に押す状況ではないと思い、私は六条を解放することにした。

「いえいえ」愛想よく言って、六条がカップをぐっと傾ける。かなり熱いお茶だったが、熱がる素振りはまったく見せなかった。カモミールティーが記憶を失わせたかのように、私の存在を完全に無視して部屋を出て行く。

カップを下げに来た舞に、私は声をかけた。無理に作った笑顔は強張ってしまったが。

「よかったな、無事に帰って来て」

「ええ」呆けたような口調。あまりにも安心して、ショックが大き過ぎたのかもしれない。

「何の連絡もなしに、いきなり帰って来たのか？」

「そうです。鍵が開いて……」

「君は？　起きてたのか」

「あまりちゃんと寝てなくて、鍵の音で目が覚めたんです」

「分かるよ。でも、安心しただろう」

「そうですね」溜息をついて、椅子に腰を下ろす。「何もなくてよかったです」

「お父さんとは、本当に仲がいいんだ」

「ええ」

男を追って警視庁に入る——そんな無茶を後押しした父親と娘の関係は、私が想像していた以上に親密なのだろう。だが、これ以上プライベートに踏みこんだ発言は避けざるを得なかった。事件に関係があるとも思えない。

「取り敢えず、今日は休んでくれ。出て来るのは月曜日でいい」

「すみません」

「家族のことは大事だからな。せいぜい、お父さんの面倒を見てやれよ」

舞が無言でうなずく。私は少し冷えたお茶を飲み干し、立ち上がった。蜂蜜が完全に混じりきらなかったのか、最後の方は甘みが強かった。その甘みはやけにしつこく喉に居残り、呼吸がわずかに苦しくなったようだった。


「どうだった?」先に家を出た真弓が、外で待っていた。ほんの少し空が白み始め、街がゆっくりと目覚め始める時間帯。きちんとコートのボタンを留め、背筋をぴんと伸ばした真弓は、完全に昔の彼女に戻っていた。

「恍《とぼ》けてる感じですね。本音が読めません」

「誘拐の件については?」

「完全否認です。こればかりは、本人が知らないと言ったら証明しようがないですね。ただし、裏は取る必要があります。足取りを、もっと詳しく追ってみましょう。取り敢えず、クレジットカードの使用歴を調べます。行方不明になってから今までどこにいたのか……ホテルかどこかに泊まっていたとしたら、カードを使っていたはずですから」カードの追跡に関しては、取りかかろうとした矢先に誘拐の一件が明らかになって、まだ手をつけていなかった。

「そうね。だったら、一課にばれないように動いて」

「了解」

「じゃあ、一度戻りましょう」

腕時計を見ると、まだ七時前。ビルの谷間の向こうで空がオレンジ色に染まっていたが、空気は温まっていない。蜂蜜入りのカモミールティーで少しだけ温まった体も、あっという間に冷えてしまった。こうやって早朝や夜中に呼び出されることにはすっかり慣れているつもりだったのに、さすがにこの年になると応える。十分な経験を積んだと思った頃には年を取り過ぎ、今度は体力がついていかなくなるのだ。人間はどうして、きちんとバランスを取りながら生きていけないのだろう、と思う。ふと、空腹を覚える。

「どこかで飯でも食べていきませんか？」

「こんな早い時間に？」真弓が腕時計を見た。

「ホテルならやってるんじゃないですか」

「そうね……そう言えば、夕べもまともに食べてないわ。でも、ホテル？」

「ファストフードのモーニングセットという年じゃないでしょう」

「それはお互い様だけど」

軽い突っつき合いをしながら、地下鉄で渋谷まで出る。駅に直結したホテルの二十五階にあるレストランに足を運び、窓際の席に陣取って朝食にした。値段を見て、とにかくできるだけ早くATMで現金を下ろすこと、と肝に銘じる。

ブラックのままコーヒーを啜りながら、外の光景に目をやった。地上百メートルほどある高層階なので、東京の景色がくっきりと見える。高層ビル群は朝日を受け、銀色に輝いていた。見詰めているうちに、目が痛くなってくる。

二人ともオムレツとベーコンをメインに頼んだ。こうやって真弓と食事をするのも久しぶりだ、と思い出す。元々真弓は本庁の上司たちを接待する「庁内外交」に忙しく、失踪課のメンバーと食事を共にすることはほとんどなかったが、時には出かけることもあった。だが、ここ一年半ほどはそういうことすらなく、私たちの間の溝《みぞ》は広がるばかりだった。埋める手立てはなく、埋める必要があるとも思えず、私も何もしてこなかったのだが、ここに来て溝は一気に消滅してしまったようだ。

「このままでいいんですか」

「何が?」オムレツを口に運びながら真弓が言った。

「いろいろなことですよ。私としては、室長に仕事をしてもらうのはありがたいですけど、いろいろと……」口を濁《にご》さざるを得なかった。精神的に大丈夫なのか、とは口が裂けても聞けない。

「自分だけで考えていると、自分の殻の中に閉じこもりがちになるものよね。私はずっと、それでいいと思っていた。自分だけが頑張れば結果はついてくる、他人の目を気にする必要はないと……でも、実際に自分の周りの人間が不幸な目に遭った時にも、自分のことだけを考えていればいいわけ？」

　勝手なことを言うな、と反発を覚える。今まで散々好き勝手に、自分の出世のためだけに仕事をしてきて、家族まで利用してきた人間が……しかも出世の梯子《はしご》を外されたとなったら、途端に自分の殻に閉じこもって、管理職としての義務も半ば放棄してきた人間に、そんなことを言う資格はない。鼻白み、かすかな怒りさえ覚えて、私は吐き捨てた。

「エゴイストは、他人の世話なんか焼きませんよ。そうするとしたら、自分の利益になるという確証がある時だけだ」

　私の当てこすりにも、真弓の顔に浮かんだ微笑は消えなかった。

「あなたがそう思うのは当然だと思う。私も、自分の考えを全部論理的に説明することはできない。仮にそんなことをしても、あなたは白々しく思うだけでしょう？　とにかく、六条の件は全力で取り組まなくてはならないと思った……それ以上のことは説明しないわ」

「結構です」

ナイフとフォークを持ったまま、真弓が肩をすくめる。

「あなたが私のことを軽蔑して馬鹿にするのは仕方がないと思う。その件については弁解しないし、このままずっと同じ状態で、将来は嫌な思いを抱いたまま別れても、仕方ないと思うわ。でも今は、力を貸して欲しい。六条の件は、このままでは絶対に終わらない。あの娘《こ》にも傷ついて欲しくないのよ」

「とっくに三十歳を過ぎた人間に対しては、過保護じゃないですか。単なる同情で動くのもどうかと思います」

「思い出して」真弓が静かにナイフとフォークを皿に置いた。「綾奈ちゃんがいなくなった時、皆どうしてくれた？　それこそ長野君なんか、必死で捜索を手伝ってくれたでしょう。それはどうしてだと思う？　刑事の……人間の習性なのよ。目の前に困っている知り合いがいたら、自分の時間を放り出しても助ける。それはすごく自然なことだと思うわ」

「楽天的過ぎますね」

「でも、長野君たちの厚意は否定できないでしょう」

「それは、まあ……」私はオムレツをナイフで突いた。食欲は急激に失せている。「あいつらには感謝しています」

「私は別に、六条に感謝してもらいたいとは思わない。ただ私が、人間として、刑事として、何かしてあげたいと思うだけ。苦しむ人間が増えるのを、これ以上見たくないから」

彼女は、自分の立場と舞の立場を重ね合わせて見ている。あるいは私の立場をも。家族が絡んだ事件で傷つくと、治りが遅い。血でつながっているが故に、傷は深く、いつまでも尾を引くのだ。舞には自分のような辛い思いを抱いて欲しくない、と考えるのは自然だろう。そしてそういう気持ちを、論理的に説明できないのは、私には理解できる。

「――そういうことにしておきます」

「そう？」真弓が涼しい声で言った。

「議論しても無駄でしょうから。ただ、一つだけ、言っておきたいことがあります」

「何？」

「室長がやる気を取り戻してくれたことはありがたいと思います。でもできれば、今後は失踪課内部のことにだけ集中して欲しいですね。室長の上昇志向は理解していたつもりでしたけど、失踪課の仕事に専念してもらえれば、もっといろいろなことができるはずだ」

「そこまであなたに指図される謂《いわ》れはないわ」真弓の口調が強張る。「……検討はしますけどね」

「それで結構です」

私は下を向いて、苦笑いを噛み殺した。しかし次の瞬間には、つい真面目な顔になってしまう。今なら真弓に相談できるだろう。このタイミングを逃すわけにはいかない。

「明神のことなんですが」

「お見合いの件？」

「何だ、知ってたんですか」情報源は公子だろう。もしかしたら、三方面分室で私だけが知らなかった可能性もある。「どう思います？　明日ですよね」

「難しいところね」さして難しいことでもなさそうに真弓が言った。「親御さんの気持ちは分かるし、かといって、私たちとしては手放したくない。貴重な戦力だから」

「本人は乗り気じゃないと思いますよ」

「どうかしら」真弓がオレンジジュースを一口飲んだ。「明神は、意地になっているだけかもしれない」

「刑事でいることに、両親が反対しているから？」

「そういうこと。押しつけられれば、反発するものでしょう」

「反抗期っていう年でもないですけどね」私は肩をすくめた。

「だいたい明神は、刑事が向いてるのよ」

「そうですか？」

「それはあなたが一番よく知ってると思うけど」真弓が軽く笑った。

「もう少しだけ、優しくなれればいいんですけどね」

「それは、あの娘のキャラじゃないかもしれないけど……とにかく、私たちとしては、悩ましいところね。仮に今回のお見合いの件を断ったとしても、また別の機会があるかもしれない。それに親御さんとは関係なく、明神が誰かを好きになって結婚、ということもありうるから」

まさか、と言おうとして私は言葉を呑んだ。もしも、小柄で気が強く、何があっても我を曲げない女性刑事を好きな男がいれば……そうなると結局、明神の相手は警察内部の人間がいいのかもしれない。立場が分かるが故に、優しい男なら、明神の仕事をサポートしてくれるのではないか。

「刑事総務課にいる、大友鉄《おおともてつ》君って知ってる?」

「ああ、男やもめでしょう?　一人で小学生の子どもを育ててるんですよね」警視庁の中では、ある意味有名人だ。

「そう。彼は彼で大変なんだろうけど、一つのモデルケースかもしれない。これからは、いろいろな家族の形がありえるんじゃないかしら。警察官だからって、例外はない……私もあなたも、そういう意味では古典的なタイプかもしれないけど」

古典的な家族の壊れ方。自虐的な彼女の言い分は、私を少しばかり傷つけた。

13

愛美の機嫌を取るために、私は四苦八苦していた。彼女は出遅れを極端に嫌う。どんなにきつい仕事を押しつけても、理に適《かな》ったものなら文句は言わないが、緊急時に連絡がいかないと——早朝や深夜の場合は気を遣って避けるのだが——いきなり切れる。今回はパターンを変え、ねちねちと私を責め続けた。こちらが忘れた頃に、ぽつりと文句を言うという形で。

「とにかく、六条さんが帰って来たのは間違いないんだ。一応、うちの仕事は終わったことになるだろう」何度目かの攻撃を受け、私はいい加減辟易していた。

「でも、調査は続行なんですよね？　だったら一刻も早く知らせて欲しかったんですけど」

「分かってるよ。悪かったたって言ってるだろう」

「納得できません」

「まさか、誠意を示せとか、言い出さないだろうな」

「そんなこと言ってませんよ。高城さんの誠意なんて、大したことないでしょう」

愛美がコーヒーを啜った。私も釣られるようにカップを口に運ぶ。毎朝彼女が淹れるのが日課になっているコーヒーは、今日は少しだけ刺々しい味がした。

「それで、どうするんですか」

「静かに深く潜行、だ。慌てることはないけど、何が起きていたのか、必ず事情は探り出す」

「じゃあ、明日も仕事ですね」

「いや、そんなに慌ててやることはない」私は急いで言った。「何も全員出て来て大騒ぎする必要はないし。そうだな……君はいいんじゃないか？　このところ、非番もずっと潰れてただろう」

「やりますよ。うちの課内の話でもあるんですから」

「そんなに六条のことが心配か？」

「それは、まあ……」愛美が唇を噛む。非常時だったので本人も忘れていたかもしれないが、愛美と舞は普段は犬猿の仲だ。

「とにかく、明日のことは後で考える。今は、今日どうするかが大事だ」

「カード会社、連絡が取れました」

森田が声を上げたので、これで愛美から解放されると、ほっとして立ち上がる――立つ必要もないのだが、その方が愛美の追及を逃れられる気がした。

「説明してくれ」

「六条さんは十四日……月曜日の夜、カードを使っています」

「場所は」

「横浜のホテルです」森田が手帳に視線を落とした。

「宿泊か？」

「はい」

「チェックインは」

「午後八時です」

「場所は」

私は早くも苛立ちを募らせ始めた。こちらから質問を打たないと答えが返ってこない……一気に喋れば済む話なのに。

「横浜のみなとみらいです」

森田が告げたホテルの名前を、私は手帳に書き取った。これはすぐに、直当《じかあ》たりする必要がある。

「分かった。これからちょっと当たってみよう。醍醐と森田は、引き続き日比谷周辺での聞き込みを続けてくれ」

「オス」醍醐が立ち上がり、さっさと部屋を出て行く。

「高城警部、俺はどうするかね」のんびりした口調で、田口が聞いてきた。

「田口さんは、例のインド人失踪事件の書類をまとめて下さい。ケース一〇三です。所轄とも連絡を取り合って下さい」

ケース一〇三——行方不明者が遺体で発見された。考えてみれば、最悪の事態である。時折捜査はこういう結果になることもあり、その度に胸が押し潰されたような気分になるのだが、今回は六条の件であたふたしていたので、深く考えている暇もなかった。そういう自分を情けなく思う。

「ケース一〇三？」

田口が首を捻る。この男は、失踪課が独自に作った分類方法をまだ頭に入れていないのか……一瞬頭に血が昇りそうになったが、何とかこらえてできるだけ静かに話す。

「行方不明者死亡、です。マニュアルがありますから、それを見て、できるだけ詳細に記入して下さい。必要があったら、新宿中央署の刑事課に話を聞いて……それと、所轄から回ってきている失踪人のデータの精査と分類もお願いします。何か分からないことがあったら、公子さんに聞いて下さい」

「はいよ」

呑気な声が私の怒りを加速させる。右手を拳に握って力をこめ、掌に食いこむ爪の痛みで、何とか冷静になれた。だが公子は別のようで、私に対して恨みがましい視線を送ってくる。それを無視して腰を下ろすと、早くも立ち上がっていた愛美が不思議そうな表情を浮かべた。

「どうしたんですか？　早く行きましょう」

「ちょっと待ってくれ」

私は以前作ったタイムラインのメモを取り出し、新たに分かった事実をつけ足していった。

14日
午後8時：六条、横浜のホテルへチェックイン

16日
午後7時12分：六条宅へ脅迫電話
同7時30分：二度目の脅迫電話

17日
午前5時：誘拐犯、現場に現れず

18日
午前4時20分、六条帰宅。

おかしい。六条がホテルにチェックインしたのは、脅迫電話がかかってきた二日も前である。つまり彼は、その時はまだ、誘拐されていなかった。その後で誘拐されたのか、あるいは私たちの想像できないような何かが起きたのか。メモを手帳に挟みこみ、私は立ち上がった。埋めるべき空白は多いが、埋まる保証はない。朝方の、六条の非協力的な態度を考えると、まともな証言が得られるとは思えなかった。

「よし、行こう」

本人が無理なら、別の角度から攻撃をしかけるだけだ。私は何も六条を疑っているわけではないが、隠し事をされればいい気分はしない。それに証言を拒めば、「何かある」と疑うのが、刑事という人種の習性である。

何かある。それだけは間違いない。

横浜までの運転を愛美に任せ、私は竹永に電話を入れた。あれだけ精力的に動いてくれたのに、誘拐騒動のどたばた以降はまともに話していない。まず、その件で詫びを入れるつもりだったが、私の予想と違って彼はさばさばしていた。無礼にもあまり苛立たない、珍しいタイプらしい。

「いやあ、あれだけいろいろあったら、連絡なんか取っていられませんよね。取り敢えず、六条さんが無事に帰って来てよかったじゃないですか」

「そう言ってもらえると助かるよ」電話なのに、自然に頭が下がる。失踪課の中に、これだけ常識的な人間がいることが驚きだった。「吹き溜まり」とまで言われているのに……。

「ただ、これで終わったわけじゃないですよね」竹永が念押しした。「何か裏があるに決まってますよ」

「何か掴んでるのか？」

「そういうわけじゃないですけど、経済事件専門の人間は、すぐに裏読みをするんです」

自嘲《じちょう》気味に竹永が言った。

「ああ」

「選挙の件、ちょっと気になるんで調べてみますね。これはやっぱり異常ですよ。選挙で一番怖いのが何だか、分かりますか？」

「スキャンダル？」

「その通りです。十分な資金があって、党の応援も得られて、磐石《ばんじゃく》な態勢で選挙に臨んでも、スキャンダル一発であえなく撃沈したケースは枚挙に遑《いとま》がありませんからね。そんなこと、六条さんも当然分かっているはずでしょう？　それにもかかわらず姿を消したのは、よほどの事情があったからですよ。それも犯罪絡みに間違いないと思いますね」

「分かった。その線を突いてくれ。俺たちはもう少し、彼の足取りを追ってみる」

「結構ですね……あ、ちなみに六条さん、役所には出てますよ」

「何で知ってるんだ？」

「厚労省の中にも情報源は作りましたから。六条さんがデスクにいるかどうかぐらい、すぐに分かります」

二課出身者、恐るべし。あっという間に厚労省にスパイ網を広げてしまったわけか。その網が自分にかけられることがないように、と私は祈るような気持ちになった。

「また連絡する」

「こっちでも何か分かったら電話しますよ」

電話を切り、窓の外に目をやる。愛美は首都高横羽線《よこはね》を使うルートを選び、車は多摩川を渡ったばかりだった。遮音壁に囲まれているが、空は晩秋らしい抜けるような好天で、高い建物がない場所だけに見晴らしがいい。

「横浜、分かるのか？」

「大丈夫です」愛美がぶっきらぼうに答える。

横羽線は比較的フラットでカーブも少ない道路だし、午前中の下り線は空いている。自然にスピードが上がり、川崎《かわさき》の市街地がどんどん後ろに飛び去っていった。ほどなく金港《きんこう》ジャンクションを過ぎ、みなとみらいのインターチェンジへ。高速を降りた瞬間に、ビル群の中へ飛びこんでいくような錯覚に陥った。横浜へは、学生の頃何度か遊びに来たことがあったが、その頃はまだ三菱重工の造船所などがあって、いかにも古い工業港然としていた。ところが今は、みなとみらいこそが、新しい横浜の顔である。大観覧車や高層ホテルを含めた夜景の写真を見せれば、誰もが「横浜だ」と納得してしまう。今、横浜といって中華街や元町、横浜駅周辺の雰囲気を思い出す人は、むしろ少数派ではないか。極めて人工的に作られた地域が街のイメージリーダーになるのは、どこか不自然な感じもしたが。

インターチェンジを降りるとすぐに、新宿や六本木《ろっぽんぎ》辺りの高層ビル街にいるような気になる。ただし、東京のあの辺りと違うのは、どこか清潔感が漂っていることだ。愛美はランドマークプラザを右に、横浜美術館を左に見ながら、慎重に車を走らせた。左に視線を転じると、豊洲《とよす》辺りを彷彿させる高層マンション街が姿を見せるが、この位置から見ている限り、生活臭はあまり感じられない。

道路を突き当たり、パシフィコ横浜の前まで車を走らせて、愛美は右へ転じた。横浜港へ向かって突き出すようなこのホテルが、六条がカードを使った場所である。

高級を絵に描いたようなホテルだが、ビジネスマンの姿も目立つ。近くに国際会議場やパシフィコ横浜があるので、商談や会議などで宿泊する人も多いのだろう。応対してくれたフロント係は愛想がよく、すぐに宿泊記録を調べてくれるという。しかも準備できるまでの間、海に向かって張り出したカフェで待つよう、案内してくれた。公務を理由にコーヒーは断ったが、この絶景を見せてもらうだけでも十分賄賂《わいろ》になり得る、と思う。

海の上に浮かぶ形で作られた洋館風のレストラン、その向こうに見えるベイブリッジ、行き来する船。このカフェの魅力が一番生きる時間帯は、夕方だろう。ベイブリッジがオレンジ色に染まる光景は、時の流れを忘れさせてくれそうだ。東京で見る海よりも、どこか開けた感じがする。絶好のデートスポットだな、と思いながら、自分には既に縁のない世界だと意識する。目の前で手帳を見ている愛美にはそうでもないだろうが……余計なことは言わないように、と自分を戒める。今見合いの話など持ち出したら、彼女が爆発するのは火を見るより明らかだった。

「お待たせしまして」宿泊マネージャー——名札で「名倉《なくら》」の名前が確認できていた——がテーブルにやって来た。手には一枚のメモ用紙。私たちの向かいに座ると、すぐに切り出す。

「確かに六条様は、月曜日——十四日の夜にチェックインされています」

「チェックアウトは？」

「それが……まだチェックアウトされていないんですよ」

「どういうことですか？」

「チェックアウトの手続きは済んでいないんです」

妙だ。六条は、よほど慌てて家に帰ったようではないか。クソ、自分で六条を調べたい。そうすれば、全ての疑問が一気に解決するかもしれない。愛美が、怪訝そうな表情で質問をぶつける。

「それは、問題ではないんですか」

「清算はまだですが、特に問題はありません」

「予約はどのような形で？」

「はい……」名倉がメモに視線を落とした。「月曜日の昼過ぎに、お電話でいただきました」

「その時の様子は分かりますか」

「申し訳ないですが、そこまでは」名倉が首を振る。きちんと整髪料で固めた髪は、揺れもしなかった。「電話を受けた者も、今は勤務を外れております」

「次の勤務はいつ――」

私は愛美の腕に軽く触れて質問をストップさせた。おそらく本人も覚えていないだろうし、六条が慌てた様子だったら、フロントでもとうに話題になっているはずだ。私の真意を察して、愛美がさっさと質問を切り替える。

「ここにいる間に、誰かが訪ねて来た形跡はありませんか」

「そこまでは分かりかねます」

「電話は？」

「一度も使われていません」

これも妙だ。六条の行方が分からない間、私たちは何度か、彼の携帯電話のＧＰＳ機能、それと常時発する微弱電波を利用して居所を絞りこもうとしたが、不発に終わっていた。それはつまり、彼がずっと電話の電源を切っていたことを意味する。「カフェ・ミラノ」では長時間電話で話しこんでいた姿が見られたが、あの時使っていたのも、自分の電話ではなかったのかもしれない。

「だとしたら、ずっと部屋に籠ったままだったんですか」

「そこまでは分かりかねます」

「ホテル内のレストランの利用はどうでしょう？　あるいはルームサービスとか」

「いずれもないですね」

やはりおかしい。夜チェックインして、そのままずっと部屋に籠り切り……何か作業をしていた可能性もあるが、夕食も取らなかったのだろうか。あるいは何か食べ物を持ちこんでいたのか。一瞬たりとも誰かに邪魔されたくなかったら、そういう準備をしていた可能性もある。それにしても何故ホテル、しかも横浜なのかが分からない。彼の人生においＴ、横浜が何か関係していたことがあるのか……もちろん、仕事で訪れることはあっただろうが。

愛美はその後も微妙に質問を変えながら、名倉から納得のいく答えを引き出そうとしたが、結局無駄に終わった。そこまで小一時間。勤務中の名倉の時間をそれ以上潰すわけにもいかず、私たちは事情聴取を打ち切りにした。

ホテルの駐車場に停めた車にすぐには戻らず、私は愛美を、ホテルやパシフィコ横浜をつなぐペデストリアンデッキに誘った。少し頭を冷やし、疑問点を解決しておく必要がある。

空は高く、風は冷たい。海に近い場所の常で風は強く、かもめがコントロールを失ったグライダーのように宙を滑っていった。

「どう思う？」手すりにもたれ、私は愛美に疑問をぶつけた。

「意味不明ですね」

「ああ」

「でも、もう少し、ここで調べられるかもしれません」

「どうやって」

「部屋ですよ。六条さん、まだチェックアウトしてないんですよね？　だとしたら、部屋に荷物が残っているかもしれません。それを調べれば……」

「プライバシーの侵害になる。彼は容疑者じゃないんだぞ」

「任意です」

「そのためには、彼の許可を得なくちゃいけない」

愛美がむっつりと黙りこんだ。潮風が彼女の艶々した髪を揺らし、薄いコートの裾をはためかせる。私は彼女の言い分を吟味《ぎんみ》した。黙ってやれば、そして調べた証拠を残さなければ、文句は言われないだろう。ここで部屋を調べたことが、事件化した際の公判維持に影響を及ぼすとも思えなかった。仮に何か出てきて、捜査の端緒になったとしても、他のことで穴埋めして情報を強化すればいいのだ。

そこまで暴走する必要があるのか？　誰のために？　今、私たちは、何の目的で動いているのだろう。六条が何をやっていたかを知るのは、単に自分たちの好奇心を満たすためではないのか。

「明神」

愛美が髪を手で押さえながら、私の顔を凝視した。

「ホテル側の説得は君がやれよ」

六条がチェックインした部屋は、豪華なイメージが強いこのホテルに似つかわしくなく、素っ気ない、いかにもビジネスマン向けの部屋だった。入ってすぐ左側にダブルのベッド。右に一人がけのソファがあり、窓に面した奥がテーブルになっていた。テーブルの上には電話、小型の液晶テレビ、メモとボールペン。部屋全体は落ち着いたグレーでまとめられている。窓が海に面しているから、ここからの光景が一番お勧めのインテリア、ということになるのだろう。

ホテルの部屋というのは、マニュアルによってきちんと清掃されるものであり、入った瞬間に掃除されたかどうかは分かるものだ。この部屋は、すでに清掃されていた。

「何も残っていませんね」クローゼットやデスクの中を確認した愛美が告げる。

「いったい彼は、ここで何をやっていたのかな」

「電話は、別の物を使っていたかもしれませんね」

「可能性としてはそれもあるか……セーフティボックスはどうだ？」

「空きっ放しです。使っていない様子ですね」

どうして横浜だったのだろう。誰かとこの街で、あるいはこの部屋で会う必要があったから、としか考えられない。その相手は誰なのか……女性との密会を想像したが、この部屋はそういう目的には相応《ふさわ》しくないだろう。あるいは念のため、女性もこのホテルの別の部屋を取っており、そちらで会っていたとか。

用心し過ぎに思えるが、今の六条には、用心し過ぎることはないだろう。出馬を控えた身に、女性スキャンダルは厳禁だ。

「女性ですかね」愛美が私の考えを見透かしたように、ぽつりと言った。

「そんな危険を冒すとは思えないんだけど、どうだろう」

「単純に割り切れるものじゃないと思いますけど。恋愛に関しては、地位も年齢も家庭も関係ないんじゃないですか。あの、Jリーグのコーチの一件、覚えてないんですか」

一年ほど前、「将来は日本代表監督候補」とまで言われたJリーグのコーチが、突然姿を消した。家族の申し出で捜索を開始したのだが、クラブ側が妙に非協力的だった。私たちは事件の臭いを嗅ぎつけたのだが、実際に見つけ出してみると、何ということはない、女性と海外旅行に出かけていたのだった。帰国時、成田空港で確認できたのだが、当然その後で大騒ぎになった。結果的に私たちはスポーツマスコミにネタを提供してしまい、しばらくはスポーツ紙やテレビのワイドショーで連日報道されたものである。結局このコーチは離婚し、騒動を引き起こした責任を取って、実質的に解雇された。ただしチーム側は、事前にこのことを知っていた様子である。

きちんと仕事をしただけとはいえ、何となく後ろめたい気持ちを抱えながら、「あのコーチはどうしてあんな無茶をしたのか」と愛美たちと話し合ったのを覚えている。

「あのパターンかな。まだ、女の影が見えていないだけで」

「もしもそうだったら、黙っている方がいいかもしれませんよ」

「どうして」

「六条さん……舞さんが可哀相でしょう」

「彼女も大人だぜ？　それで家族が崩壊したとしても、自分の面倒ぐらい自分で見られるだろう」Ｊリーグのコーチの場合、子どもはまだ五歳と二歳だったから、事態はずっと深刻だった。

「何歳になっても、親がそんなことになったら嫌なものですよ」

「……そうかもしれないな」

「すみません」愛美が頭を下げた。「余計なこと、言いました。でも結局、何も出てきませんでしたね。危ない橋を渡ること、なかったと思います」

「いや、何もないことが分かっただけでも収穫じゃないかな」

私は、自分を慰めるように言った。ドアを閉めて廊下に出ると、巨大な沈黙が背中にのしかかってくるようだった。この部屋が、六条にとって一種のアジトだったのは間違いない。だが、彼がここで誰と会い、どんな謀議が行われたかは、今の私たちには知る由もない。


せっかく横浜まで来たのだから、少し足を伸ばして中華街か元町で昼食を済ませてもよかった。そういえば野毛《のげ》には、昔何度か行った洋食屋がある、と思い出す。店は古臭く、全体に油の臭いが染みついたような感じだったが、味は抜群だったのだ。他ではあまり食べられないレバーの料理が何種類かあったのを覚えている。だが「食事していこう」と言える気分ではなかった。

再び運転を愛美に任せ、私は真弓に報告の電話を入れた。部屋を調べたことは告げずにおく。車は渋滞に摑まっていた。前方の緩いカーブではテールライトが長々とつながっている。が、どこかで降りて食事をしている暇もない。ふと気づいてコートのポケットに手を突っこむと、先日のカロリーメイトがまだ残っていた。これでもたせるしかないか。

「それで？」腹を減らした子どものように、真弓がしつこく食いついてきた。

「これだけです。醍醐たちから何か連絡はありましたか？」

「ないわね。日比谷周辺での聞き込み、そろそろ打ち切るべきかもしれないわ。あまりにも効率が悪過ぎる。他の道を探した方がいいわね」

「考えます」

「それと、六条さんの事情聴取、予定通り始まったわよ。まだ様子は分からないけど」

「長野が調べているんですか？」

「特殊班の連中だと思うけど。長野君も、今回の件では空回《からまわ》りね」

「あいつは少し痛い目に遭った方がいいんです」今までは、あまりにも順調に行き過ぎたのだ。時に失敗もあったが、彼は強引な手法で次々に他人の事件に首を突っこみ、自分の手柄にしてきた。そういうやり方も、そろそろ限界にきているのではないだろうか。

「友だちに対して、それはひどくない？」

「友だちだからこそ、心配しているんですよ」

　電話を切り、包み紙を破いてカロリーメイトを頬張った。

「まだ持ってたんですか、それ」ハンドルを握る愛美がかすかに顔をしかめた。チーズの匂いが嫌いなのかもしれない。

「ずっと同じコートを着てるからな」

「……すみません、一つもらえますか？」

「ああ」

　渡してやると、運転しながらすぐに頬張った。よく動く彼女の顎を見ながら、見合いの話を切り出しておくべきだろうか、と考える。君は失踪課の貴重な戦力だ、ここで抜けられると困る。よく考えて結論を出してくれ、と。そもそも見合いを嫌がっているようだし、人に「戦力だ」と言われて喜ばない人間はいない。だがその前に彼女は、「どうして知ったのか」と激怒するかもしれない。

　わざわざ危ない橋を渡る必要はない。代わりに舞の話題を持ち出した。

「六条の彼、誰だか知ってるか？」

「いえ」淡々と答えたが、驚いているのは明らかだった。ハンドルを握る手に力が入り、手の甲に血管が浮く。「そんな人、いるんですか」

「その男を追って、警視庁に入ってきたらしい」

「まさか……」

「いい筋の情報だから、間違いないと思うけどな。さっきの男と女の話、確かに間違いないよ。こと男女関係になると、どんな人間でも見境がつかなくなる」

「高城さんもですか?」

「残念だけど、そういうのは年齢によって衰《おとろ》えてくるんだ」

「六条さんは、高城さんより年上じゃないですか」

「個人差はあるだろう」

愛美が軽く溜息をついて、肩を上下させた。こういう話は、軽く転がすにはいい話題でも、不毛である。何の結論も出ずに、自然に立ち消えになるものだ。元々愛美は、無駄な話を好まない。そこに、余裕のなさというか、人間的な緩みがないと感じることもある。

「でも、六条さんにそんなことが……」

舞の話題は、意外に深く、彼女の中に根づいたようだった。

「今はどうなっているか分からないけど、そういう気持ちは大事だよな。他人から見れば馬鹿馬鹿しいかもしれないけど、真剣になれることがあるのはいいんじゃないか」

「恋愛を、仕事と同列に見ていいんですか?」

「全然問題ないだろう。むしろ恋愛の方が仕事より大事かもしれない」

「高城さんの口から、そんな台詞を聞くとは思いませんでした」

君に言い聞かせてるつもりなんだがな。その台詞を呑みこみ、私は携帯をいじった。余計な一言が怒りに火を点ける可能性もある。何も自分よりずっと年下の部下に気を遣わなくてもいいのだが……私は本気で愛美を恐れている、と気づいて苦笑した。

電話が鳴り出す。長野からだった。

「おい、何とかしてくれ」いきなり泣き言から始まった。

「何が」

「俺に取り調べをさせてくれないんだ」

「取り調べじゃなくて、事情聴取だろう」

「どっちでもいいよ」思い切り投げ遣りな、彼らしくない口調。「どうせあの男は、何かやってるに決まってるんだ」

「断定するな。それは単に、お前の印象だろう」

「俺の印象が外れることは滅多にない」

「分かった、分かった」これではただの駄々っ子ではないか。つき合って長いが、長野は最近ますます強引に、時には乱暴になることすらある。おそらく年齢を意識して、焦りを感じているのだろう。五十歳になる前に警視になりたい、というのが彼の昔からの口癖だった。そうすれば、将来的には課長の椅子も見えてくる。基本的に現場が好きで、何でも自分でやることを厭わない男だが、やはり大舞台の指揮を執ってみたい、という気持ちはあるのだろう。

「何も俺を弾き出すこと、ないじゃないか。こういう難しい事件の時こそ、俺の力の見せ所なんだ」

「分かったよ」今日の愚痴は長くなりそうだと思い、私は話を打ち切りにかかった。「俺の方から梅田管理官に話をしておくから。長野を使わないようじゃ、大きな損失だからって」

「そうか?」急に機嫌がよくなった。「そうしてもらえると助かるな」

「任せておけ。それより、事情聴取の方はどうなってる?」

「それは分からないんだ。締め出されてるから」また長野の声が萎む。「まあ、六条は素直に応じてるみたいだけどな」

「だったら、何が起きたか、すぐに分かるだろう。お前がわざわざ出張る必要もないんじゃないか……あ、悪い。着信だ」思わず嘘をついてしまった。少し後ろめたい気分を抱きながら電話を切る。

「長野さんですか?」愛美が訊ねる。

「あいつ、年々つき合いづらくなるんだよな」

「私は最初から苦手でしたけど」

「でも長野は、君を捜査一課に引っ張り上げてもいいって言ってるんだぞ? 少し媚《こび》を売っておいてもいいんじゃないか」

「その前に、長野さんがいつまで捜査一課にいられるか、分からないじゃないですか」

確かに。あまりにも強引な彼のやり方を疎む人間が課内にいるのも事実である。それに、一課の勤務も長い。本庁と所轄を行ったりきたりで出世するのが管理職の道であり、彼もそろそろ所轄に出てもおかしくなかった。

小さな署の刑事課で、彼が数少ない部下に怒鳴り散らし、尻を蹴飛ばす場面を想像する。長野も部下たちも、同等に可哀相だった。

14

週末は何もなく過ぎた。私は他のメンバーには休みを取らせ、自分一人で日比谷周辺での聞き込みを続けた。別に使命感に燃えていたわけではなく、家にいてもやることがないからである——いつものように。それに一人で家にいると、あれこれ余計なことを考えて落ちこむことが多い。

愛美は金曜の夕方になって、ようやく都外へ出る届けを出した。それまでに二度、携帯に電話がかかってきて、慌てて部屋を飛び出す場面を私は見ていた。実家からの確認の電話だったのだろう。戻って来ると、二度とも暗い表情を浮かべ、溜息をついていた。いくら恩師が仲立ちした見合いとはいえ、これほど落ちこむなら、最初から断るべきだったのではないか。

日曜日の夕方、私は日比谷から歩いて銀座《ぎんざ》まで抜けた。ひところ、日曜日の銀座はひどく静かだったが、最近は賑わっているようだ。ただし、聞こえるのは中国語や韓国語が多い。家族連れを見ると、自然に侘《わび》しさを感じる。ここを家族で歩けたら……今は再現することが不可能な家族と一緒に。

弱々しい思いは、空腹によって打ち切られた。食事なら、銀座ではなく新橋に出ようか。あちらの方が、私好みの街である。ただしあそこはあくまでサラリーマンのための街で、日曜の夜には閉まっている店も多い。

結局、移動するのも面倒になり、西銀座デパートにある中華料理屋に入った。小籠包《しょうろんぽう》にビール、それと担々麵《たんたんめん》。辛い担々麵は、それだけで酒が進む。食事と同時に肴《さかな》というわけで、食べ終え、飲み終える頃には適当にアルコールも回り、腹も一杯になっている寸法だ。とはいえ、一人の夕食は忙《せわ》しない。読む物もなく、携帯電話と睨めっこしながらというのも侘しい。結局そそくさと食べ終え、煙草も吸えない店だったので、さっさと退散することにした。

二日間の聞き込みは、成果ゼロ。いい加減足も疲れていた。明日には科捜研の鑑定結果が入手できるかもしれないし、そうしたら新しい動きを始められるかもしれない。今日はゆっくり休んで英気を養うべきだと分かっていたが、どうしてもこのまま家に帰る気にはなれなかった。

再び街へ出ると、冷たい風が、担々麺で内側から温まった体を冷ました。ぶらぶら歩いて、四丁目の交差点方面に向かう。中央通り沿いに何故か灰皿が幾つも置いてあるのを見つけ、つい嬉しくなって、山野楽器の前で煙草を二本、灰にする。銀座に足を向けなくなったのは、失踪課に異動してからだろうか。二十三区の西側を担当する三方面分室で仕事をしていると、東側に足を運ぶ機会が極端に減る。最近では、ある会社へ聞き取り調査に行った時ぐらいである。あれはもっと築地に近い方だった。

それにしても、何故かこの街に来ると気持ちが落ち着く。三方面分室がある渋谷の騒々しく若い雰囲気、六本木辺りの毒々しい華やかさ、ごった煮のような魅力がある新宿などと違い、銀座はいつも落ち着いている。だからこそ、若い頃は敷居が高い街だったし、今も酒を呑んだり食事をしたりするのは憚られるが、歩いているだけで気持ちが落ち着いてくるような街が東京にあるのはありがたい。たぶん、そこかしこに昭和の気配が残っているせいだろう。高級ブランド店が立ち並び、外国人が我が物顔で闊歩《かっぽ》していても、ビルとビルの隙間に染みついたように残る昭和の雰囲気は消しようもない。

一方面分室に異動させてもらうか……あそこなら、この辺は庭のようなものである。銀座で聞き込みをする機会が多いとは思えないが、銀座が近くにあるだけで気持ちが落ち着きそうだ。渋谷は、私にはダブルスコア以上で若過ぎる。

そういえばここは、銀座線の駅の真上だ。このまま地下鉄一本で渋谷まで出て、三方面分室に顔を出しておくか……誰がいるわけでもないが、一日一回は自分の席に座らないと、落ち着かない。

銀座から渋谷までは十五分ほど。銀座線は古いせいか、他の地下鉄よりも揺れが大きく、何となく落ち着かない。昔は駅が近づくと、一瞬車内の照明が消えたものだ、などと考えているうちに渋谷に着いてしまった。青山通りと明治通りの交差点を渡った所にある渋谷中央署まで歩きながら、舞に電話をしておこうかと考える。明日から出て来るように指示はしておいたが、家族がどうなっているか、様子を聞いておいてもいい。六条が昨日も呼ばれて事情を聴かれたことは、確認していた。家の中はまだ落ち着いていないはずで、状況によってはあと一日か二日、自宅待機をさせておいてもよかった。

人気のない失踪課。照明も点けないでいると、廊下から入ってくる灯りだけが頼りだが、座っているうちに目が慣れてきて、室内の様子がよく見えるようになる。目を通しておくべき書類が何枚かあり——週末に田口がまとめたものだ——それだけは処理しておくことにした。改めて灯りを点け、書類に目を通していく。まあ、何とかまとまっていた。てにをはを少し直し、事実関係であやふやなところはチェックを入れておく。そこは明日、田口に直接確認しよう。

　時計を見ると、八時半。いい加減にしようと立ち上がりかけた瞬間、誰かが失踪課に入って来た。

「明神」

　彼女の方が驚いて、一瞬立ちすくんだ。肩からボストンバッグを提《さ》げた上に、両手にビニール袋を持っている。

「何だよ、今日まで休みだろう」

「いや、ちょっと」彼女らしくなく、もごもご喋りながら近づいて来た。自分のデスクに大荷物を下ろすと、ふっと溜息をついて両肩を回した。

「何だ、それ」

「早生《わせ》のミカンです」

「ああ、静岡名物……」

　土産《みやげ》だとは分かったが、日曜の夜に持ってくる意味が分からない。愛美が、私の気持ちを読んだように説明した。

「満員電車でミカンを持ってきたら、潰れちゃうじゃないですか」

「それでここへ寄ったんだ」

「そういうことです。だからもう、帰りますけど……高城さん、まさか泊まるつもりじゃないでしょうね」愛美は、私が時々ここへ泊まるのを毛嫌いしている。だいたい出勤は彼女が一番早いから、寝起きの私と遭遇することになるのだ。

「いや、俺も帰るよ。田口さんの書類をチェックしてただけだから」

「使えそうですか？」

「何とか、な」苦笑しながらデータを保存し、パソコンの電源を落とす。立ち上がって伸びをし、「飯は？」と訊ねた。

「新幹線の中で済ませました」

「うなぎ弁当？」

「幕の内ですよ」

「静岡はうなぎ弁当かと思ってた」

「あれは、浜松です」

「そうか……途中まで一緒に行くか」

「そうですね」

妙に素直に応じたので、私は一瞬警戒した。何かあったのだろうか。もしや、見合いが上手くいって、機嫌がいいとか……駅へ向かう道すがら、愛美は週末の捜査状況を知りたがった。私は知っている範囲で答えたが、結局何も教えないのと同じだった。二日間に及ぶ六条への事情聴取は空振り。彼はひたすら「プライベートな事情なので説明したくない」「誘拐犯のことは何も知らない」と言い続けたらしい。

「本当に、女性問題か何かじゃないんですか」モアイ像の前まで来て私は説明を終えたのだが、それに対する彼女の第一声がそれだった。「それだったら確かに、プライベートな問題だし、喋りたくないはずですよね。家族にも知られたくないだろうし」

「ああ。結局、特殊班でも持て余しているそうだ」

「うちはまだ、諦めてないんでしょう？」

「もちろん」

ただ、今ここで方向性を示すことはできない。どうにももどかしく、もやもやとした気分が胸の内に広がるばかりだった。

「静岡はどうだった？」地雷を踏むことになるかもしれないと思いながら、つい聞いてしまった。

「うーん、まあ、いろいろと……」

言いにくそうに言葉を濁す。その態度と口調だけでは、見合いがどうなったのか、見当もつかなかった。あまり突っこむと、電車の中で喧嘩になりかねないと思い、それ以上の質問は避ける。

一緒の道中は、それほど長くはない。小田急《おだきゅう》線の梅《うめ》ヶ丘《おか》駅近くに住んでいる彼女は、下北沢《しもきたざわ》で乗り換える。愛美の姿が見えなくなると同時に、私はほっとしたような、物足りないような気分に陥った。ここはやはり、衝突するのを承知で事情を聞いておくべきだったのではないか。たとえそれで、彼女の精神状態が悪化するにしても――そう考えてから、問題なのは私の精神状態なのだと気づいた。

私は、彼女の見合いの結果を気にしている。

理由については考えたくもなかった。部下として彼女を失いたくない――それは本音だが、それだけなのかと自問した末に、別の答えが返ってくるのが怖かった。

井の頭線から中央線に乗り換えた時、携帯電話が鳴ったのに気づいた。タイミングを逃して出られなかったが、確認すると見知らぬ固定電話の番号が浮かんでいる。留守電の録音を告げるマークもあった。気になったが、武蔵境で電車を降りるまで待つことにした。

商店街を歩きながら、留守電のメッセージを確認する。梅田だった。

『すぐに電話してくれ。確認したいことがある』

切迫した、怒りさえ感じさせる口調だった。もしかしたら、こちらが勝手に動いているのがばれたのか。すぐにコールバックすると、梅田は受話器に手をかけて待っていたように、すぐに電話に出た。

「確認したいことがある」留守電に残したのと同じ言葉を繰り返した。

「何ですか」

「お前、この件をマスコミに喋っていないだろうな」

「まさか」訝りながら即座に否定する。この男は何を警戒しているのだろう。「分室を訪ねて来るような記者もいませんしね。マスコミ的には面白くない部署なんじゃないですか」

「新聞記者が六条に接触を図っている。自宅で張っているんだ」

「一課は、まだ当人を監視してるんですか？」

「当然だ」梅田が怒りを露にする。「六条に関しては、訳が分からないことばかりだからな。簡単に放すわけにはいかない」

「それで、記者が張っているというのは？」

「たった今、この瞬間に家の前で張ってるっていう意味だよ。家を監視している刑事から報告があった」

「それで、六条さんは？」

「今日は午後遅くに解放した。それから役所に詰めてる。行方不明になっている間に、仕事が溜まったんだろうな」梅田の言葉に皮肉が混じった。「六条は、五分ほど前に役所を出た。そのうち、自宅前で記者に摑まる」

「排除するわけにはいかないんですか？」

「できるわけないだろうが。それより問題は、誰が六条の失踪をマスコミに漏らしたか、だ。こっちにも問い合わせが来てる」

「何て答えたんですか？」

「ノーコメントに決まってるじゃないか」梅田が憤然として言った。

「誰が漏らしたかは分かりませんけど、絶対にうちの人間じゃないですよ」

「何か、動き回っているという話も聞いてるが」

「何かの間違いでしょう」私は煙草をくわえて火を点けた。「もう、こちらの手は離れた事件として理解しています。ただ、後で六条さんに事情聴取はさせてもらいますよ。元々の失踪事件の片をつけないといけないので」

「戻って来ているんだから、関係ないじゃないか」

「書類をきちんと残しておかないと、データの有用性が疑われますから」

「……そうか」

梅田は、しばし何か考えている様子だった。何を言っても、こちらを疑っている雰囲気である。ここは早めに逃げるしかないと思ったが、電話を切ろうとした矢先に梅田が口を開く。

「仮に記者が接触してきたとしても、何も言うな」

「ご心配なく」上から押さえつけるような言い方にむっとしたが、できるだけ平静な声で答える。「梅田さんの邪魔はしませんよ。それより、内輪の人間を疑った方がいいんじゃないですか？　捜査一課の刑事の方が、新聞記者との接触も多いでしょう」

「その辺の教育はしっかりしている。あんたに心配してもらうには及ばん」

「了解です」

乱暴に受話器を置く音が、耳に突き刺さった。私は天を仰いで溜息をつき、煙草を携帯灰皿に押しこんだ。六条は公人である。一時的にでも行方をくらませば、マスコミ的には「ニュース」ということになるだろう。

しかし、私があれこれ考えても仕方がない。それに梅田の心配もある程度は理解できた。できればこの一件は、表沙汰にならないようにしたいだろう。少し掩護《えんご》射撃をしてやることにした。

自宅へ戻ると、コートも脱がずにまた携帯電話を取り出す。舞を呼び出したが、留守番電話になっていた。自宅の電話へかけ直すと面倒なことになるような気がしたので、メッセージを残す。着替え、酒の用意をしているところで、舞からコールバックがあった。

「聞いてるかもしれないが、マスコミの連中が家の前で張ってる」

「見えてます」

下手を打ったものだ、と舌打ちする。相手に気づかれるような張り込みなどしてどうする——そう考え、向こうがやっているのは「張り込み」ではないのだと気づいた。単に六条を待っているだけである。

「六条さんは？」

「まだ帰って来てません」

「電話で警告しておいた方がいいな。他の人の電話は避けても、君からなら出るだろう」

「ええ」

「マスコミが何を聞きたいのか分からないけど、余計なことは喋らないように」

「分かりました」

「角」を一口。いつものように、最初の一口で少しむせてしまう。

「それと、明日からだけど、どうする」

「出る予定です」

「大丈夫なのか？　無理しないで、もう少し休んでいても構わない——」

「出ます」

思いがけない舞の強い言葉に、私は一瞬言葉を失った。ウイスキーをもう一口飲み、気を取り直して「分かった」とだけ答える。すぐに質問を切り替えた。

「ところで六条さんは、失踪していた間のことは何か喋ってるのか？　特殊班の連中もだいぶ苦労しているみたいだけど」

「母には話しているようですけど、私は聞いていません」

自分だけのけ者にされているとでもいうように、いじけた口調だった。あるいは舞は、あの家では今でも子ども扱いされているのかもしれない。大事なことを話す必要などない、と。三十歳を過ぎてそういう扱いをされたら、たまったものではないだろう。ましてやこれは、間違いなく家族の危機なのだ。

「ご家族には内緒にしておいて欲しいけど、俺たちもまだ調べている。納得できない部分が多過ぎるからな」

「はい」

反発するかもしれないと思ったが、舞は素直だった。警察官としての彼女よりも、家庭人としての舞の方が強く出るのではないかと思ったが……警察の人間らしく答える背景には、母親との確執があるのだろうか。遅過ぎる反抗期がきた可能性もある。

「とにかく、マスコミにだけは気をつけてくれ。何を狙っているか分からないけど、君にも取材してくるかもしれない。余計なことを喋らないように、それだけは肝に命じておいてくれないか」

「分かりました」

了解を得て、電話を切る。舞とまともに話しているのが信じられなかった。何でも面倒臭がり、甘ったるい鼻にかかったようないつもの話し方――そんなものを懐かしく思っている自分にふと気づく。

幸いなことに、翌日、どこかの新聞に「六条氏失踪」の記事が出ることはなかった。しかし、「厚労省幹部の資産　国税が重大な関心」という見出しが紙面に躍っていた。ほっとすると同時に、怒りがこみ上げてくる。マスコミに情報が漏れたとすると、特殊班の判断ミスが原因なのだ。

普通、誘拐事件があれば、警察はマスコミと報道協定を結ぶ。特定の結果――犯人逮捕、人質確保、人質死亡など――が出るまでは報道を押さえる代わりに、捜査の状況は逐一説明する。それを怠ったばかりに、どこかから情報が漏れたに違いない。もっともあの場合、最後まで誘拐が本当かどうかは分からなかったし、結果的に犯人が現れなかったのだから、悪戯だったと言ってもいいのだが……マスコミが騒ぎ出す、とは予想しなかったのだろうか。

しかし今、責任問題はどうでもいい。「誘拐はなかった」と、これからも主張し続けるしかないだろう。警察も、六条本人も。誘拐が本当だったかどうか、確認するだけの材料もないのだから、嘘だと指摘される謂れもない。

本当は何があったのか。

真相追及の手だては、今や完全に私の手を離れたようだった。

午前中、本庁へ緊急招集された。顔ぶれを見ると、捜査一課は梅田以下、特殊班の面々が揃っている。失踪課からは、石垣課長を始めとして、真弓、私、一方面分室からは分室長の高木《たかぎ》と竹永が顔を見せている。一言も発してはいけないような、硬い空気が会議室に流れた。この場で一番立場が上、当事者とも言える梅田も、口をつぐんだままである。だいたい、会合の趣旨が不明確だ。「とにかく来い」と言われて集まったのだが、何をするつもりか、まったく知らされていない。

指定の十時半になると、いきなり会議室のドアが開き、捜査一課長の上堀《うえほり》が姿を現した。同道しているのは、刑事総務課長の渡《わたり》だ。刑事部の幹部二人が揃ったということは、単なる打ち合わせや擦り合わせで済むはずがない。これは実質的な糾弾集会、犯人を特定して、吊るし上げにするのが目的だろう。私はかすかな胃の痛みを覚え、うつむいたまま錠剤の胃薬を呑みこんだ。横に座った真弓が見咎め、厳しい視線を送ってきたが無視する。いずれ彼女も、私に「胃薬を分けてくれ」と言い出すだろう。

長机をロの字型に組んだテーブルの上座に、幹部二人が並んで腰かけた。口火を切ったのは上堀。浅草《あさくさ》生まれの小柄な一課長は、口の悪さで知られている。

「今回の件だが、どこぞの馬鹿がぺらぺら喋ったとしか考えられん。失踪は記事になってはいないが、マスコミが煩く言ってきてるのは間違いないんだ。喋った人間は絶対に見つけ出して、然るべき責任を取ってもらう。おう、失踪課！」

弾かれたように石垣が立ち上がる。見ていて滑稽なほどだったが、さすがに笑う気にはなれない。

「そっちの情報管理は、いったいどうなってんだよ」

「はい、それは万全を期しまして、情報漏れ等がないように——」

「本当かね」細い目をさらに細めて、上堀が石垣を睨みつける。「こういう事件では、失踪課は素人同然だろうが。新聞記者に聞かれて、調子に乗ってぺらぺら喋っちまったってことはねえのかい」

「ございません」うなだれながら石垣が答える。普段なら、気に食わない課長がやりこめられるのを見て「ざまあみろ」と思うところだが、さすがに今日はそんな気にはなれない。

「可能性としては、データベースへのハッキングかと」

石垣がもぞもぞと言い訳する。私は啞然と口を開けた。横を見ると、真弓も目を見開いている。言うに事欠いて、いきなり何を言い出すのか……私は思わず立ち上がった。

「何だ、高城」上堀が嚙みつくように言った。

「課長の言葉を訂正します。失踪課のデータベースには、誘拐の件、身代金のことについては、まだ何も記録されていません。通常の捜索願があるだけです」

「仕事が遅せえよな、おい」上堀の唇が皮肉に歪んだ。

「六条さんにまだ話を聴いていませんから」

「おう、そうかい。じゃあ、今回の一件はどこから漏れた？　失踪課には他に穴がないってえのか？」

「どうして失踪課ばかりを目の敵《かたき》にするんですか？　情報が漏れる可能性のある部署は、他にもあるでしょう」

「お前ら、勝手に動き回ってたそうじゃねえか。ホテルへ聞き込みに行ったりしてよ。手柄が欲しいのは分かるが、そういう情報は独り占めにするもんじゃねえぞ。かえって捜査の邪魔になる。だいたい、用がねえって言われたら、尻尾《しっぽ》を巻いて逃げ帰ってりゃいいんだ」

「お言葉ですが」私はついむきになって反論した。真弓が「止《や》めなさい」と言いたげな目つきで私を見ているのには気づいたが、どうしても筋を通さなければならない時はある。彼女に向かって首を振り、一課長の目を正面から見据えて続けた。「今回は最初、失踪事件として始まりました。捜索願も受理しています。受理した以上、最後まで捜査するのが責任かと思います」

「失踪課のアリバイ作りのために、こっちの捜査を邪魔されたんじゃたまらねえんだよ。お前ら、あちこちに首を突っこみ過ぎなんだ。だいたい高城よ、お前は公務の時間に、勝手に自分の仕事をしてるそうじゃねえか。娘さんを捜すのは大事かもしれんが、そういうのは給料泥棒って言うんだぜ」

　個人攻撃されて思わず飛び出しそうになったが、袖を強く引っ張られた。見ると、竹永が必死で私のスーツを摑んでいる。あまりにも必死なので、私の興奮は一気に醒めた。上堀の言っていることも間違ってはいない。やるなら勤務時間外に——公務員としては、それこそが正しいあり方だ。

「まあまあ、上堀課長、落ち着いて」刑事総務課長の渡が割って入った。確か上堀とは同期のはずだが、こちらの方がずっと落ち着いて理知的な感じがする。「高城も、一々言い返すな。質問に答えてればいいんだ。この集まりは、誰かの責任を糾弾するためのものじゃない。情報漏れの対策を話し合い、今後の捜査方針を決めるのが目的なんだぞ」

「ということは、失踪課も引き続き捜査していいということですね」

「まあ、流れでな」渋々ながら渡がうなずいた。「今後は連絡を密にして、逐一捜査一課に報告を上げるように」

要するに一課の下働きか……それでも、動いていいというお墨つきを得たのは大きい。石垣が、今にも「仰せの通りに」とでも言い出しそうに、両手を揉み合わせている。この男が、真剣に捜査に取り組むとは思えなかったが。

「とにかくだ、分かっていることを全部出せ」上堀が相変わらず乱暴な口調で言った。「てめえらだけで手柄を独り占めしようとするなよ。目を離してると、何をするか分かったもんじゃねえな」

「一つ、聞いていいですか」私は両手をテーブルについて、ぐっと身を乗り出した。「金のこと、一課では問題にしていないんですか？」

「何が」上堀が下唇を突き出す。

「六条さんは、一億円を簡単に準備しました。あの時、誰も疑問に思わなかったんですか」

外で待機していた長野はどうだったのだろう。目端の利く男だから、一億円の意味を考えなかったわけはない。もしかしたらあの男は、この件を一人で調べ始めているのではないだろうか。誘拐の捜査ではオブザーバー的な参加であり、本人も不完全燃焼気味だったはずである。だとしたら、少しでも点数を稼ごうと、単独行動をしているのではないか。だいたい、この場にいないのがおかしい。こういう打ち合わせの時、あの男が欠席するのはよほどのことだ。

上堀は反応しなかった。肩の幅に足を広げ、腕組みしたまま私を睨みつけている。私は唾を呑み、何とか言葉を叩きつけた。

「確かに、脱税の問題そのものについては、我々が手をつけるべきじゃないかもしれません。でも、重要なポイントですよ」

「お前もその場にいただろうが」

「私は奥さんに確認しました」

上堀の目が釣り上がる。

「何でそれを黙ってた」

「報告できる状態じゃなかったですし、奥さんは何も答えませんでしたからね」

上堀がぎりぎりと顎を動かした。歯軋りどころか、歯が折れそうな勢いである。

「とにかく、だ」渡が話をまとめにかかる。「情報管理は、今より一層厳重に。この件については、捜査一課としては公式には発表しない。失踪課も同様にお願いする」

「分かりました」

石垣が飛びつくように言うのを聞いて、私はひどく白けた気分になった。いっそのこと、分かっている情報を全てマスコミに流してしまい、協力を求めたらどうか。だがそんな考え方は、上堀たちに対するひどく子どもっぽい怒りが原因になっているのだと気づく。私怨で何かをやるべきではない。

会合は、結局そのまま解散になった。上堀は部屋を出る最後の最後まで、私に険しい視線を投げつけ続けたが、私は余計な言葉を吐かないよう、何とか自制した。何気ない一言でも、相手に攻撃のチャンスを与えてしまうことになる。

失踪課の面々が最後に残った。石垣が、情報管理をどうのこうのと、渡の説明をそのまままくどくどと繰り返す。私は適当に受け流して壁の一点を凝視していたが、そのうち竹永がこちらに視線を送ってくるのに気づいた。何か言いたいことがあるのだ。庁内で自由に話せる場所は……と考えたが、どこで誰の目が光っているか分からない。二人だけで話ができる場所を見つけないと。

　石垣が出て行った後、竹永が唐突に言い出した。

「高城さん、全然関係ないんですけど、お渡ししたい書類が」

「一方面分室で？」

「そうです。ちょっと寄ってもらえますか」

「いいよ」警視庁から、一方面分室が入っている千代田署までは、内堀通りを歩いて五分ほどしかかからない。私は意識して軽い調子で、真弓に声をかけた。「ちょっと千代田署に寄ってから戻ります」

「そう」彼女はさらりと言ったが、その目が光るのを私は見逃さなかった。どうせ後でしつこく聞かれるだろう、と覚悟する。

　竹永は、警視庁を出るまで一言も話さなかった。内堀通りの皇居側、ジョギングする人たちの波に紛れると、口を開く。

「国税の知り合いに事情を聴きましたよ」

「重大な関心ってことについて？」仕事が速い——彼が新聞に目を通してから、数時間しか経っていないのだ。

「この件、元々チェックは入ってなかったそうです」

「怠慢だな」

「皮肉はいいですから」竹永が苦笑した。「とにかく今現在は、重大な関心を寄せているのは間違いないです。近いうちに、六条さん本人に事情を聴くことになるだろうっていう話でした」

「ということは、記事は当たりなのか……」

「当たりかどうかは分かりませんよ。でも、国税の連中は、手段を選びませんからね。話の出所を気にせず、怪しいとなったら食いつきます」

「しかし、変だな」

「ええ」

二人とも黙りこんだまま、ゆっくりと歩いた。明らかに六十歳は過ぎている男が、かなりのスピードで私たちの脇をすり抜けて行く。皇居周辺のジョギングはこのところ大賑わいで、警視庁の中にも昼休みを利用して走っている人間がいるという。しかし午前中のこの時間は、まだ空いているほうだろう。走っているのは、時間に余裕のある高齢者が多かった。

「国税に、もう少し話を聴けるか？」

「ネタ元は呑み友だちだから話はできますけど、今の時点では新聞に出ていた以上のことは分からないと思いますよ」

「チェックしておいてくれ。今後、何がどうなるか分からない」

「ま、我々の事件にはならないでしょうけどね」竹永が肩をすくめた。「結局、警察的に、問題は二つに絞られるんじゃないですか？　六条さんは何故失踪していたか。それと、あの誘拐騒ぎは何だったのか」

「そうだな」

「まず、横浜からですね」

「ああ。そこは一課が突っこむだろうけど……」こちらも手を貸そう、と決めた。図々しいとなじられても構わない。こういう場合、人手は多いほどいいのだ。「しかし、一億円は何だと思う？」

「ちょっと想像がつきませんね。当然、厚労省の審議官の給料だけでは、そんな金は貯められない」

「奥さんの実家は金持ちだけど」

「株の配当、とかかもしれません」

「そんなに巨額になるのか？」私は思わず目を剝いた。

「一年や二年では無理かもしれませんけど、何年もかけて残そうとすれば、不可能じゃないでしょう」

「なるほど……裏金とかの可能性は？」

「それじゃ、汚職じゃないですか」竹永が顎を引き締める。「うちの事件だ」

正確には「うちの」ではなく、「元所属の捜査二課の」だ。もっとも、審議官レベルの高級官僚が汚職に絡んでいたら、間違いなく東京地検が乗り出してくる。国税との捜査協力に関しても、地検なら太いパイプがある。竹永の場合、国税に話を聴ける相手がいるといっても、あくまで個人ベースの非公式なものだろう。

祝田橋《いわいだばし》の交差点を過ぎると、既に道程の半分ほどを来たことになる。もっとも千代田署の庁舎は、高層ビル街に埋もれていて、ここからは見えない。

「それにしても、失踪課というのも面倒な事件にかかわるものですね。正直、もっと楽な仕事かと思ってましたよ」竹永が愚痴を零した。

「もう、半分はうちの事件じゃないみたいだけどな」

「意外に簡単に引くんですね」面白そうに竹永が言った。

「引かない時だってあるよ。でも今回の事件は、どこか筋が違う。うちの人間が関係者ということもあるし……やりにくいな」

舞からは朝方、三方面分室に電話があり、結局今日も休むと連絡が入っていた。マスコミの連中が自宅前で張っており、出るに出られない状態だという。警察も本人も否定しているのにしつこい……六条本人も、今日は登庁を見送っているようだ。この件に関して、厚労省はどんな反応を示すだろう。聞いてみる価値がある、と思った。

「とにかく、何か分かったら連絡します」

「今のところ、分かる可能性は低そうだけどな」

「そうですね」苦笑しながら、竹永が日比谷の交差点を見渡した。「真下が地下鉄の駅ですから、すぐ渋谷まで戻れますよ」

「書類はどうする。俺は書類を貰いに来たんだけど」

「ああ、俺がなくしたことにしておいて下さい」にやりと笑って、竹永がひらひらと手を振った。信号が青に変わったので、ゆっくりと一歩を踏み出す。

「そんな理屈が通用するかな」

「阿比留室長は、とっくに見抜いてるでしょう。正直に話した方がいいですよ」

「だったら、俺だけじゃなくて室長も呼べばよかったのに」

「あの人は苦手なんですよ」

そういうことなら、十分理解できる。私は笑いを噛み殺しながら、彼に向かってうなずきかけた。

15

捜査は難渋した。全ての元凶は六条。彼は昨日から、事情聴取を拒否し続けている。任意だから断る権利はあるのだが、逆にそれ故、疑念は募った。喋らないのは、都合の悪いことがあるからだ。誰もが——もちろん私も、そう考え始めた。

火曜日には、自宅前で待ち伏せする報道陣の数が減ったので、六条は強行突破で迎えの車に乗りこみ、登庁した。彼がいなくなってマスコミも散った後、舞も家を出ることができた。真弓が舞を室長室に呼んで長々と話を聴いたが、芳しい情報は出てこない。だいたい舞自身、どういう事情なのか、さっぱり分かっていない様子である。父親も「金のことは何も知らない」と話しているというのだが、それが本当なのか嘘をついているのかは、舞の話からだけでは判断できない。それを言うなら、舞も正直に話してくれているのかどうか……仲間を信じなくてどうする、と私は自分に言い聞かせなければならなかった。

火曜日の昼前、真弓は舞に現場に出るよう命じた。そのまま退庁時間まで書類仕事をして時間を潰すこともできるが、それでは気持ちが凹《へこ》んでしまうだろう、という配慮である。

舞も了承したので、私たちは横浜での聞き込みを始めることにした。

「一課には、正式に了解を取ったわ」真弓が説明した。「自由に動いてもらって構わない。向こうとダブるのも承知。ただし、何か新しい事実が分かったら、すぐ私に連絡して下さい。一課に報告することになってるから」

長いリードでつながれた犬のようなものだな、と私は皮肉に考えた。それなりに遠くへは行けるが、最後は引っ張られて飼い主の許へ戻らなければならない。自由だと勘違いして全力疾走したら、首が締まる——しかし、荒れ狂っていた一課の連中を説き伏せてしまった真弓の手腕には感心した。

「俺はここに残ります」

「どうして」疑わしげに真弓が聞いた。

私は舞たちにさっさと出るよう促し、真弓と二人だけになったところで切り出した。

「厚労省の中の話を聴いてみようと思います。竹永が、話を聴けそうな人間を何人か、摑まえていますから」

「それもありね」真弓がうなずく。「庁内の反応、六条さんの普段の行動、人間関係、根掘り葉掘り聴いておいて」

「分かりました」

真弓のやる気に背中を押され、私は失踪課を出た。地下鉄を使って、まず千代田署へ向かう。一度竹永と落ち合い、それから会うべきターゲットを絞りこむ予定だった。

しかし竹永は既に、事情聴取すべき相手をリストアップし、話をつけていた。一度話したことのある人間で、話好きなので何か引き出せるかもしれない、という。非公式な事情聴取なので、厚労省を直接訪ねることはしない。竹永は、食事を取りながら相手と会う段取りをつけていた。

「あそこにしましたよ、『バローロ』」

「何かの皮肉か？」またあの店の酸っぱいサラダを食べるのかと思うと、口の中に唾が湧いてくる。

「いやいや、あそこなら集まりやすいからです。向こうもそれで了解してますよ」

「だったら、酸っぱいサラダは我慢しよう」

「何ですか、それ」

「食べれば分かる」

今日もサラダは非常に酸っぱかった。もっとも私としては、そんなことよりも、目の前の相手が妙に落ち着かないのが気になっていた。窓側の席で、外から丸見えになっているせいかもしれない。床から天井までがガラス張りのため、裸で外に放り出されてしまったような気になるのだ。六条が、こんな場所で秘密の話をしていたのが不思議である。

今目の前にいる相手は、職業安定局雇用政策課の課長補佐、鳥飼《とりかい》という男だった。ノンキャリアで、竹永いわく「六条の子飼い」。四十五歳、中肉中背の男で、髪の毛が少し寂しくなっている。自分でも気になるのか、食事の最中にもかかわらず、盛んに髪を掻き上げている。そうすると、広い額がさらに目立つのだが。

「選挙ですか？」鳥飼が少し甲高い声で言った。驚いているのではなく、これが地声のようだ。やや耳障りだが、言葉を交わすうちに慣れてくる。

「次期衆院選に出馬する、という話があるんです」

「そうですか」

微妙な言い方、反応だった。こちらの顔を見もせず、ほとんど空になったパスタの皿に視線を落としてしまうと、落ち着かなげに肩を二回上下させる。この件は知っていたのだな、と私は確信した。というより、庁内では既成事実化していたのではないか。

「ご存じだったんでしょう？」

「いや、まあ」言葉を濁す。まともに私の顔を見ようとしなかった。

「そんな動きがあれば、一緒に仕事をしている人には分かりますよね」

「そうかもしれませんけど……」唇を嚙み、言葉を吞みこむ。もう一押しすれば落ちる、と私は踏んだ。

「別に、六条さんが選挙に出ることに、問題があるわけじゃないでしょう。志があるのは立派なことだと思いますよ」

「役所にいるだけでは、できることに限界がありますからね」

言ってしまってから、「知っている」と事実上認めてしまったことに気づき、鳥飼が慌てて唇を引き結ぶ。

「ここだけの話にしましょう。表沙汰にはなっていないんですから、私たちもこの件で大騒ぎするつもりはありません」

「ええ」

「実際、そういう話は庁内でどれぐらいの人が知っていたんですか？」

「基本的に、大声で喋るようなことじゃないですよね」鳥飼が声を潜める。「でも、知っている人は知っていると思います。私も、直接六条審議官から聞いたわけじゃないですから」

「噂にはなっている、と」

「ええ、まあ」鳥飼が言葉を濁す。どこまで話していいか、迷っているに違いない。「でも、はっきりした話じゃないし」

「いずれ、どこかのタイミングで辞めることになる。その場合は、嫌でも明らかになりますよね」

「それはそうでしょうね」

誰も思っていなかったのではないか。

もちろん、六条が金持ちだという話は誰でも知っていたはずだが、国税局が動くほどとは、

鳥飼の肩がぴくりと動いた。新聞に出た話は、庁内でも大きな話題になったに違いない。

「でも六条さんは、お金を持っていた」

「はい」

「選挙は、金もかかって大変だ」

「新聞に出ていた話なんですけどね、あなたはどう思います？」

「どうって、人の財布の中身までは分かりませんよ」

「六条さんが不正蓄財をしていた可能性は？」

「まさか」慌てて首を振って否定する。「審議官は、そんなことをする人じゃありません。だいたい、キャリアといっても只《ただ》の役人なんですから。予算を分捕るためには何でもしますけど、自分のために金を作るなんて……あり得ません」

もちろん、裏金を作るのは不可能ではない。特に予算をいじれる立場にあれば、複雑な資金洗浄をして、一部を自分の懐に入れることもできるだろう。あるいは特定の業者と癒《ゆ》着《ちゃく》して、賄賂を受け取る。だが、六条のような地位にまで上り詰め、さらに出馬を計画している人間が、そんな危険を冒してまで金を作ろうとするとは思えなかった。ばれたら、選挙どころではなくなる。

「奥さんの方の事情、ご存じないですか？」

「いや、詳しくは……」

「詳しくなくても、何か知っている？」

しまった、とでも言いたげに、鳥飼が目を見開いた。どうも彼は、脇が甘い。

「大丈夫です。噂でも何でもいいから聞かせて下さい。あなたの口から出たことは、絶対に秘密にしますから」

「いや、しかしですね……」鳥飼の額には、いつの間にか汗が滲んでいた。「無責任なことを言うわけにはいきません」

「そんなに気にしないで下さい」私は軽い口調で先を促した。「大袈裟ですよ。私たちは一緒に食事をしているだけだし、これは正式な事情聴取じゃなくて、雑談なんですから」

そう言っても、鳥飼の口調が急に滑らかになるわけではなかった。エスプレッソをお代わりし、ランチの客がほとんどいなくなる午後二時過ぎになって、ようやく鳥飼が重い口を開いた。

「持参金、という噂があります」

「結婚する時の？」

「ええ。奥さん、住田製薬のお嬢さんでしょう？　それで、結婚する時に巨額の持参金が用意されたっていう話です」

「噂、ですか？」

「根拠はないですよ。何十年も前の話だし」

　しかし、いかにもありそうな話だ。いざという時のためにずっとタンス預金しておいて、今回の誘拐騒ぎがまさに「いざという時」だったのかもしれない。それにしても、一億円──一億円以上はあった──の持参金というのはあまりにも多過ぎないか。しかも数十年前の話であり、私の想像を超えている。あるいは常識さえも。

「あまり真面目に取らないで下さいね」鳥飼が念を押した。「私は、この話は怪しいと思っています。持参金、しかも巨額のなんて、ちょっと考えられないですよね」

「まあ……常識的には」そう言いながら、私はこの線にすがりたい気持ちを抑えられなくなっていた。同時に、調べる方法はあるのだと思いつく。相手が認めるかどうかはともかく、少し揺さぶってみてもいい。取り敢えず鳥飼を解放することにした。「どうも、長々とお引き止めして、申し訳ないです」

「ちょっとまずいですね、この時間は」手首を捻って、鳥飼が腕時計を見た。

「遅延証明を出しておきましょうか？」

「冗談じゃない。警察の人と会ったなんてばれたら、えらいことになりますよ」私の冗談に、鳥飼が真面目に反応して、大袈裟ではなく身震いした。

「ところで、六条さんは、今回の件で何か話しているんですか？　上からも説明を求められるでしょう?」

「プライベートな事情だから説明できない、とそれだけです」警察に対して言っているのと同じだ。そういう意味では首尾一貫している。

「でも、上は問題にするでしょうね」

「何らかの処分はするかもしれません」鳥飼が深々と溜息をついた。

「あなたは、六条さんの言い分を信じているんですか?」

鳥飼が私の目をじっと凝視した。会って初めて感じる、強い意思だった。

「私が、六条さんのことに関して無責任な話ができるわけ、ないじゃないですか」

それだけ部下の信頼が厚いということか。私が何か問題を起こしたら、愛美や醍醐は、こんな風に庇《かば》ってくれるだろうか。

竹永を伴《ともな》い、私はまた住田に面会を求めた。今日は出社しない日だというので、あちこちに電話をかけて、何とか居場所を確認する。ゴルフの打ちっ放しに行っていた。

「いいご身分ですねえ」竹永が溜息をついた。「平日の昼間から打ちっ放しね……相談役っていうの、一度やってみたいですね」

「公務員にそういう職種はないよ」私は、彼が運転する一方面分室の覆面パトカーの助手席に座り、道順を指示していた。住田が通うゴルフ練習場は、世田谷にある。またも世田谷。道に迷って到着が遅れるのを恐れ、必死で地図を睨む。

「ナビがあるじゃないですか」

「あの辺、ナビも役に立たないんだ」

「磁気異常でもあるんですか？　衛星でも追いきれないとか？」

「その可能性もあるな」

ただし今回は、私が懸念したほど分かりにくい場所ではなかった。国道二四六号線を真っ直ぐ西へ進み、田園都市線《でんえんとし》駒沢《こまざわ》大学前駅を通り過ぎてから、三叉路を右へ。桜新町《さくらしんまち》の駅前まで出て右折し、住宅街の中を進む。高い建物がまったくない、一戸建てが並ぶ静かな町並みだった。

「住田さんはこの近くに住んでるんですか？　東証一部上場企業の相談役が住むような街のイメージじゃないな。むしろ成城《せいじょう》とか田園調布《ちょうふ》とか……」

「成城や田園調布は、逆に都心部からは遠いじゃないか。彼の家は駒沢だよ。あそこからなら、ここの打ちっ放しは遠くない」

「なるほど」

「そこを左へ曲がってくれ」

自信はなかったが、取り敢えず指示する。細い急な坂を上り切り、下がった所でゴルフ練習場が姿を現した。住宅街の真ん中にこれだけ広いスペースを取っているのだから、料金は相当高いのではないか、と想像する。練習場の横、それにクラブハウスの下の一階部分が駐車場になっている。竹永は一階の駐車場に覆面パトカーを停めた。左隣はジャガーで、右隣はベンツ。改めて駐車場を見回してみると、半分以上が外車である。溜息をつき、コートの前をかき合わせて階段へ向かう。

ずらりと並んだブースは、緩い弧を描いている。クラブが空気を切る鋭い音、甲高いミート音がひっきりなしに続くので、町工場にでもいるような気分になってくる。端から住田を捜していくと、すぐに見つかった。小柄な体には似つかわしくない力強いスウィングで、ボールも常に真っ直ぐ飛んでネットに突き刺さる。私はまったくゴルフをやらないが、相当年季を積んだ腕なのは間違いないようだ。真剣に集中した様子で、一打ごとにクラブの軌跡を確認するように素振りを繰り返している。

「どうしますか？」声をかけにくい雰囲気を読み取ったのか、竹永が聞いた。

「待とう。永遠に続くわけじゃない」

私は住田の姿を見られる真後ろに陣取り、ベンチに腰かけた。待つこと二十分、籠《かご》を空にした住田がこちらを振り向く。額にはびっしり汗をかき、ゴルフウエアも湿って体に張りついていた。私に気づくと、びっくりしたように目を見開く。それでも、その他にはまったく動揺した様子を見せず、クラブを持ったままこちらに歩いて来た。

「どうしたんですか」

「ちょっとお話しさせていただきたいと思って。お楽しみのところ、申し訳ないですが」

「構いませんけど」怪訝そうな口調で言って、住田がタオルで額の汗を拭う。「年寄りの楽しみに割りこむほど急ぎの話なんですか？」

「警察の仕事は、常に急ぎなんです」

「そうですか……ちょっと着替えますから、お待ちいただけますか？　下の駐車場で。私の車は――」

「ナンバーは分かっています。そこでお待ちしますよ」

　プライバシーを侵害されたとでも思ったのか、住田の頬がひくひくと痙攣する。私はそれを無視して、竹永を引き連れ、駐車場に戻った。「禁煙」の張り紙を無視して煙草に火を点け、覆面パトカーに寄りかかって住田を待つ。

「ちょっと強引過ぎませんか」竹永がやんわりと非難する。

「そうかもしれない。だけど彼は、何か知っているはずだ。知っていて、今まで黙っていたことがあると思う」

「だから許せない？」

「許すとか許さないとか、そういう問題じゃないんだ」

　彼がどんなに怒ろうが、声高に抗議をしようが、聞いておかねばならないことがある。別件では世話になったが、昨日の友が今日の敵になり得るのが実社会というものだ。

「逃げ出すかもしれませんよ」竹永が眉根を寄せる。

「そんなタイプじゃないと思う」

「よくご存じで」竹永が皮肉に言ってうなずいた。

「だいたい、ここ以外の場所から外へ出るのは不可能だ。車を置いていくわけにもいかないだろうし」

コンクリート剝き出しの天井を見上げる。どすどすと人が歩き回る音がひっきりなしに響いていた。住田が、怒りを発散させるために右へ行ったり左へ行ったりしているのかもしれない。

十分ほど経ち、二本目の煙草に火を点けようとした瞬間、住田が階段を下りてきた。セーターの下にはポロシャツ、上には薄いコートを羽織っている。怒りを確認するように、音を立てて階段を一段一段踏みしめていた。私は覆面パトカーの後ろのドアを開いた。住田の顔がすっと蒼褪める。

「取り調べじゃありません」機先を制して私は言った。「相談役の車を使わせてもらうわけにはいかないでしょう」

「あまりいい気分じゃないですな」

「申し訳ないですが、少し我慢して下さい。話していただければ、すぐに終わります」

「脅すつもりですか」

「まさか」私は、現状可能な最高の笑みを浮かべてやった。それで彼がリラックスしたかどうかは分からなかったが、それ以上は文句を言わず、後部座席に滑りこむ。私は彼の横に、竹永が運転席に腰を下ろした。

「昨日の東日、お読みになりましたか」

「新聞は五紙、目を通してますよ」住田が憮然として唇を突き出した。「あの件ですか」

「そうです。どういうことなんでしょう?」

「そう言われても、ね……私も、あの家の事情を何から何まで知っているわけじゃないから」

「麗子さんの持参金という噂もあるんですが」

「あり得ないですね」住田が肩をすくめた。「仮に金を持たせるにしても、信頼できる銀行を使って口座を開くでしょう」

「そこから引き出したということは考えられませんか」

「自宅にそんな大金を置いておくのは、理解できないな。危険過ぎる。彼女も、そんなことをするはずはない」

「でも実際に、現金はあったんですよ。よほど銀行を信用してなかったんでしょうね。住田一族の人となったら、銀行もいろいろ便宜を計ってくれると思いますが」

「銀行というのは、そんなに融通が利くところじゃないよ」住田が苦笑した。「何とかこっちに金を吐き出させようとするだけでね。適当につき合っておくのが一番です」

「相談役も、タンス預金をしてるんですか？」

「家内はヘソクリを貯めこんでいるかもしれないが、私は関知していない」

「六条さん本人も、タンス預金のことは知らなかったんでしょうか」

「それこそ、私は与《あずか》り知らぬことだな」住田が首を振る。

「国税が、重大な関心を寄せていますよ。六条さんはいずれ、説明を求められます」

住田が黙りこむ。組んだ足を、しきりに揺らしていた。彼がスキャンダルを恐れているのは、考える間もなく分かる。他家に嫁に出たとはいえ、麗子は住田家の人間なのだ。脱税などということになれば、住田家も痛くもない腹を探られる恐れがある——本当は、痛いところがあるかもしれないし。以前、知り合いの税理士と雑談をしていて知ったのだが、税務署が調査、摘発に至る時には、一定のルールがあるようでないという。アトランダムに抽出した相手を調べ、悪質ならば摘発まで持っていく。ただ、「悪質」の定義は、調査する人間のパーソナリティに任されている場合がほとんどだというのだ。端的に言えば、調べた相手が気に入らなければ立件する、ということすらあるらしい。宮仕えの身には関係のない話だが、住田レベルになれば、税務署とのつき合いもできるだろう。彼が厄介事を避けたがっているのは間違いなかった。

「揉み消せますか？」

「そんなこと、できるわけがない」住田が足を解き、腿の上に拳を置いた。震えるほどではないが、緊張が透けて見える。

「どうでしょうね。これだけ大きな問題になってしまったのに何もやらなかったら、国税も『腰が引けている』と批判を浴びるかもしれません」

「私を脅すのか？」

「まさか。要は、あれがどういうお金だったのか、教えてもらいたいだけです」

「だがそれは、あなたの仕事とは関係ないんじゃないか」住田が指摘する。「それこそ、税務署が調べるべきことだろう」

「私が知りたいのは、六条さんがどうして失踪したのか、それを利用して誘拐騒動を起こしたのは誰か、です。それに、マスコミに情報を流したのは誰か、という問題もある」

「それは、私にはまったく分からないことだな」住田が首を振った。「しかし一つだけ、私の方からアドバイスできるかもしれない」

「何ですか」

「新聞社に直接聞いてみたらどうだね？　誰から情報が入ったのか、確認してみればいい」

「あの連中は、ちょっとやそっと脅したぐらいじゃ情報源を喋りませんよ」

「そんなに強いものかね？」

「突っぱねるでしょうね。それにこの件では、警察とマスコミの関係は必ずしも上手くいっているわけじゃない。無理矢理聞き出そうとすれば、関係はもっと悪化するでしょうね」

報道協定が結ばれなかったことが、今でも尾を引いているはずだ。マスコミの側からすれば、「警察は事件を隠していた」となる。誘拐と判断できるだけの材料がなかった、というのが警察の言い分になるが、それを素直に認めるマスコミがいないことは、容易に想像できる。

「少なくとも、私に確認するよりはましじゃないかな」住田が珍しく皮肉を吐いた。「とにかく、私は六条家の金には関与していない。どういう金かも分からない」

「住田家の中には、誰か知っている人がいるでしょう。我々が事情聴取できるように、取りはからってもらうことはできませんか」

「私は、警察のスパイをするつもりはない」住田の口調が強張る。

「スパイ？　そんなつもりはありませんけどね……社会正義の実現よりも、家の名誉ですか」

「今のところ、あなたたちが目指しているのが社会正義かどうか、私には判断できかねますな」

もっともだ、と思った。六条が罪を犯したのかどうかは、はっきりしない。私たちは、虚空に向かって拳を振るっているだけかもしれない。

それでも、もう少し住田に念押しをしておきたかった。口を開きかけた瞬間、携帯が鳴り出す。顔を背ける住田に向かって「失礼します」と告げて車のドアを押し開けた。駐車場に漂う冷気が全身を包み、思わず震えが来る。

「六条です」横浜にいるはずの舞だった。

「どうした」何かあったのか——捜査の流れよりも、彼女の精神状態を私は懸念した。

「父が、高城さんに会いたいそうです」

「どういうことだ？」六条は、捜査一課の事情聴取を断り続けている。それが梅田や上堀をかりかりさせている原因なのだが、何故六条は私に会いたがる？　理解と想像を超えた申し出だった。

「理由は分かりません」舞の声には力がなかった。「とにかく、高城さんに会いたいと……」

「どうして俺なんだろう」彼と直接話したのは一度だけである。あの時の素っ気ない雰囲気を思い出し、私はかすかな不快感を覚えた。

「それは、父に聞いてもらえますか」

「……分かった。どこへ行けばいい？」

「横浜の、例のホテルです。今日の午後七時に。チェックアウトの手続きをする前に、部屋で会いたいと」

一課の連中は、当然六条の動向を監視している。役所を出れば尾行を始め、家に帰るまでそれは続くはずだ。彼が横浜に向かい、ホテルの部屋で私と会うことになれば、当然彼らはその情報を入手する。黙っていたら、厄介なことになるのは目に見えていた。

だったら公明正大にいこう。事前に事情を説明し、終わったらきちんと報告する。彼らは「どうして失踪課に話を持って行くんだ」と激怒するかもしれないが、それは彼ら自身の問題である。話す相手として選ばれなかった理由を、しっかり考えればいい。

16

一度三方面分室に戻り、真弓に事情を説明する。彼女は、六条からどんな情報を引き出せるかということよりも、彼が捜査一課の人間ではなく私に対して話をする気になった事情に興味を持った。

「一課にはあなたが話す？　それとも私がやっておきましょうか」

「室長、お願いします。一日分の皮肉と説教は、もう聞き飽きましたから……俺は早めに出ます。向こうでうちの連中と合流して、聞き込みの成果を確認しておきます」

「そうして下さい」以前のように冷たく、しかしはっきりした口調で真弓が言った。「報告を忘れないように」

「何時になるか分かりませんよ」

「結構です」真弓が素早くうなずく。「待つから」

一度自席に戻り、部屋を出て行く寸前に、公子が私に向かって小さくガッツポーズを作った。にやりと笑ってそれに応えたが、内心は複雑だった。真弓が元通りになったら、それはそれで鬱陶しい。あの上昇志向に晒され、尻を叩かれると考えるとうんざりする。それでも今は、彼女がきちんと司令塔の役割を果たしてくれているのがありがたい。


東急東横《とうよこ》線で横浜へ向かう間に、何度か電話がかかってきた。全て梅田である。無視し、後で適当に言い訳することにする。あの男からすれば、頭に血が上って当然なのだが、一々言い訳するのも面倒臭い。

みなとみらい駅までの三十分強の間、想定問答集のページを頭の中でめくり続けた。最初は好きなだけ話させておいて、後から矛盾点を突く方法にしよう。六条という人間の性向をまだ摑めないが、容易に本音を晒す人間でないことだけは分かっている。表面上の穏やかな態度を信じて話を聴いているだけでは、絶対に本音は引き出せない。しかも、キャリア同士の足の引っ張り合いを勝ち抜き、厚労省の審議官にまで上り詰めた男である。こちらを抱きこむぐらいの知恵は働くだろう。

率直に言えば、誰か応援が欲しい。特に、疑り深い愛美の存在が、どうしても必要だった。しかし六条は、他人の同席を認めないのではないか、と私は想像した。私を、警察という組織の代表と見ているに違いない。これは思ったよりヘビーな戦いになりそうだと考え、予《あらかじ》め胃薬を呑んでおくことにする。頭痛薬は……今は痛みはない。そういう時に呑むと、感覚が鈍るだけだ。

地下深い場所にあるみなとみらい駅から、待ち合わせ場所のショッピングセンターの二階に向かった。ここは二つの建物をつなぐ巨大な通路のような場所である。人通りが多いが故に、集まって話し合っていても目立たない。天井が高いので、声が拡散してしまい、他人には聞こえにくいという利点もあった。立ったままの打ち合わせは気が急《せ》くが、どこかに座ってゆっくり話している暇もない。私は意識して大声を出し、まず舞に声をかけた。

「六条、どういうことなんだ」

「私にも分かりません。急に電話してきて……」

「そうか」

「このままじゃ……」舞が唇を嚙む。ひどく疲れ切り、話すのさえ億劫《おっくう》そうだった。「このままじゃまずいと思います」

「何がまずい?」

「いろいろと。それより何より、私も何があったのか知らないんです。父は何も話してくれないんです」

「できるだけのことはやってみる」

「お願いします」

危機は、仲間意識を強くする。舞がどう思っているかはともかく……いや、彼女らしくなく頼ってくるのは、私たちを仲間と認めている証拠ではないか。それならそれでいい。もう、余計なことは言わないようにしよう。私は腕時計を見てから、集まった失踪課の面々の顔を見て「具体的な報告事項は?」と訊ねた。全員の頭が一斉に横に振られる。

本来なら階級も年齢も一番上の田口が状況を報告すべきなのだが、彼は何も言おうとしなかった。相変わらず自分がどうしてここにいるのか分からない様子で、ぽかんと口を開けている。夕飯は中華街で……とでも考えているのかもしれない。淀んだ空気を察したのか、醍醐が口を開く。

「一課の指示もありまして、今日は近辺の店を虱潰《しらみつぶ》しにしてました」

「このショッピングセンター全体?」

「ええ。六条さんの写真を見せて回ったんですけど、成果ゼロですね」醍醐の声は疲れていたが、へこたれてはいない。毎日毎日、具体的な情報も得られないまま靴底をすり減らすことこそ、刑事の日常なのだ。

「その件、室長にも報告しておいてくれ。それで今後の指示を仰ぐんだ。何もなければ、明日も同じような聞き込みになると思うけど」

「オス」

醍醐だけが返事をし、他のメンバーはうなずくだけだった。舞が腕時計を見る。私の顔に視線を移し、「迎えに行きます」と短く言った。

「駅まで？」

「ええ。ホテルまでは私が連れて行きます。そういう風にしたいと言われていますから」

「六条、何か聞きたいことがあるなら、君が聞くべきなんだぞ。親子なんだから」

「高城さんに任せます」悲しげに言って、舞が踵を返す。彼女の背中を見送りながら、私は自分たちがいる場所の周辺だけ、空気がどんよりとしてきたように感じた。

「高城さん、私も……」愛美が遠慮がちに手を上げる。

「そうお願いしたいところだけど、向こうが許さないかもしれない。六条さんが君の同席を許せばいいけど、それが駄目だったら待機だ。終わったら、必ず報告する」

「分かりました」

不満気に唇を歪めながらも、愛美は一応納得した。私は、片方の腕をもがれたような思いでいた。彼女は役に立つ。その愛美が結婚していなくなってしまったら……考えただけで身震いする。確認すればいいだけの話だが、今はそんなことを聞くべきタイミングではなかった。

「一応、全員ホテルに向かう。俺の近くで待機。六条さんが立ち会いを拒否したら、合図するから離れてくれ」

「そうなったら、取り敢えず飯でも食っておくかね」田口が呑気な口調で言った。「ここから中華街、遠いのかな？」

中華街でもどこでも好きな所へ行ってくれ——そんな捨て台詞が喉元まで上がってきたが、何とか吐き出さずに済んだ。私は黙って、ホテルに向かって歩き出した。巨大な通路を出た途端、凶暴な海風が容赦なく襲いかかってきて、思わずコートの襟を立てる。この薄いコートでは、もはや寒さは防げない。十一月でこれでは、今年の冬は相当寒くなりそうだ。

ホテルに入ると、私はロビーの一角、カフェに近いソファに腰を下ろした。他のメンバーは適宜、ロビーのあちこちに散る。かすかな緊張感を抱えたまま、私はホテルの出入り口を凝視しながら待った。醍醐も六条の迎えにやるべきだったのでは、と一瞬後悔する。マスコミもまだ、六条をマークしているかもしれない。もしも囲まれたら、舞一人ではカバーしきれまい。指示を出し直そうかと思った瞬間、予想もしていなかった人間、長野がホテルに入って来た。真っ直ぐ私の方へ突進して来たので、慌てて立ち上がって対峙する。

「六条が来るそうだな」

「どこで聞いた？」真弓が一課へ報告したのが漏れたのだろう。

「どこでもいい」長野は逸《はや》り、気持ちが体から突き抜けそうだった。

「事情聴取するんだろう？　俺もつき合うぜ」

「それはまずいんだ」私は両手を上げて、彼の胸を押し返した。「俺一人が会う約束になっている。他の人間がいたら、六条さんは帰るかもしれない」

「そんなことはない。俺にも立ち会わせろ」

「長野……」私は溜息をついた。「気持ちは分かるし、俺だけの事件だなんて言うつもりはないけど、向こうの都合も考えろよ。覚悟して来るんだぜ？」

「向こうの都合は向こうの都合だ。警察には警察の都合があるだろうが」

「警察の、じゃなくてお前の、だろう？」

　私が指摘すると、長野がむっとした表情を浮かべる。引き下がる気配がなかったので、私は近くに寄って来た醍醐に目配せした。醍醐が巨体に似合わぬ猫のような素早さで、長野の腕を摑む。

「長野さん、まずいっすよ」

「離せ、醍醐」長野が乱暴に腕を振ったが、醍醐はしっかり摑んだままだった。この男は、依然として右手の握力が八十近くある。二人が揉み合っているうち、私は視界の端に六条の姿を捉えた。舞が寄り添い、二人ともうつむいたまま、足早にこちらに向かって来る。まずい……。

「森田！」

私は近くで呆然《ぼうぜん》と立ち尽くしていた森田に声をかけた。目が覚めたように駆け出し、醍醐に加勢して長野の左腕を取る。

「お前ら、何しやがる。離せって」長野が体をよじって抵抗する。

「お連れして」私はカフェに向かって顎をしゃくった。わざとらしく大きな溜息をつき、長野に告げる。「お前、いい加減大人になれよ。何でも自分の思うままにできると思ったら大間違いだぞ」

「ふざけるな！」

長野が突っかかろうとしたが、二人がかりで両腕を押さえられているので、顎だけが突き出す格好になってしまった。このままわめき続けていたら、ホテルの従業員も警戒するだろう。私は視線を巡らし、この状況を見てにやにやしている田口に声をかけた。彼はのんびり、散歩でもするような雰囲気で近づいて来た。

「長野をお願いします」

「あいよ」

「お願いしますって、人を荷物みたいに言うな」長野が文句を言った。

「いいから、大人しくしていてくれ」私は額を揉み、彼の耳元に顔を近づけた。「別にお前を仲間外れにするわけじゃない。事情聴取の内容は、すぐに教えるから。特殊班の連中より先に、さ」

長野の体から力が抜けた。単純な男だ……私は苦笑しそうになるのを何とか我慢しながら、彼にうなずきかけた。肩を一つ叩き、「待っててくれ」と声をかける。長野は依然として憤然とした表情を浮かべていたが、それでも醍醐と森田に両腕を摑まれたまま、カフェまで誘導されていった。

「えらく乱暴な男だねえ」田口が首を捻る。「刑事部っていうのは、皆あんなのかい？」

「あいつが例外なんですよ。とにかく、少し監視していてくれませんか？　あいつは部屋番号を知っている。気をつけないと、乱入しかねませんから」

「あいよ」

のんびりした口調で言って、田口が長野たちの後を追って行った。私は肩を一度上下させ、ロビーに入ったところで立ち止まっている——固まっている六条親子に目をやった。今の騒ぎには当然気づいているはずで、このまま私と話をしていいかどうか、懸念している様子だ。やがて舞が一言二言囁き、六条は意を決したように歩き出した。一度歩き出すと堂々としたもので、一切の迷いが感じられない。

「何の騒ぎですか」ソフトな、耳に優しい声で六条が訊ねる。

「ちょっとした手違いです。トラブルは排除しましたから、安心して下さい。私一人がお相手します」

「部屋に盗聴器をしかけていないと断言できますか」

「もちろんです。何だったら、誰かに調べさせてもいい。そういうことを専門にやる民間の業者もいますよ」

六条は無言で、しばらくその考えを検討しているようだった。やがてゆっくりと首を横に振る。

「そこまでする必要はないでしょう……では、行きますか」

「お供します」

六条が小さくうなずき、エレベーターの方に向かって歩き出す。私は二歩遅れて彼の後に続いた。舞は私の横に並んでいる。「大丈夫か」と訊ねたくなったが、六条のいる前で聞くことではないと思い、言葉を呑みこんだ。

エレベーターが客室フロアに着くまで、六条は無言で階数表示を睨んでいた。部屋に入るまでは、余計なことは一切喋らないと決めている様子だった。部屋の前に立つと、素早く息を吐き、肩を上下させる。まるで誰かが中で待ち構えているのでは、と恐れるような仕草だった。彼の決心がつくまで、私は無言で、ズボンのポケットに両手を入れたまま待った。隣では、舞が神経質そうに髪をいじっている。よじったところがすぐに綺麗なロールになっていった。

　六条がカードキーをスロットに入れた。かちり、と短い音がしてロックが解除される。六条は一度ドアを細く開け、首だけを突っこんで中の様子を窺った。照明が点いていないので、それほどはっきり様子が分かる訳もないのだが。

「中に入って調べましょうか？」

　思わず申し出てしまったが、ドアの隙間から首を引っこ抜いた六条は、「いや、大丈夫でしょう」と自信なさげに答えた。その言葉で自分を鼓舞するように、ドアを大きく開けて室内へ踏みこむ。私のために開けておいてくれるつもりはないようで、ドアはゆっくりと閉まり始めた。完全に閉まる直前に私はドアハンドルを摑み、舞に顔を向けた。

「大丈夫か？」

「はい」

「途中、何か話したか」思い切り声を潜める。

「いえ」

　駅からここまでの数分間が、どれほど緊張に満ちた時間であったかは、容易に想像がつく。私は、両手を組み合わせて揉み絞るような動きをしている彼女に、うなずきかけた。

「ロビーのカフェで、うちの連中が待機している。合流して待っていてくれ。長野が一緒かもしれないけど、気にするな。あいつは気持ちが逸っているだけだから」

「はい」

「終わったら、中華街で飯にしよう」

舞は答えず、力なく首を振るだけだった。すぐに、諦めたように力なく一礼してから、エレベーターの方に向かう。彼女がエレベーターの中に消えるのを見送ってから、私は部屋に足を踏み入れた。

六条は椅子に座り、デスクに頬杖《ほおづえ》をついて窓の外を見ていた。遠くにベイブリッジが横たわり、ぼんやりと海に光を投げかけている。部屋は暖房が効いていたが、どこか寒々としていた。どういう位置取りをするか……六条には、一人がけのソファに座って欲しかった。私がそこより高い椅子に座れば、精神的に優位に立てる。

「ソファに座りませんか？　その方が楽ですよ」

「いや、椅子で結構です」言って、六条が足元のアタッシェケースを引き寄せた。がっしりした革製で、茶色がいい感じに渋く変色している。

「その椅子、硬いでしょう。ホテルの椅子は、だいたい座り心地がよくないですよね」

「こういうのにも慣れてますから」

「審議官の椅子は、もっと座り心地がいいんじゃないですか」

「普通の椅子ですよ」

薄い笑みを浮かべたまま、六条がソファに向かって手を差し伸べる。仕方なく私はそちらに座り、脱いだコートを乱暴に丸めて膝の上に置いた。予想した通り、彼の顔はかなり高い位置にある。まあ、仕方ない。見下ろされる格好になっても、ここは何とかしなくては。

六条が、濃紺《のうこん》のトレンチコートを丁寧に畳み、デスクに載せた。今日はほとんど黒に近いグレーの背広に、襟が硬そうな白いシャツ、濃紺に小さな白い水玉を散らしたネクタイという格好である。足元は鈍く光るように磨かれた黒のストレートチップ。いかにも高級官僚らしい、手堅く、かつ金のかかった服装だった。足を組み、ズボンの腿の辺りを持ち上げて折り目を直す。それからおもむろに切り出した。

「今回は、いろいろご迷惑をおかけしています」
「我々は迷惑でも何でもありませんよ。仕事ですから……怒っている連中がいるのは事実ですけどね」
「梅田さんには悪いことをしましたが、彼は乱暴だね」六条が苦笑する。「ああいうものかもしれないが、取り調べのやり方に問題があるように思う」

梅田は、猛者《もさ》の多い捜査一課においては、まだしも丁寧な男なのだが、六条はまた違う感想を抱いたのだろう。

「失礼があったなら、私が代わりにお詫びします」
「あなたにそんなことをしてもらうには及ばない」六条が首を振った。

「最初に、私の方から聞かせてもらっていいですか」

「どうぞ」六条が私に向かって右手を差し伸べる。掌を上向きにし、五本の指はぴたりとくっつけて伸ばしていた。

「どうして事情聴取を拒否しているんですか？　あなたは容疑者でも何でもないんですよ」

「そうかもしれませんが、受ける義務はないわけでしょう？　警察の言う『任意』が限りなく『強制』に近いことぐらいは分かっていますが、法の正確な運用においては、そういうやり方は間違っていますよ」

「仰る通りですね」

「反発したわけではないですが、今回の件はまったくプライベートな問題ですから。警察の方にお話しするようなことではありません。ましてや誘拐騒ぎについては、まったく知らないことですから、『分からない』以上の説明はないんです」

　予めリハーサルしてきたように、立て板に水の話し振りだった。しかし彼の目に戸惑いが走るのを、私は見逃さなかった。「言えない」のではなく「知らない」？

「どうして私を呼びつけたんですか？　話されたいことがあるからですよね」

「そうです」

　六条がワイシャツの胸ポケットを探った。喫煙者に特有の所作。私は自分の煙草を取り出し、彼に向かって差し出した。六条が苦笑しながら首を振る。

「もう、十年以上前にやめたんですよ。それにこの部屋は禁煙ですから」

「肩身が狭い話です」

「まあ……時代の流れでしょうね。まだ時折、無性に吸いたくなることがありますが」

今がその時なのか？　追いこまれていると感じているから？　質問は口にせず、私はうなずくに止めた。言うべきことがあるなら言うタイプの男なのではないか、と思う。逆に言えば、言わないと決めたら絶対に口を開かない。

「私が選挙に出る話は、ご存じですね」

「ええ」

「選挙に出るとなると、いろいろ身辺整理をしなければなりません」

「それができていない政治家は多いようですが」

逆に言えば、何か問題があったのだ。六条が苦笑しながら首を振る。

「まあ、そうなんでしょうね……でも私は、自分の身辺を完全にクリーンにしておきたかった」

「そのために姿を消して、裏工作をしていたんですか？」

六条が素早くうなずく。表情はほとんど変わっていないが、心底煙草が欲しそうだ、と思った。吸っていた頃は、相当なヘビースモーカーだったのではないだろうか。

「お恥ずかしい話なんですが」

「女性ですか」私は切り出した。当てずっぽうだったが、六条は静かにうなずいて認めた。

「長い間……十年近くつき合っている女性がいましてね。十年も一緒にいれば、情も移ります。ただ今は、それに流されてはいけないタイミングなんです」

「切ってきたんですか」

「そういう言い方はしたくないですがね」六条が両手を組み合わせた。力が入って手の甲が白くなる。「金で解決する……そんな風に口で言うのは簡単ですけど、実際はそうもいかない。情は、金では買えないんですよ。それはあなたにも分かるでしょう」

「さあ」

「ご家族をなくされた方には、遠い世界の話ですか?」

私は耳が熱くなるのを感じた。この男は俺のことを調べてきたのか? 立場上、あちこちから情報を引き出すのは難しくないだろう。それこそ彼は、警察庁に知り合いがいるわけで、そこ経由で私の身辺を探るぐらい、容易《たやす》かっただろう。舞が喋ったとは考えたくもなかった。

「しかしあなたも、男性としての情熱をなくしたわけではない。違いますか?」

「最近は意識もしないですね」慌てるな、怒るな、と自分に言い聞かせる。この男は、神経戦で優位に立とうとしているだけだ。ひどく卑怯な手だが、これを戦いと考えているなら、手段は選んでいられないはずだ。

「私のことはいいじゃないですか。話をしたいと言ってきたのはあなただ」

「そうでした」うなずき、唇に舌を這わせる。「恥を承知で話しています。どういうことか、お分かりかと思いますが、この話が外に漏れるとまずい。だから、あなたにだけお話ししているんです」

「私が知れば、必然的に他の刑事も知ることになりますよ。行方不明の間にあなたが何をしていたか、捜査一課は重大な関心を寄せています」

「分かっています。しかし私は、あなたに話した。あなたが納得してくれれば、これ以上私から話を聴く必要はないんじゃないですか」

この男は、私をメッセンジャー役に使おうとしている。ひどく傲慢な考えに思え、怒りがこみ上げてきたが、この場では何とか押さえることにした。怒るより先に、彼から話を聴かなければならない。

「元々は銀座のクラブで働いていた女性です。出会った頃は、まだ二十二歳でした」

私は軽い頭痛を覚えた。ということは、舞と同じくらいの年齢ではないか。これは、世間体としては最悪である。もしも本当なら、彼が口をつぐみ続けるのも理解できた。

「その後、横浜の店に移ってからも、ずっと関係は続いていました。それ以上のことは言いたくないですが、私にとって、今も大事な人であるのは間違いありません」

「ご家族は、このことは？」

「知りません」六条が首を振った。「言えるわけもありませんしね」

「今回の騒ぎがあった後も、話してないんですか」

「当然です」

「私からご家族に話した方がいいんですか？」

「いや、それは……」六条の顔から血の気が引いた。「私が自分で解決すべき問題です。ご心配なく」

「それで、向こうは——相手の女性は納得したんですか」

六条は一瞬、私の質問の意味をとらえかねたようだった。目を何度か瞬いた後、ようやくうなずく。

「納得した、と私は考えています」

「幾ら払ったんですか」

「そこまで言う必要はないでしょう」声にかすかに怒りが混じる。

「一筆書かせたりしたんですか？　口約束では安心できませんよね」

「向こうは事情をよく分かってくれました。これで関係は終わると、私は信じています」

「まさか、隠し子がいるということはないですよね」

今度は六条の顔が赤くなった。右手をきつく握り締め、怒りを押し殺そうとしている。

それはあっさり成功したようで、六条の表情はすぐに平静に戻った。

「そういう事実はありません」

「だったら、話はそれほど難しくはなかったかもしれませんね。率直に話されたんですか？」

「率直とは？」

「選挙に出るから邪魔になった——言葉はどうでもいいんですが、そういうことを」

「そんなにはっきりと言えるわけがない。こちらにだって、情がありますす」

情はあるが、冷静な計算はそれを呑みこんでしまうわけか。選挙のために、スキャンダルの種を捨てる——彼がやったのはそういうことである。仮に誰かがこの事実を突き止めたとしても、相手の女性が否定してしまえばそれまでだ。そこまで含めて、相手を言いくるめたのだろう。

非情な話だが、彼を責める気にはなれなかった。人生におけるプライオリティーは、人によって違う。そして他人が何を優先するか、責める権利は誰にもないのだ。ただ一つ、その人間が犯罪を最優先させていたら話は別である。六条の場合、私の倫理観では犯罪すれすれの行為なのだが、だからと言って説教できるものでもない。

だが、これが全て嘘だったら？　私をメッセンジャー役にして警察を納得させるために話をでっち上げたとしたら？　私は彼の仮面を剥ぎにかかった。

「ここに部屋を取ったのはそのためですか」

「ええ」

「ここで会ったんですか？」

「まあ、そうです」

「そして四日後の早朝にご自宅に戻られた」

「そうですが、何か問題でも？」

「ちょっと不自然な感じがしますけどね。確かにご家族はひどく心配していましたけど、あんな時間に家に帰るのは、ちょっと理解できない。だいたい、チェックアウトもしないほど慌てていたのは、私の感覚では理解不能ですね」

「理解してもらう必要はない。これは事実です」

六条が急に気色《けしき》ばんで言った。今私たちが話しているのは、事実ではなく彼の「気持ち」である。六条としては、突っこまれたくない部分なのではないか。だいたいこの部屋に入ってからの彼の態度は、ひどく芝居がかっている。

「その女性の名前は？　住所は？」

「それを言う必要はないでしょう」

「あります」私はソファの肘かけを摑んで身を乗り出した。「何故なら私は、あなたの説明を疑っているからです」

「全て、嘘偽りのない真実ですよ」六条が淡々と言った。「あなたに嘘をついてどうするんですか」

「嘘でも何でも、私が納得すればそれでいいと思っているんでしょう。でもあなたは失敗した。本当のことかどうか、証明できない。女性の名前は教えてもらえないんですか?」

六条が口をつぐみ、私を睨みつけた。レスポンスが速い彼にしては珍しく、迷っている。だがそれも一瞬のことで、視線を切るとデスクの上のデジタル時計をちらりと見た。

「六条さん、あなたの説明は筋が通っています。話しにくいことで、表沙汰にしたくないのも理解できる。でも全て、作り話かもしれませんよね。具体的に女性の名前が出てこないようだと――」

「向井江里《むかいえり》」つぶやくように六条が打ち明けた。「向井江里です」

うなずき、「横浜に住んでいるんですか?」と訊ねる。

「中華街のすぐ近くのマンションです」

「彼女と話せますか?」

「どういう意味です?」六条がぎょっとしたように目を見開く。

「実際に会って話せば、納得します。あなたの説明を受け入れましょう」

私は依然として、この話は彼のでっち上げではないかと疑っていた。口では何とでも言える。女性に会って、彼女の口から同じ話を聴かない限り、信用できない。

「無理だ」六条がゆっくりと首を振る。「彼女とは、もう会わない。向こうもそれを了解している」

「向井さんが、あなたの行動を全て合理的に説明できる存在だとしてもですか？」私はさらに身を乗り出し——もう尻の端がソファに引っかかっているだけだった——説得を続けた。「行方不明になっている間、あなたが何をしていたか、捜査一課は重大な関心を寄せています。疑惑と言ってもいいでしょう。それをきちんと晴らさない限り、いつまでもつきまとわれますよ」

「脅すつもりですか」六条が腕を組む。そのタイミングで、ちらりと視線を下に向けて腕時計を見た。やけに時間を気にしている。

「私は警察官です。脅しなんかするわけ、ないじゃないですか」私は両腕を広げた。

「ここは密室です。しかも正式な取り調べではない。何があっても誰にも分かりませんからね。そんな状況では喋りたくない」六条も頑なだった。

「これは、可視化の問題とは別物だと思いますよ。あなたは……私と取り引きしようとしているんだ。しかしその取り引きは、私にとってはあまり条件がいいとは言えない。他の人間に向井さんの存在を明かさないまま、納得させなければならないんですから。もしも彼女に会えれば、説得力は増します」

「それは無理です」

私たちはしばらく、押したり引いたりを続けた。容疑者とのやり取りは慣れているが、六条は微妙な立場の人間だ。疑いを晴らしてやらねばならない相手なのだが、あまりにも非協力的だと、こちらも素直に対応できなくなる。

やがて六条が、小さく溜息を漏らした。

「こんなに手こずるとは思いませんでしたよ」

「たかが警視庁の刑事に、ということですか」

「そういう意味じゃない」六条が慌てて顔の前で手を振ったが、「そういう意味」なのは明らかだった。彼は、娘の上司ということで私をメッセンジャー役に選んだのだろうが、舐めてかかっていた節がある。事情を明かせば、すぐに納得するとでも思いこんでいたのだろう。

相手が悪かったとしか言いようがない。

「仕方ありませんね」

「会わせてもらえますか」

「仕方ないですね」繰り返し言って、もう一度溜息をつく。「ただし、当然私も同席します」

そうやって相手に圧力をかけるつもりか。だが私は、彼の要求を受け入れた。六条が隣にいて無言の圧力をかけてきても、私は問題の女性の本音を見抜ける、と確信していた。

十年もつき合っていたら、「選挙に出るから」という理由で別れを切り出されても、そう簡単には納得できるものではない。六条に対して思うところはあるだろう。感情の裂け目から本音が零れることはままあるのだ。

「結構です。どうしますか？　私は、これからでも構いませんが」

「では、早く決着をつけましょう」六条がまた腕時計を見た。

「彼女の自宅へ？」

「そうですね」アタッシェケースを摑んで腰を浮かしかけた六条が、また腰を下ろした。

「一つ、お願いできますか」

「何でしょう」

「人払いをしていただきたい」

「ここには私とあなたしかいませんよ」

「外には何人も刑事さんが待っているんじゃないですか？　それぐらいは分かります。監視された状態で、こんなことはしたくない。あなたと私と二人だけ、それを保証していただきたい」

「……分かりました」私は携帯電話を取り出し、立ち上がった。「五分、いや、十分下さい。何とかします」

六条が軽く頭を下げる。既に何事かを成し遂げたように、満足そうな笑みを浮かべていた。

17

「だから、事情は今話した通りです」

「勝手な判断をされると困る」

電話の向こうで、梅田は間違いなく眉をひそめているだろう。一課長の上堀ではなく、管理官の梅田に電話をかけたのは、この男の方が冷静だからである。それに真弓が今回の件で話を通したのは梅田なのだ。

「六条さんの希望を最大限受け入れるつもりです。事情はその後でお話ししますから」

「もう分かってるんだろう？　だったら、今話せ。談合は困る」

「談合なんかしてませんよ。とにかく、六条さんとの間には、信頼関係ができつつあります。これを利用して、失踪していた間の事情を聴き出すつもりですから。少しだけ、我々の周囲から離れていてもらえると助かります」

「厄介払いか」梅田が鼻を鳴らす。「ずいぶん偉くなったもんだな」

「まさか」大声で反論したくなったが、辛うじて声を抑えた。ここはホテルの廊下であり、大きな声で話していると他の部屋にも響く。ましてや、六条の部屋のドアは細く開いているのだ。彼の動向を監視するためだったが、逆にこちらの声を聞かれる恐れもある。

「責任は取るんだろうな」

「そのつもりで動いてます」

「……分かった」食いしばった歯の隙間から押し出すように、苦しげに梅田が認めた。「とにかく、話を聴き次第、報告を上げてくれ。それと、裏取りはしないと駄目だぞ」

「そこまで、私が責任を持ちます」

「失踪課ではなく、お前が、か」

「今は、極めて個人的な話になっているんですよ」

「報告を忘れるなよ。遅滞なく、な」

念押しして、梅田は電話を切ってしまった。嫌な汗をかいたが、それでも上堀と話すよりはましだと思う。あの男のべらんめえ口調は、そうではないと分かっていても、喧嘩を売っているようにしか聞こえない。すぐに気を取り直して愛美に電話をかける。こちらは阿吽《あうん》の呼吸で、私の言い分をすぐに理解してくれた。

「長野はまだいるのか？」

「いえ」

「逃げた？」

「捨て台詞を残していなくなりましたけど、長野さんからしたら、『逃げた』という感覚はないと思います」

「まずいな……」長野のことだ、その辺に隠れて、六条が動き出すのを待っている可能性もある。余計なことをしないといいのだが。どうも今回の彼は、功を焦り過ぎている。主役として仕事ができないのが歯痒くてならないのだろう。

「捜しておきますか？」

「いや、放っておこう。きりがない。あいつは、糸の切れた凧《たこ》みたいなものだから」

「これからの連絡、どうしますか」

「中華街の方へ行くから」私はいっそう声を潜めた。「その付近で落ち合おう。長野を見つけたら、皆で飯でも食ってたらどうだ？」

「そうですね」愛美の返事は歯切れが悪かった。「高城さん？」

「何だ？」

「私が……」

「何も言うな」私は彼女の返事を待たずに電話を切った。ここは私一人で何とかしなければならない局面だ。彼女が側にいれば何かと心強いが、六条に気づかれる危険は冒せない。

一つ溜息をつき、ドアを大きく開ける。六条は緊張を解かぬまま、背筋をぴんと伸ばして椅子に座っていた。視線は窓。遠くで滲むベイブリッジの灯りを眺めているようだった。

「お待たせしました」

「では」うなずき、六条が立ち上がる。ぶら下げたアタッシェケースはかなり重そうで、ハンドルが掌に食いこんでいた。

「仕事には、いつもその鞄を持って行くんですか?」

「え? ああ、そうですね」

「相当重そうですけど……車だから関係ないですかね」

「まあ、そうですね」六条が気のない返事をした。「では、行きましょう。先にチェックアウトしますので」

「お待ちします」

私は慎重に周囲を見回しながら、彼の後に続いた。廊下からエレベーターでロビーに降りるまで、誰にも会わなかったので少しだけ安心する。しかしロビーには多くの宿泊客がおり、夜になってチェックインする人たちでフロントにも列ができていた。

「混んでますね」六条が顔をしかめる。

「ええ」

「仕方ない。列はいつかは終わります」

六条が気楽な調子で言ったが、声は明らかに緊張している。私は彼の後ろにつき、ロビーの中を見回した。カフェが視界の端に見えているが、愛美たちの姿はない。早々と撤収したようだ。一課の刑事たちの顔も見えない。心配なのは長野の動きだ。今にもその辺から姿を現し、六条を質問攻めにするかもしれないと想像すると、寒気が走る。

だが幸い、長野の乱入もなく、六条はフロントに辿り着いた。私は脇にどき、チェックアウトの手続きが終わるのを待っていたが、彼がアタッシェケースをやけに大事にしているのが気になった。支払いをする間も、足元に置いて両足で挟みこんでいる。よほど重要な書類でも入っているのか。

「お待たせしました」こちらに顔を向けると同時に、六条が言った。肩の荷を降ろしたように、少しだけすっきりした顔つきになっている。その気持ちは、私にも理解できないではなかった。夜中にホテルを抜け出し、そのまま泊まりもしないのに金を払い続けるのは、馬鹿馬鹿しい。

「どうしますか？　地下鉄にしますか」ここから中華街へは、みなとみらい線でわずか三駅だ。

「いや、タクシーを使いましょう。この時間なら、その方が速い」

すかさず六条が言った。やはり時間を気にしている。もしかしたら私と会うために、役所を一時的に抜け出してきているのかもしれない。これから東京へ戻るとなったら、時間は無駄にできないだろう。私は敢えて反論しなかった。

ホテルから拾ったタクシーは、赤レンガパークを抜け、運河を渡って県庁の横を通り過ぎ、左折して東へ向かう。この辺りは官庁街、ビジネス街なので、この時間になると人通りが少なくなる。だが中華街はこの時間だとまだ、夕食を取る人たちで最後の賑わいを見せているだろう。

「どの辺りですか」私は中華街の方をなるべく見ないようにしながら訊ねた。いい加減腹が減っており、中華街が喚起《かんき》する料理のイメージが、さらに空腹感を増大させた。

「もうすぐです」

東門を通り過ぎると、マンションや雑居ビルが目立つようになった。間もなく、元町・中華街駅の近くに出る。フォルクスワーゲンとレクサスの販売店を過ぎると、六条は車を停めるよう、運転手に命じた。私は財布を出そうとしたが、六条に止められた。

「私の話ですから、私が出します」

「こっちは経費で落ちますよ」

「そこまで心配していただかなくて結構です」六条の声が少しだけ硬くなり、内心の緊張を窺わせた。

車を降りると、東京よりわずかに冷たい空気が体にまとわりつく。思わず肩をすくめ、コートの前を合わせた。

「どの辺りですか」

「ここから裏に入ります」

六条が先に立ち、さっさと歩き出した。元町・中華街駅の出入り口を左に折れ、マリンタワーの方に向かう。こちらに行くと、マンションなどはなくなってしまうようだが……道路は狭く、人通りも少ない。

「この辺も、夜は静かですね」追いついて横に並び、私は六条に話しかけた。

「そうですね」

「向井さんは、どの辺りの店に勤めているんですか」

「横浜駅の近くです」

「なるほど」

六条は適当に返事をしながらも、こちらの質問を拒絶するような雰囲気を漂わせている。無理に話しかけることもあるまいと、私も口をつぐんだ。そのうち、同じ場所を回っていることに気づく。マンションを見失っているわけではなく、何かを待っているような……明らかに怪しい動きだが、私は敢えて口を出さなかった。しかし、二周目の半ばになると、さすがに我慢の限度を超える。一歩先を行く六条に、つい声をかけた。

「六条さん、場所は分かってるんですか？」

六条が立ち止まって振り向き、さっと右手を上げた。軽い噴射音。私はとっさに腕を上げて顔を庇ったが、間に合わなかった。焼きつくような痛みが目に走り、何が起きたかを瞬時に悟る。ペッパースプレーだ。呼吸をするな――慌てて、腕を口と鼻に押し当てて後ずさる。涙があふれて視界が霞む中、六条の足音があっという間に遠ざかるのが聞こえた。叫ぼうとしたが、その瞬間に顔の周りにまとわりついていた刺激臭が喉に入りこみ、激しく咳きこんでしまう。それこそ呼吸ができないほどで、思わず喉を押さえてしまった。その場にうずくまり、何とか呼吸を確保しようとする。喉が塞がってしまったようで、空気が入ってこない。目の痛みは堪え難いほどで、私は視力を失う恐怖とも本気で戦わなければならなかった。酸素不足で頭もくらくらしてくる。

　アスファルトに両手をつき、四つん這いになる。とにかく、この場から離れなくては、という強迫観念に駆られた。この周辺には刺激物を大量に含んだ危険な空気が充満している。一刻も早く新鮮な空気を……よろよろと立ち上がろうとしたが、手は空気を摑むばかりで、脚に力が入らない。私は本気で死の恐怖を感じた。

　立ち上がるのを諦め、転がって道路の端へ逃げる。右肩が何かに当たり、すぐに動きを封じこめられた。これは……音を立ててたわむ感覚から、金網のフェンスだろうと想像する。思い出せ――一度通った場所だから、記憶にあるはずだ。指を金網に絡め、力をこめて何とか立ち上がる。やはりフェンスだ。背中を預けるとフェンスが頼りなく揺れたが、それでも何とか体を支えてくれる。

　喉の奥にこみ上げる痛みが堪え難い。激しく咳きこみ、あまりの勢いに吐きそうになった。水だ。水が欲しい……しかしかすむ目では周囲の状況がまったく見えず、動きようもなかった。ペッパースプレーで致命的なダメージを受けることはないはずだが、こうしている間にも六条はどんどん遠くへ行ってしまう。冗談じゃない。こんな子ども騙《だま》しに……

自分に悪態をついていると、いきなり腕を摑まれた。

「高城さん、大丈夫ですか」

「醍醐……」ほっとして大きく息をつくと、また咳きこんでしまった。「六条さんは？」

「明神が追ってます」

「気づかれてないだろうな」

不思議と怒る気にはなれなかった。彼らは当然、私をつけているだろうと思っていたから。六条は警戒していたはずだが、プロの尾行を素人が見破るのは難しい。ということは、梅田の部下も私の依頼を無視して、その辺で張り込んでいる恐れもある。

「一課の連中はどうした？」

「いないと思います」

「それならいい」私はまたフェンスに体重を預けた。ぎしぎしと軋む音。視力は次第に戻ってきているが、痛みはどうしようもない。

「取り敢えず、目を洗った方がいいですね……森田！」

あいつもいたのか。醍醐のどら声を聞きながら、私は安心感が腹の奥から滲み出てくるのを感じた。だがそれは、自分の身の安全に関してだけで、肝心の六条の行方は分からない。森田が近づいて来る気配がした。醍醐はペットボトルの水を買ってくるよう指示してから、私に手を貸してその場に座らせた。

「少し休んだ方がいいですよ」

「みっともないな」荒い息を吐いてそう言いながら、私は全身に疲労感が広がるのを意識していた。痛みに耐えるために、力を入れ過ぎたのだろう。背広のポケットを探り、携帯電話を取り出した。画面を確認しようとしたが、ぼんやりと四角く光る物体にしか見えない。手探りでリダイヤルボタンを押して、醍醐に確認してもらった。

「明神の番号か？」

「そうです」私の手つきが不安だと思ったのか、醍醐が携帯電話を奪う。すぐに私の手に押しつけ、「つながってますよ」と告げた。

　私は携帯を危なっかしく耳に押しつけて彼女の返事を待ったが、呼び出し音はいきなり途切れてしまった。電話に出られない状況なのだろう、いきなり「切」ボタンを押したに違いない。クソ、まずいタイミングだったか？

「出ませんか？」

「ああ。あいつ一人で追ってるのか？」

「ええ」

を思い出した。

「まずいな」せめて田口でもいい、もう一人一緒ならば……しかし、居場所が分からない以上、応援するわけにはいかない。目と喉の痛みが薄れるに連れ、私は本来やるべき仕事を思い出した。

「醍醐、他の連中に連絡を取って、すぐに捜索を開始してくれ」

「一課もですか？」不安のせいか、彼の声が暗くなる。

「人手は多い方がいい。六条さんは、誰かと約束していたんだと思う」しきりに時計を気にしていた態度。そしてあのバッグ。誰かに何かを渡そうとしていたのではないか？

「分かりました……おい、森田、早くしろ！」

彼の姿を見つけたのか、醍醐が空気を震わせるような大声で叫ぶ。ほどなく、ビニール袋ががさがさ言う音が聞こえた。

「両手を出して下さい」

醍醐に言われるまま、両手をお椀《わん》の形にすると、そこに冷たい水が注がれた。少し零れてしまったが、顔を洗うには十分だった。冷たさが意識を鮮明にする。もう一度手に水をもらい、今度は目を開けたままそこに顔をつけた。染みて、また激しい痛みが襲ってきたが、視界は急速にクリアになる。水を零した後も、しばらく目をきつく閉じていた。ややあって開けると、細い針を無数に刺されたような痛みがまだ残っていたものの、ぼんやりとだが周囲の状況が見えるようになっていた。森田からペットボトルを受け取り、うがいしてから水を一口飲む。火傷《やけど》にさらに熱湯をかけられたような痛みが喉に走ったが、それもつかの間で、ゆっくりと水を飲み続けるうちに、痛みは次第に薄れてきた。

「ペッパースプレーですか」醍醐が訊ねる。

「ああ。最初から俺を利用して逃げるつもりだったんだと思う。二人きりで話したいっていうのは、他の人間を排除するための方便だよ」

喋っているうちに怒りがこみ上げてきた。何が「十年間関係のあった女性がいる」だ。そもそもそれが嘘だったに違いない。私を盾にして警察の警戒を振り切るのが、最初からの計画だったのだろう。まんまとそれに乗ってしまった自分の愚かさを呪う。もう一度目を洗い、うがいしてから立ち上がった。

「とにかく、六条さんを捜そう。俺は一課に連絡を取っておく」

「分かりました……森田、行くぞ」醍醐が走り出す。森田が慌てて後を追った。

一人取り残された私は、一・五リットル入りの巨大なペットボトルから長々と水を飲み、気持ちを落ち着かせた。雷を落とされると分かっていて電話をかけるのは、誰でも避けたいことだ。

一分後、私は想像したよりも激しい梅田の怒りに叩きのめされていた。

捜査一課の刑事たちが集まって来たのは、六条が逃げ出してから三十分後だった。私が襲われた地点に覆面パトカーが何台も集まり、そこが臨時の指揮所になる。神奈川県警にも協力を仰ぎ、検問が行われているという。私は覆面パトカーの後部座席に押しこめられ、梅田から説教と事情聴取を同時に受けていた。一人の人間が別人格を使い分けているようで、ひどく奇妙な感じがする。叱責する時は激怒し、事情を聴く時には冷静な捜査官の顔が浮かび上がる。それを交互に繰り返すのだから、こちらも反応に困った。

「要するに、騙されたわけだ」梅田が結論を出したのは、話し始めて十分ほど経ってからだった。

「ええ」悔しいが、認めざるを得ない。

「一応調べよう。無駄になると思うがな」鼻で笑って、梅田が携帯を取り出した。低い声で指示を飛ばしてから、体を捻って私の顔を凝視する。

「ヘマしたな」

「分かってます」

「調子に乗り過ぎた」表情が徐々に強張ってくる。

「それも分かってます。始末書でも何でも――」

「そんなものは、六条を無事に見つけたら、腱鞘炎《けんしょうえん》になるぐらいたっぷり書かせてやる。それより六条がどこにいるか、何か手がかりはないのか?」

「具体的な手がかりはありませんが、誰かと約束していたんじゃないかと思います」

「どうして」

「ホテルにいる時からずっと、時間を気にしていました。約束の時間が迫っていた感じです」

「女、ではないんだな？」

「それは分かりません。ただ、向井という女性ではないと思います」

「そもそもそんな女が実在しているかどうかも分からないわけだしな」梅田が皮肉を繰り返した。

「分かっています……その件については、現段階では検証しようがありません」

「ま、名前が分かっていれば、調べられないでもない。この辺でローラー作戦だな。当然、失踪課にも手伝ってもらう。汗を流してもらわないと、失地回復はできないぞ」

「そのつもりです」

　私はペットボトルから水を一口飲んだ。もう半分ほどがなくなっている。目の痛みはだいぶ薄れていたが、まだ視界がぼやけていた。このまま視力に影響が出ることはあるまいが、しばらく動きが鈍くなるのは避けられないだろう。

「しかし、奇妙な話だ」梅田が首を捻る。「普通、厚労省の審議官は、ペッパースプレーなんか持ち歩かない」

「ええ」

「誰かに襲われると分かっていて、自衛するつもりだったのか？」

「その可能性もあります」となると、あの誘拐騒ぎの意味をもう一度考え直さなくてはならない。「誘拐のことですけど、その後、何か分かったんですか」

「何も」梅田が首を振る。「総合的に判断すると、やはり悪質な悪戯だったと考えざるを得ない。マスコミの連中も、諦めたみたいだしな。ただ、今回の件を考えると、どうにも怪しい。我々が知らない何かがある……ところで、明神から連絡は？」

「今のところ、まだありません」

「どこまで尾行するつもりかね」梅田が親指で下唇を擦った。「一人だと危険なんだが……とにかく、連絡を取り続けてくれ。今のところあいつだけが頼りなんだから」

私が返事をするのを待たずに、梅田がドアを押し開けて外に出た。一人覆面パトカーに残った私は、頭の中で横浜の地図を広げてみた。

交通の便のいい街だから、どうとでも逃げられる。逃げ出した地点からは、みなとみらい線の元町・中華街駅がすぐ近くだし、上り方向へ一つ戻った日本大通り駅へも歩いて行ける。かなり距離はあるが、JRの関内駅も徒歩圏内だ。もちろんタクシーを拾えば、動きはさらに自由に、広範囲になるだろう。ただし六条は、徒歩から公共交通機関というルートを使ったのではないかと私は考えた。タクシーを拾えば、その時点で愛美の追跡は終了する可能性が高い。そうなったらすぐに、私に連絡を入れているはずだ。電話がないのは未だに追跡中だから、と考えるのが筋としては合っている。

　パトカーのドアを押し開け、路上に降り立つ。目の前はトヨタの販売店で、非常灯が路上にまで柔らかい光を投げかけていた。煙草に火を点けると、喉の痛みが戻ってくる。我慢しながら煙草をふかし、愛美の行方に思いを巡らせた。今は、醍醐たちの捜索結果を待つしかない。だが、彼らもいずれは「向井江里」の捜索に本腰を入れなければならない。彼女の存在を明らかにするためには、まず名前の照会――警察的には免許証と逮捕歴のチェックだ――が必要だが、それで引っかからなければ、ローラー作戦で横浜のクラブを調べていくだけだ。六条は「横浜駅近くの店で働いている」と言ったが、それがどこまで信じられるか……存在しないかもしれない人間を探して足を棒にするのは、考えただけでも気の滅入る行為だ。

　夜空を見上げ、煙草の煙を噴き上げる。しんしんと体に染み入る冷気が目の痛みを和らげ、意識が再び尖ってきた。六条が誰かに会おうとしていたのは間違いない。しかもかなり大きなアタッシェケースを大事に抱えて。あの中に入っていたのは……現金ではないだろうか。誘拐でなくても、誰かに脅されて金を払うことは十分にありうる。

　いきなり電話が鳴り出して、鼓動が跳ね上がった。慌てて出ると、愛美の声が耳に飛びこんでくる。

「すいません、見失いました」第一声が、私の期待を一気に打ちのめす。

「今どこにいる？」

「横浜駅……の近くです」

「向井江里の勤める店」が、真っ先に頭に浮かんだ。要するに、私をまいて女に会いに行ったのか？　だが愛美の説明は、私の想像を打ち砕いた。

「六条さんは、山下公園からシーバスに乗りました。八時十分の最終便で……」愛美の言葉は歯切れが悪い。「一番後ろの席にずっと座っていたんですけど、降りる時には荷物を……あのアタッシェケースを持っていなかったんです」

「どういうことだ？」

「おそらく、船内で誰かに引き渡す約束だったんだと思います。アタッシェケースを置いたままにして船を下りて、誰かが引き取る——そういう筋書きだったんじゃないでしょうか」

「で、君は六条さんを追った」

「ええ、迷ったんですが……迷いました。最初は六条さんを追ったんですけど、アタッシェケースを持っていないのに気づいて引き返したら、ケースは消えていました。その後、もう一度六条さんを追いかけたんですけど、その時にはもう、姿が見えなくなっていて」

「シーバスはどこへ着くんだ？」

「ベイクォーターです。発着場への出入りは簡単です」

「発着場のあるフロアには、他に何がある？」ベイクォーターに関して、私は何も知らなかった。

「待合所のすぐ側にマクドナルドですね。あと、カフェというかレストランというか……とにかく人が多くて賑わってます」

「分かった。すぐそっちに行く。マクドナルドで飯でも食って待っていてくれ」

「食事してる場合じゃないでしょう？」非難がましく愛美が言った。「すぐに船の方の聞き込みをします」

「頼む」

私は梅田を捜して走り出した。六条の行動は謎だらけだが、一つだけはっきりしている。彼は警察の監視網を抜け出したのだ。自分がそれに利用されたと思うと、腹の底から怒りがこみ上げてくる。


ここからみなとみらい地区を突っ走り、横浜ベイクォーターまではわずか四キロ。渋滞を縫って、五分で到着した。愛美と合流して、六条が座っていた席の近くを調べ、船員に話を聴く。

シーバスの座席は、船内では左右に分かれており、後部にはオープンエアの座席もある。六条が座っていたのは船内右側の最後部。近づくわけにもいかず——顔を知られているので――愛美は一番離れた、左側の最前部に陣取ったという。非常に見難い場所で、監視は完全ではなかった。そして乗員は誰も、六条のアタッシェケースに注意を払っていなかった。短い時間だが夜のクルーズを楽しもうとするカップルや家族連れで、船内はかなり混み合っていたという。六条と取り引きをしようとした人間は、かなり知恵を巡らし、いい場所を選んだことになる。下船時の混乱を利用すれば、アタッシェケースを手に入れるのは簡単で安全だ。

ベイクォーターの北側の道路に集結した覆面パトカーに囲まれる形で、私は上堀の叱責を浴びていた。正確には罵声《ばせい》だったが。

「要するに、てめえらだけがいい格好したかったんだろうが」

反論せず、私は彼の目を凝視した。いい格好かどうかはともかく、失踪課のメンバーだけで何とか解決しようとしたのは事実である。それが間違った選択だったとは、今でも思っていない。短い時間で尾行や監視の態勢を整えるには、人数が多ければ多いほど混乱する。何も言わずとも、阿吽の呼吸で動ける仲間だけでやった方がよほど効果的だ。実際、何人もで尾行を続けていたら、六条は気づいて逃げ出していたかもしれない――しかし、そんな理屈を上堀にぶつけるわけにはいかなかった。怒りの炎に油を注ぐようなものである。

「いいか、失踪課は必ず潰す。覚悟しておけよ。警視庁の盲腸が、偉そうに出しゃばるんじゃねえ」

　うなずきもせず、私は上堀の目を凝視し続けた。上堀の目は一層厳しい炎を上げ、私を焼き尽くそうとしているようだった。

「今回の件については、きっちり落とし前をつけさせてもらうからよ。いい加減、出しゃばるのはやめろ」

「今後もお手伝いさせていただきます」

「何だと」上堀の顔が赤く染まった。突けば破裂してしまいそうな怒りようである。

「謹慎しているだけなら簡単です。しかし現状では、少しでも人手が必要なんじゃないですか」

「お前らの手助けがなくても、何とでもできる」

「六条さんは、事情聴取さえ拒否しましたよね」

「お前に話したことだって、大嘘じゃねえか。いいように利用されただけなんだよ。だいたい、仲間内に当事者がいるようじゃ、まともな捜査はできねえ。いい加減にしろ」

　私は一礼し、踵を返した。「話は終わってねえぞ！」と上堀の怒声が飛んできたが、無視する。口は悪いが、上堀はすぐに怒りを忘れる男なのだ。明日の朝になれば、けろりとして別の指示を飛ばしてくるだろう。

　べったりとした疲れが全身に張りついていたが、今は、気を遣ってやらなくてはならない人がいる。失踪課のメンバーは、少し離れた横浜イーストスクエアの前に止めた二台の覆面パトカーに集合していた。醍醐は車体にもたれかかり、愛美は腕を組んでうつむいたまま、アスファルトを蹴飛ばしている。一台目の運転席に森田、舞は後部座席だ。田口は二台目の後部座席で居眠りしている。私は醍醐と愛美にうなずきかけてから、後部座席に身を滑りこませた。

車内には、湿っぽい空気が満ちている。舞が泣いていたのだとすぐに分かった。森田が、気を利かせて車を出て行く。私はシートに背中を預け、ゆっくりと目を擦った。まだ視界がかすかにぼんやりしているが、痛みは消えている。一つ溜息をつき、舞に話しかけようとした。

「すいません」先回りして舞が言った。「こんなことになるなんて……」

「俺の読みが甘かった」舞に素直に謝られると、調子が狂う。いつも甘ったれた口調で話されて苛々したものだが、今はその感覚すら懐かしかった。この事件が彼女を完全に変えてしまうだろう、という予感がある。

「何か、思い当たる節はないか？」

「……ありません」

「俺と会う前、本当に何か話さなかった？」

「いえ、特には」

舞が黙りこみ、うつむく。能天気な彼女も、今回の一件では激しいダメージを受けている。もしかしたら、生まれてこの方一度も経験したことのない、精神的ショックを。私はかける声を失い、腕時計に視線を落とした。

「今日はもう、帰った方がいい……いや、帰るんだ。六条さんは家に戻るかもしれない。その場合は――」

「私が話を聴きます」舞が顔を上げる。目は充血し、今にも涙が零れ落ちそうだったが、両手を握り締めて必死に堪えている。

「いや、そういうことを頼んでいるわけじゃない。家族として、精神的なケアを――」

「私が直接聴きます」繰り返す言葉は、先ほどよりも力強かった。「私の責任でもあります」

そういうのは君らしくない。そんな言葉が喉元に上がってきたが、辛うじて呑みこむ。舞は変わりつつあるのだろう。何不自由なく育ち、警察官という職業に特に強い意識を持つことなく十年近くを過ごしてきたはずなのに、今、彼女の目に宿るのは、公僕としての義務感だった。それが家族を壊すかもしれない。だが今の彼女は、未来を気にしている様子ではなかった。

「家族の問題だぞ。引き受ける覚悟はあるのか」

「何もしなくても……」舞が唇を噛んだ。家族は崩壊するかもしれない、と理解している。

頭では分かっていても、感情的には手を出しにくいはずなのに、彼女は既に決意を固めたようだった。

「分かった。じゃあ、家で六条さんを待っていてくれ。後は君に任せる。ただし、何か動きがあったら必ず連絡してくれよ」

「分かりました」

私は外へ出て、所在なげにしていた森田に声をかけた。ここから横浜駅までは歩いて行けるが、念のためそこまで舞を送るように命じる。森田は首が折れたようにがくがくとうなずいて、運転席に滑りこんだ。そういえば、ここから横浜駅まで車で行くには、そごうの周辺を大きく迂回していかねばならなかったのだと思い出したが、その時には既に、車は交差点を左折して国道一号線に消えていた。

愛美が近づいて来る。顔には疲れた表情が張りついていた。

「どうするんですか」

「どうするかね……ぐちゃぐちゃだな」私は両手で顔を擦った。「とにかく、六条さんが何を考えているのか、さっぱり分からないんだから」

「すいません」珍しく素直に愛美が頭を下げた。「私がもう少しちゃんと見ていれば――」

「無理だ」私は首を振った。「尾行は二人でやるのが基本だからな。あの状態ではどうしようもない」

「私はまだ、諦めませんから」愛美が虚空を睨んだ。「シーバスの方で、何か摑めると思います」

「ああ」無理だと分かっていて、私はうなずいた。何も彼女のやる気を削ぐ必要はない。

携帯電話が鳴り出したが、出るのが面倒臭い。今夜の私は、警視庁中の怒りを一身に集める存在なのだから。乱暴な上堀の説教を受けた後、さらに誰かからの叱責を受ける余裕はなかった。だが、竹永からの電話だと分かったので、取り敢えず通話ボタンを押す。

「聞きましたよ。えらい目に遭いましたね」

「自業自得だ」

「それ、一課長の前で言わない方がいいですよ。突っこまれますから」

「もう、一年分ぐらい怒られたよ……何かあったか？」

「まだ横浜にいるんですよね」

「ああ」持って回ったような彼の言い方が気になった。

「私も横浜にいるんですけど」

彼の声の背後には、かすかなＢＧＭと人の話し声が混じっていた。どこかで呑んでいるのか、と少し恨めしい気分になる。

「それで？」

「重大な情報、掘り出しましたよ。高城さんも会った方がいい人がいます」

「誰？」

彼は意外な人間の名前を告げた。つながりが分からないので、正直にそう打ち明けると、竹永はやけに重々しい口調で「情報と人間は、意外なところでつながっているんです」と格言めいた台詞を吐いた。

18

日本大通り駅の近くまで戻り、私は地検に足を踏み入れた。竹永が「会った方がいい」と言ったのは、この地検の本部係検事を務める城戸南《きどみなみ》という男だった。検事という人種は——特に発生した事件の捜査指揮をする本部係は——異常に忙しいうえに、警察官を見下す態度を取る人間が少なくない。現場の刑事を、下働き程度にしか見ていない節があるのだ。執務室で刑事と会うのは、打ち合わせか容疑者の取り調べの時ぐらいである。普段つき合いのない警視庁の刑事を庁舎に招き入れようとしているぐらいだから、はみ出しぶりは容易に想像できた。

夜の地検は静まり返り、暖房が切られているせいか、冷たい空気が肌を刺すようだった。

指定された部屋からは灯りが漏れており、ドアを開けると暖かい空気が全身を包みこむ。それで少しだけ緊張が解れた。

検事の調べ室は、どこも同じような造りになっている。執務用のデスクの向かいには、折り畳み式のテーブル。地検へ連れてこられた容疑者は、このテーブルの前に着く。検事との間には机二つ分の距離があるが、それは容疑者が飛びかからないようにするためだ。警察が専用の取調室を使うのと違い、検事の調べは基本的に自分の部屋が舞台になる。当然、制服警官が警備につくのだが、取調室よりは雰囲気が緩いので、中には検事に殴りかかろうとする不心得者もいるのだろう。だが、机二つ分の距離があれば、簡単には手が届かない。

執務デスクに着いた私より少し年下の男は、小太りの体形で、ワイシャツの袖を捲《まく》り上《あ》げていた。疲れた顔つきで、普段容疑者が座る位置に座った竹永と対峙している。私の顔を見ると軽く頭を下げ、立ち上がった。特に腹の周りの肉づきがいいのが分かる。

「高城さん？」

「城戸検事ですね？」

「そうです。どうもどうも」

気さくな調子で言い、大きく伸びをした。少し離れた私にも、ばきばきと肩が鳴る音が聞こえる。一日中デスクに縛りつけられ、まだ解放される可能性がないと分かっているように、げっそりとした表情を浮かべていた。

「そっちへ座りましょうか」城戸が、腎臓型のキャンディブルーのテーブルに目をやった。打ち合わせ用なのだろうが、部屋全体に漂う素っ気ない事務的な雰囲気を、テーブルがぶち壊しにしている。どうも検察庁という組織は、什器をきちんと揃えることにはほとんど関心がないようである。どの検事の部屋に行っても、印象がばらばらなのだ。

テーブルが緩いカーブを描いているので、三人が座ると微妙な距離感になった。城戸が竹永の顔を見て、「俺が全部言った方がいいのかな？」と訊ねた。

「いや、最初の状況は私が説明します。国税のネタ元からの紹介なんですよ。名前は……高城さんには言わなくてもいいですよね」

「ああ」私はうなずいた。以前言っていた「呑み友だち」だろう。

「その男から、城戸検事が重大な情報をお持ちだと聞いたので、横浜まで参上した次第です」

「この人、ずっとこういうかたっ苦しい喋り方をしてるんだけど、何とかならない？」

城戸が親指を倒して竹永を指差した。普通、人を苛立たせる仕草なのだが、この男がすると嫌らしい感じがない。

「申し訳ないですが、元々こういう性格なので」竹永が苦笑した。もっとも、普段の彼は丁寧だがもう少しさばけている。初めて会う相手、しかも検事とあって、緊張しているだけだろう。

「うちにも馬鹿丁寧な奴がいるんだ……仕事はできるんだけど、これがどうにも扱いにくくてね」

「私のことでしょうか」

声がした方を見ると、すらりと背の高い青年が部屋に入って来るところだった。一瞬息を呑むほどハンサムな男で、庁舎内にいるのにきちんと黒いスーツを着ている。葬式にでも出るような格好なのだが、この男が着ると非常に引き締まった印象を与える。私はそれよりも、彼が手にした紙袋に注目した。いい匂いが私の所まで漂ってくる。

「お待たせしました」男がテーブルの上に紙袋を置くと、城戸が紹介した。

「うちの事務官の大沢直人《おおさわなおと》」

「ようこそ、おいで下さいました」

大沢が馬鹿丁寧に、体を直角に曲げるようなお辞儀をした。私は唖然として、思わず城戸に訊ねた。

「執事を雇ってるんですか？」

一瞬間が空いた後、城戸が爆笑する。笑い過ぎて、目尻の涙を拭っている。

「そんなわけないでしょう。これは性格だから……直しようがないけどね」

大沢が表情も変えず、「冷めないうちにどうぞ」と袋に手を差し伸べた。

「悪いね、直ちゃん」言って、城戸が乱暴に袋を破く。巨大な肉まんが四つ、姿を現した。肉と香辛料の匂いが、一気に部屋に満ちる。「せっかく来てもらってこんなもので悪いけど、味は間違いないから」

地検は、中華街のすぐ近くにある。大沢は、この時間でもやっている店まで、わざわざ足を伸ばしたのだろう。それにしても、肉まんとは……私は苦笑したが、夕飯をまだ食べていないのを思い出した。城戸が躊躇せずに食べ始めたのを見て、私も手を伸ばす。竹永は食べようとしなかった。まだ中が熱く、噛むと肉汁が口の中に飛びこんできて火傷しそうになる。形こそ巨大だが、このジューシーさは小籠包に似ている。時折出てくるタケノコの歯ざわりが楽しい。

すぐに一つ食べてしまい、大沢が淹れてくれた熱いお茶で口の中を洗う。城戸は丸い腹を摩《さす》りながら竹永の顔をじっと見た。竹永が苦笑しながら「私は結構ですよ」と答えたので、すかさず二つ目に手を伸ばして平らげてしまう。腹が出る理由が分かった。

「さて」両手を叩き合わせ、急に真面目な顔になる。「肝心の話の方なんですけど、あくまで噂の段階だからね。裏を取らない限り、使わないで下さいよ……裏が取れるかどうかも保証できないけど。うちには直接関係ない話ですからね」

「伺いましょう」私は彼の顔を凝視した。先ほどまでの崩れた感じとは一変して、真剣な表情になっている。

「六条さんだけど、選挙に出る？」

「その予定ですね」

「選挙は、告示前から始まっているんですよね」もったいぶった口ぶりで城戸が言った。

「どういう意味です？」

「政党は、候補者を絞りこまなくてはいけない……そのためには、いろいろと調整が必要でしょう」

「それは分かりますが、六条さんと何の関係があるんですか？」前置きが長い彼の話に、私は苛立ちを感じ始めていた。

「彼の出馬は、どの程度まで決まったものだったのかな。まだ公認が決定しているわけでもないでしょう？　つまり、これから覆る可能性もあるわけだ」

「公認が取れない、とかいう意味ですか？」

「公認されるかどうかは、極めて大きな問題ですよね。どうしても出馬したい人は、たとえ公認が取れなくても強引に出馬するかもしれない。でもそれで票が取れるのは、よほど名前の知られたタレント候補ぐらいですよ。普通の人は、単なる泡沫《ほうまつ》になってしまう可能性が高い。そして六条さんは、立場上、落選するわけにはいかないでしょうからね。一般の人にはほとんど知られていなくても、大物候補なのは間違いないんだから」

「それは分かりますが……」

二世議員や、無党派層の後押しで当選する若い議員と違って、六条は専門の世界でトップに近いところまで達した人間である。年齢の問題もあり、即戦力として期待されるのは間違いない。

「当然、党としても全力を挙げて当選させにいくでしょう。ただ、現段階では、党内も一枚岩ではないんじゃないかな」

「彼を公認したくない一派がいるとでも言うんですか」

「そういうことです。正確に言うと、六条さんを邪魔に思う人間がいるらしい」

城戸が告げたストーリーは、単なる「噂」というにはあまりにもリアルだった。しかし、裏は取りにくい。私はこの情報をどう生かしていくか、迷った。

地検を出ると、私はすぐに煙草に火を点けた。流れ出す煙を、竹永が鬱陶しそうに手で払い除ける。少し立ち位置を変えて、煙が彼の方に流れないようにした。

「どう思います、今の話？」と竹永が切り出す。

「検証不可能じゃないかな」

「少なくとも、相手方は簡単には認めないでしょうね」

「そりゃそうだ」煙を深く吸いこむ。「六条さんはどうだろう」

「無理じゃないですか」竹永が首を振る。「自分の立場が不利になるようなことは言わないでしょう。それに、その辺の裏事情までは知らないかもしれない」

「ああ……」伸びかけた髭が鬱陶しい顎を擦った。一つ可能性があるとすれば、六条が相当追い詰められていることである。彼としては、ここまで何とかしのいできた感じではないだろうか。ぎりぎりの綱渡り……ここで一押しすれば、喋るかもしれない。だが、喋れば彼は破滅する。これまで積み上げてきたキャリア、これからの計画、全てが崩壊するのではないか。

そうまでして、私たちは真実を知る必要があるのだろうか。事件を解きほぐし、真実を明らかにするのは警察の仕事だ。それが人を不幸にすることはままある。そういう時には、「そこまでやる必要があったのか」と後から悩む羽目になるのだ。

「それにしても城戸検事、何であんな情報を知ってるんだ？　自分の管内のことでもないのに」

「あちこち顔を出してるみたいですよ。普通の検事さんとはちょっと違います」

「それにしても、こんな裏情報をね」私は夜空に向かって煙草の煙を吐いた。

「どうしますか」竹永が判断をこちらに預けた。

「二課出身者としてはどう判断する？」

「何とも言えませんね」竹永が肩をすくめた。「誰が出馬しようが、その裏でどんな工作が行われていようが、犯罪でない限り、こちらには関係ありません。だいたい、国会議員レベルの話は……」

「どうせ地検に持っていかれる」

「でしょう？」竹永が顔をしかめる。

汚職や選挙違反など、公務員や議員が絡む事件の場合、暗黙の線引きがある。国会議員が対象の場合、あくまで地検が捜査主体になるのだ。警察は手を出せず、指をくわえて見ているだけ、というのがほとんどだ。もちろん、「警察が国会議員の犯罪に手を出してはいけない」という決まりはないのだが……。

「一つだけ、はっきりしている。この件には金が絡んでいると思う」私は、六条が持っていたアタッシェケースのことを説明した。「それも、相当の大金だ。あのケースには、きちんと詰めれば五千万ぐらいは入るんじゃないかな」

「なるほど」竹永が唸る。「誰かに金を渡したんですかね。脅迫されたか何かで」

「国税の方は、これからどういう動きをするんだろう」

「いずれ六条さんに事情聴取すると思いますが、どういうスケジュールか、私には読めませんね。あそこは地検以上に隠密行動が好きだから」

「それでも、なにもなしで済ませるつもりじゃないだろう」

「でしょうね」竹永が両手で椀を作り、そこに息を吐きかけた。夜になってさらに気温が下がり、薄いコートだけでは身震いするまでになっている。竹永が首を捻り、ちらりと私を見た。「勝負しますか？」

「六条さんが無事に家に戻れば」

「帰らなくても、捜すのが我々の仕事でしょう」

「たぶん彼は、また自発的に家に帰ってくると思う。逃げ回りはしないはずだ」

「どうしてそう思います？」

「選挙があるからだよ。これ以上逃げ回って、変な噂を立てられれば、本当に選挙に出られなくなる。そういう危険は冒さないんじゃないかな。何とか上手くまとめて、この危機を脱するつもりだと思う」

「もう手遅れかもしれませんけどね。これだけ滅茶苦茶になってて、どうやってまとめるんですか？」

ぽつりと零れた竹永の言葉は、宙で凍りついた。


上堀と梅田は、午前二時まで私たちを働かせた。横浜駅周辺のクラブやバーでの聞き込み。時間が経つに連れ、向井江里という女性の存在は幻に近づいてきた。ようやく解散を宣言した時も、上堀の声はまだ元気一杯だった。考えてみればこの男は、長野と似ている。テンションの高さで部下を引っ張る、典型的な親分タイプなのだ。

「明日もこき使ってやるから、覚悟しろよ」上堀が、今にも高らかに笑い出しそうな声で私に告げた。

電話を切った私は、風俗店の入るビルの壁に背中を預けた。さすがに疲労が全身に染みこみ、立っているのも面倒臭い。ペッパースプレーの効果は薄く長く続いているようで、目が時折痛む。気を取り直し、集まった失踪課のメンバーに指示をする。

「森田、全員を適当に家に送ってくれ。悪いけど、お前はそのまま泊まりだ。渋谷中央署の部屋を借りてくれ」

「はい……」げっそりした森田の顔色は悪かった。

「高城さんはどうするんですか」愛美が嫌そうに訊ねる。

「今日は堂々と失踪課に泊まらせてもらう。どうせ明日も、朝から動くんだから」

普段なら、私が失踪課に泊まりこむと露骨に迷惑そうな表情を浮かべる愛美も、今夜は何も言わなかった。森田が醍醐と田口を乗せ、私は愛美を送ることになった。第三京浜から都心へ戻るルートを選ぶ。深夜の第三京浜はがらがらで、保土ヶ谷から環八《かんぱち》まで十五分で到着した。そこから先は、国道二四六号線、環七《かんなな》とたどって、彼女が住む梅ヶ丘に近づく。あまりに疲れているのか、途中、愛美はほとんど口を開かなかった。

「静岡はどうだった？」

沈黙に耐えかね、私はつい訊ねてしまった。愛美がぴくりと体を震わせる。

「別に、何もありませんよ」

何もないと否定する口調がわざとらしい。私は、彼女が戻って来てからの様子を頭の中で反芻《はんすう》した。妙に落ち着き、いつものかりかりした雰囲気がない。浮ついている感じでもないが、見合いが上手くいって、精神的に安定したのだろうか。

「今日は、いい判断だったな」

「六条さんを逃がしちゃったんだから、駄目です。話になりません」

「でも、ああいう瞬間こそが刑事の醍醐味かもしれない。自分の機転一つで、捜査を進められる。上手くはまれば最高なんだけど」

「まあ、そうですね」面倒臭そうに愛美が認めた。

「こういう醍醐味、いつまでも味わっていたいよな」

「分かりますけど、何が言いたいんですか？　わざわざこんな時間に話題にすることじゃないでしょう」

「一応、褒めてるんだけど」

「それはありがたいですけど、今はあまり頭が働きませんよ」

それ以上の会話を拒絶するように、愛美が頬杖をついて目を瞑った。私は自分の気の弱さ、いま一つ欠ける図々しさにうんざりしていた。「見合いはうまくいったのか」と、さりげなく聞けばいいではないか。そうすれば話は転がっていくはずだ。失敗したなら、今まで通りに仕事をすればいいし、もしも乗り気になっていたら、その時はその時だ。彼女の気持ちを見極め、引き止めるなり祝福して送り出すなり、対応を考えればいい。彼女を手放すのは、私にとっては大きな損失だが、彼女自身の意思が最優先である。

いつの間に、こんな風に互いの私生活に立ち入らないのが普通になったのだろう。昔は――それこそ私が若い頃は、上司が部下を家に呼ぶのはごく普通のことだったし、若い刑事を早く結婚させようとあれこれ世話を焼く、面倒見のいい――お節介な人間も少なくなかった。職場でも、もっとずけずけと互いの私生活について言い合っていたものである。それが今、プライバシーというカーテンが眼前にかかり、相手の顔は薄っすらとしか見えなくなってしまっている。自分の立場が侵されないのは心地好くもあるのだが、こういう話をずばりと切り出せないのはひどくもどかしい。

「あ、そこでいいです」愛美が低く声を出したので、私は車を路肩に寄せた。

「家の前まで送るけど」

「狭いんです。一方通行だし、一度入ったら出るのが大変ですよ」

「そうか」

「それより、明日の朝なんですけど」

「何だ？」

「……いや、何でもありません。失踪課に集合でいいですか」

「そうだな」

軽く頭を下げた愛美が、ドアを開けて出て行く。私は彼女の背中が見えなくなるまで見送っていたが、雪が薄っすらと降り積もるような冷たさをずっと感じていた。

驚くべきことに、真弓は失踪課に居残っていた。復活は本物だと悟る。午前三時にしては元気だったが、さすがに表情は暗い。

「今日はどうするんですか？」

「タクシーでも飛ばして帰るわ」真弓が腕時計を見た。

「無理しない方がいいですよ」

お互い年なんですから、という続きの台詞を呑みこむ。元気に振る舞っているのだから、わざわざダメージを与えることはない。私は今夜の動きを簡単に説明し、明日以降も一課の指示に従うことになる、と告げた。

「仕方ないわね。こっちのミスでもあるし」

「俺個人のミスです」私は強調した。「判断したのは俺ですから」

「この時間だと、責任論を語る余力もないわね」真弓が首を振った。「とにかく今夜は、お開きにしましょう。明日の朝から巻き返しで」

「そうですね」

「泊まるつもりなら、禁煙だから」

私の悪癖に釘を刺して、真弓が部屋を出て行った。入れ替わりに森田が入って来る。当直用の仮眠室を借りるように指示しておいてから、私は部屋の照明を落とし、ソファに身を横たえた。毛布代わりにコートを体にかけて首まで引き上げたが、底冷えする部屋ではほとんど役に立たない。自分の腕を擦って暖を取りながら、私は無理に目を瞑った。痛みがかすかに残っており、そのせいで眠気が遠のく。喉の奥に、いがらっぽい感じも転がっていた。医者に行っておくべきだったかもしれないが、今夜はそんな暇はなかった。明日の朝になっても痛みが残っているようなら、その時に考えよう。

目を瞑るのを諦めて後頭部に両手をあてがい、天井を仰ぐ。闇に沈んだ天井には、何が見えるわけではなかったが、こうしていると気持ちが落ち着く。様々な事柄が頭の中を行き交い、どうにも考えがまとまらない。六条の失踪の意図、彼を狙った誘拐、長野の怒りと焦り、愛美の見合い……まあ、最後の一件はどうでもいいが、これほど一斉にいろいろな出来事が重なるのも珍しい。

「こういう時は、煙草だよな」

かすれた声でつぶやき、毛布代わりのコートから抜け出す。真弓の忠告が頭に残っていたこともあり、駐車場に足を運んでから煙草に火を点けた。灰皿代わりのペンキ缶は、夕方に誰かが掃除していったせいか、水の中に数本の吸殻が浮かんでいるだけだった。煙を吸いこむと、少しだけむせてしまう。二、三度咳をすると何とか落ち着いたが、急に煙草を吸う気がなくなってしまった。代わりに、唐突に空腹を覚える。当たり前か……地検で、城戸に肉まんを一個、奢ってもらっただけなのだ。朝まで間もないが、それまで空腹を抱えたまま眠れぬ夜を過ごすのは情けない。そういえば、明治通りを挟んで反対側に、二十四時間営業の立ち食い蕎麦屋がある。午前三時過ぎに立ち食い蕎麦か……しかし、一度空腹を意識すると、安っぽい出汁《だし》と醤油《しょうゆ》の匂いに、急激に引きつけられた。

コートを引っかけ、署を出る。歩道橋を渡り――足が重かった――立ち食い蕎麦屋に足を運ぶ。天ぷら蕎麦を頼み、いつもの癖で七味唐辛子をたっぷりかけてしまってから、後悔した。こんなに辛くしては、ペッパースプレーで痛めつけられた喉に悪いのではないか……しかし意外にも、蕎麦はするすると喉を通った。辛味も気にならず、胃の底から体が温まってくる。汁をほとんど飲み干すと、体の内側から力がこみ上げてくるのを感じた。天ぷら蕎麦一杯で気合が入るとは……苦笑しながら、水を飲む。こんな時間だというのに、店内にはそれなりに人がいた。延々と呑み続けた学生らしき一団は声高に喋りながら、だらだらと蕎麦を食べている。きちんとネクタイを締めた管理職風のサラリーマンが、激しい勢いで蕎麦を啜っていた。こんな時間でも東京は起きている、と実感する。

腹が膨《ふく》れ、体が温まったので外に出る。寒風が容赦なく襲いかかってきたが、たっぷり体に入れた七味唐辛子のせいか、寒さはそれほど感じなかった。煙草をくわえ、火を点けぬまま国道二四六号線と明治通りにかかる歩道橋の方に向かってぶらぶら歩き出すと、隣の牛丼店から飛び出して来た長野に出くわした。

「何やってるんだ、こんなところで」私は啞然として、煙草を口から落としそうになった。

「飯だよ、飯」何がおかしいとでも言いたげに、長野が口をねじ曲げる。

「そうじゃなくて、何でお前が渋谷にいるんだ」

「ちょいと渋谷中央署で寝ていこうと思ってね」

「勝手なこと言うな」彼の行動の意味がまったく理解できなかった。

「横浜からだったら、家に帰るより、ここの方が近いんだよ」

「それは知ってるけど、所轄はホテルじゃないんだぜ」今頃仮眠室に潜りこんでいるであろう森田の顔を思い浮かべながら言った。

「まあまあ」にやにやしながら、長野が口にくわえた爪楊枝《つまようじ》を上下させた。「ちょっと話があるんだ。こんなところで話してたら凍えちまうから、とにかく署に行かないか」

「……いいけど」

私たちは無言で、歩道橋を渡った。二つの幹線道路を跨ぐこの歩道橋は巨大で、一周すると二百メートルほどにもなるはずだ。この季節、歩いていると風が一際冷たく襲いかかってくる。

失踪課に入ると、長野はさっさとソファに腰を下ろした。私のベッドなのだが……しかたなく自分の椅子を引いてきて、長野と正面から向き合う。

「明日、人を貸してくれないか」長野がいきなり切り出してきた。

「上堀課長から、梅田さんの指示に従うように言われてるんだけど」

「そんなの、放っておけばいいさ。また聞き込みをやらされるだけだろう？　奴ら、重要なポイントを見逃してるんだ。俺は明日、そっちを攻めるつもりなんだけど、人手が足りなくてね」

「お前のところの部下は？」

「それだけじゃ足りないんだよ。明神でも醍醐でもいいから、明日、ベイクォーターに寄越してくれ」

「何を企《たくら》んでる？」

「監視カメラのチェックだ。乗船場にある監視カメラの映像を全部調べる。六条のアタッシェケースを持った人間が通過しなかったかどうか、それで分かると思うんだ。ただし、人海戦術でビデオを見なくちゃいけないから——」

「分かった」そういうことなら愛美だな、と決めた。防犯ビデオをひたすら確認するのは忍耐を要する作業である。そして、失踪課で一番我慢強いのは彼女だ——一旦作業にのめりこんでしまえば。「朝イチで何とかするよ」

「頼むわ」

「このこと、一課長は知ってるのか？」

でいこう」

「まさか」大きく伸びをしながら長野が言った。「あの人は基本的に頑固で、誰かが思いつきで物を言っても、まず採用しない。だったら、動いちまった方が速いのさ。事後承認でいこう」

「お前の考えも思いつきなのか?」上堀と長野には共通する部分が多い、とふと思った。

「こんなの、基本中の基本じゃないか。やることを忘れている人間が間抜けなんだ」長野がにやりと笑った。「じゃあ、俺は寝るから。起こしてくれなくて結構だ」

「当たり前だ」私は苦笑した。「俺は目覚まし時計じゃない」

「俺は体の中に目覚まし時計を持ってるからな」長野がぽん、と腹を叩いて立ち上がった。

「じゃ、よろしく頼むよ」

苦笑を浮かべたまま彼を見送り、私はソファに横になった。長野の元気さは異常だ。どんなに凹んでいても、次から次へとアイディアを出し、動き回る。そのエネルギーは、ひとえに手柄を立てたいという欲望から生まれてくるわけで、そういう意味では、上昇志向も馬鹿にしたものではない。周りに迷惑はかけている——私も被害者の一人だ——とはいえ、それで事件を解決しているのは間違いないのだから。

少しでも眠ろう、と思った。七時には愛美に電話しなくてはいけないから、仮眠というほども眠れないのだが、目を閉じているだけでいい。

私のささやかな休息は、二時間後にあっさり破られた。

早朝の渋谷から青山にかけては、車も少ない。世界中で自分だけが取り残されてしまったような気分になる。煙草に火を点けて窓を開け、煙を逃しながらニコチンを味わう。喉の痛みは完全に消えていたが、寝不足のせいで吐き気を感じる。

舞の家に到着すると、既に覆面パトカーが何台か集まっていた。私は梅田と同着になった。彼は昨日の背広とネクタイのままで、どこかで短い仮眠を取っただけなのは明らかである。さすがに疲れた様子で、いつものタフで冷静な雰囲気は微塵《みじん》も感じられない。

「朝騒ぐ男だな」私を見ると、梅田がぽつりと漏らした。「二度目だぞ、チクショウ」

「そうですね」

「どこかで時間を潰して、この時間に帰って来たわけか……どういうつもりか知らないが、ここから先は、甘くないぞ」

「分かりますけど、強制では捜査はできませんよ」

「限りなく強制に近い任意だ」

梅田が両手を組み合わせ、ぼきぼきと関節を鳴らして家に入って行く。私は覆面パトカーに体をもたれかけさせたまま、寒さに耐えながら次の動きを待った。どうせ家の中は、刑事たちで一杯だろう。私が加わって、混乱を増幅させる必要はない。

マスコミが心配だった。一時は引いたといっても、六条は依然として、注目を集める存在である。今は誰も張りこんでいないようだが、騒ぎを聞きつけた近所の人がマスコミに連絡する可能性もある。そうしたら、この辺りはまたマスコミの連中で埋まるだろう。事情聴取のために連れ出すなら、できるだけ早くしなければならない。最悪なのは、覆面パトカーに乗りこむ場面を撮影されることだ。参考人であっても、刑事に囲まれて車に乗る場面が画面に映れば、世間は「容疑者」と見るようになる。

しばらくして、舞が家から出て来た。長い髪を後ろで束ね、薄いカーディガンを羽織っただけの軽装で、寒さに震えている。私は車に乗るよう、彼女を促した。ドアを閉めるなり、訊ねる。

「いつ戻って来たんだ?」

「三十分ぐらい前です」

「また、いきなり?」

「ええ」舞の表情は暗い。

「何か言ってたか?」

「いえ、特には……」

「警察には君が連絡してくれたのか」

「そうです」

会話はあっという間に手詰まりになった。彼女自身が、父親からきちんと話を聴いていないのだから、話しようもない。

「どんな様子だった？」

「疲れてます。夕べは寝てないみたいですし」

「そんな状況で悪いけど、また事情聴取しなくちゃいけない。今度は厳しくなると思う」

「分かってます」自分に言い聞かせるように、舞が言った。きつく握り締めた手は痛々しいほど強張り、掌に食いこんだ爪が皮膚《ひふ》を破って血が流れる様を私は想像した。

「来たな」私は玄関に目を向けた。舞はうつむいたまま。

六条は、着替えを許されたようだ。真新しい白いシャツにグレーのネクタイという格好のせいか、ぴしりと背筋が伸びて見える。髭も剃《そ》ったようで、顔もすっきりしていた。

「俺が話を聴こうと思う」そんなことができるかどうかは分からなかったが、私は舞に言った。「昨日からの流れだ」

「父は、高城さんは信用していると思います」

「それを逆手にとって、俺を利用したわけだけどな」

皮肉を言うと、舞が消え入りそうな声で「すみません」と謝った。私は深呼吸を一つして、柔らかい声で彼女に告げた。

「俺の方が、用心が足りなかったんだ。刑事は、何でも疑ってかからないとな。簡単に騙される方が悪い」

「すみません」舞がまた謝る。

「謝る必要はない。君が悪いんじゃないんだから」

「でも、家族ですから」

私は唾を呑んだ。舞は今、極めて厄介な状況に追いこまれている。家族として父を信じるか、警察官の目で疑うか、ぎりぎりのところで決断しかねているに違いない。だがそこは、彼女一人で悩まなくてはいけない部分だ。他人の助言を受け入れたら、後で絶対に後悔する。

「俺は行く」

「分かりました」舞が車を降りる。私は狭い道路でスカイラインをUターンさせ、六条を乗せた車を追った。

バックミラーには、いつまでも舞の姿が映っていた。


六条は本庁ではなく、近くの所轄へ移送された。短いドライブの間、私は愛美に連絡を入れ、横浜で長野と合流して、監視カメラの映像をチェックするよう命じた。同時に、六条が家に戻って来たことを説明する。愛美は啞然として、しばらく言葉を失っていた。

「まあ、いいですけど」不貞腐れたように言って、「取り敢えず、一発殴っておいてもらえますか」とつけ加えた。

「それは機会を見て、自分でやるんだな。俺は個人的な恨みでは動かない」

「私も別に恨んでるわけじゃないですけどね。怒ってるだけです」

恨みと怒りのどこに違いがあるのか……ややこしい議論をする気にはなれなかったので、私はさっさと電話を切って車を署の駐車場に乗り入れた。

六条に対する事情聴取は、取調室ではなく会議室を使って行われることになった。梅田を始め、一課の刑事たちが集まる。梅田は意外なことに、直接六条と話す権利を私に渡した。

「言いたいことがたっぷりあるんじゃないのか」唇を皮肉に歪め、私に向かって笑いかける。

「まあ、いろいろと」

「殴るなよ」

「まさか」愛美と同じようなことを言っている。私は、よほど六条に対して怒りを抱いていると思われているのだろうか。

「ま、任せた」

うなずき、私は広い会議室の一角に座る六条の前に陣取った。彼に対しては、ぶつける話がある。城戸の情報がどこまで正確か、試すつもりだった。細長い折り畳み式のテーブルを二つくっつけてあるので、距離は取調室で対峙する時とほぼ同じである。違いは、周りに何人かの刑事が座っていることだ。ある意味、取調室よりもプレッシャーが大きい。こんなに何人もの刑事に囲まれて話す機会は、殺人事件の容疑者でもあり得ない。

「あなたを逮捕することもできます」私はいきなり爆弾を落とした。少しぐらい赤い部分が残っていると効果的なのだが、と思いながら自分の両目を指差す。「ペッパースプレーの所持は違法ではありませんが、ああいう使い方をするのは犯罪です。傷害になりますよ。公務執行妨害も。私は公務中でしたから」

「では、逮捕したらどうですか」開き直っているわけではなく、単に事実に対して返事をしているだけだ。

「今のところ、そのつもりはありません」彼がまったく動揺しないのを確認して、私は言葉を引っこめた。

それからしばらく、私たちは夕べと同じような押したり引いたりの問答を続けた。夕べ、どうして私の目を潰したのか。誰と会ったのか。六条は、私がぶつけるあらゆる質問に対して、のらりくらりと返事をしたが、アタッシェケースの問題に関しては、目に見えて分かるほど顔色が変わった。

「あなたがシーバスの中にアタッシェケースを放置したところを、うちの刑事が見ています」現実には、その場面自体は見ていないのだが。あくまで状況証拠だ。「誰が持ち去ったか、今確認しています」

「そうですか」声が震える。

「いずれ分かることですが、あなたの口から言ってもらった方が速い。手間が省けます」

「言うつもりはありません」

「だったら、別のことを教えて下さい……あなたは、牛田《うしだ》陣営と取り引きしようとしていたんじゃないですか？」

六条の顔が引き攣った。それは、私が初めて見る彼の焦りであり、城戸の情報の確かさを裏づけるものだった。


「今の話、間違いないのか」梅田が怒ったような表情を浮かべて訊ねた。

「一方の見方としては」

「どういうことだ？」

「こういうことは、両者の話が一致するものじゃないでしょう。いくら六条が主張しても、牛田陣営は否定するはずです。そして我々には……」

「裏が取れない」

私は無言でうなずいた。六条に対する事情聴取を他の刑事に代わってもらい、私と梅田は刑事課の取調室に籠って対峙していた。梅田の態度は明らかに変わっており、私の話に素直に耳を傾ける気になったようだった。とはいっても、私も何を話していいかは分からない。

「これは要するに、スキャンダル合戦だったわけか」

「六条さんが一方的に攻められているだけですから、合戦とは言えませんよ」

「それで、俺たちはどうするんだ？　警察としては……」

「手を出せないでしょうね、このままじゃ」

私は煙草をくわえ、火を点けた。携帯灰皿を取り出し、顔を背けて煙を壁に向かって吐き出す。

「無理か。勝手に争って、勝手に潰れて、もう片方は……」

「密かに勝利する」

私が言葉を引き取ると、梅田が大きく溜息を漏らした。顔の前で手を振り、煙を追い払ったが、狭い取調室の中は、既に白く染まりつつあった。朝の光が窓から射しこみ、その中で煙が渦を巻いて踊っている。

「もう一件、まだ分からないことがありますね」

「誘拐騒ぎの件か……お前はどう見る？」

「夕べの件は、続きじゃないかと思います。誘拐犯——これが本当に誘拐だったかどうかは分かりませんが、六条さんから金を引き出そうとした人間がいたのは間違いないでしょう。こいつらは、我々が現場で張り込んでいることに気づいたか、あるいは何らかの事情があって、金を奪うのを諦めた。その後六条さんが戻って来てから、再度接触を図り、また金を奪おうとした——という筋書きはどうでしょう」

「しかし、誰がそんなことを考える？」

「牛田陣営」

「まさか」梅田が空しく笑った。「牛田は現職の代議士だぞ。いくら何でも、こんな乱暴なやり方で金を奪うわけがない」

「金を奪うことに関しては、誰かが暴走した可能性もありますね」

「誰かって？」

「それは、これから調べます。今回の件で事件化できる部分があるとしたら、この件だけかもしれない」

「立件することに意味があるのか？」

「何もしないと、気分が悪いですからね」私は右手を広げ、胸に当てた。「何が何だか分からないまま、終わりにしたくありません。それに、犯罪事実はあるんです。罪に問えるかどうかは分かりませんが、誘拐の一件を明らかにすることで、全体像が見えてくるんじゃないですか」

「お前が真相を知っただけでいいのか？」梅田が疑わしげに私を見た。「マスコミを動かして、牛田陣営を揺さぶろうとか考えてるんじゃないだろうな」

「まさか」私は小さな携帯灰皿に煙草を押しこんだ。親指と人差し指でぎゅっと押し潰すと、かすかに熱が伝わった。「俺は、そんな政治的なことは考えてません。ただ、真相を知りたいだけです」

「青いな」

「青くて結構ですよ」むっとしながら、私は二本目の煙草をくわえた。火を点けぬまま、唇の端でぶらぶらさせ、梅田の目を凝視する。「そもそも、腹芸なんかするつもりはないですからね」

「直球勝負したら、痛い目に遭うかもしれないぞ」

「その時はその時です。にっこり笑って、脛《すね》を蹴飛ばしてやってもいい」

梅田が一瞬だけ相好《そうごう》を崩したが、すぐに表情を引き締めて、一番痛い事実を指摘した。

「気持ちは分からんでもないが、今のところ攻め手がないぞ。牛田の事務所に乗りこんでこの話をまくしたてても、相手にされないだろう。何か絶対的な証拠が欲しい。そうじゃない限り、俺としては手綱を引き締めざるを得ないな」

「分かってます」城戸をもう少し突いてみようかと思った。あの男にしても、全部話したわけではないだろう。情報の扱いに長《た》けた人間は、誰に対しても、全面的に腹の内を明かすことはない。城戸を揺さぶって、情報を引き出すことは可能だろう。あの男に対する賄賂としては、食べ物が有効かもしれない。明らかに食い意地が張ったタイプだった。

「何か手はあるのか」

「これから考えます」

「時間がないぞ」梅田が腕時計を人差し指で叩いた。「こういうことは、時間をかけるとどんどんあやふやになる。短時間で勝負できるか？」

「何とかします」

そう言ったものの、一部で有名な「高城の勘」は発動しそうにない。こういうのは、努力して何とかなるものではないのだ。突然、どこかから降ってくる。

今回は、愛美からの電話がきっかけだった。

19

どこまで準備すれば十分なのか分からなかったが、私は「時間がない」という梅田の言葉との折り合いを考えつつ、準備を進めた。最大のネックになったのは、愛美たちが摑んだ情報が不完全だったことである。ビデオに残った画像からだけでは、人物の特定まではできなかった。

送られてきた画像は鮮明だったが、問題の人物が帽子を被っているのが痛かった。ニットキャップで頭をすっぽり覆っているので、髪型が分からない。キャップからほとんどはみ出していないことから、長髪ではないと分かったのだが、それでは何の特徴にもならない。しかもサングラスをしているので、顔も半分ほどは隠れていた。ただし、全体の雰囲気は若い。黒いMA - 1にグレーのジーンズという格好で、体の線は細かった。私の目はどうしても、彼が右手に持ったアタッシェケースに引き寄せられてしまう。ビデオから起こした画像なので不鮮明なのだが、六条のアタッシェケースが放っていた独特の高級感は見て取れる。

「間違いなさそうだな」

「そうですね」愛美はどこか悔しそうだった。この男を見逃したミスが、よほど痛かったのだろう。

「身元につながる手がかりは？」

「今のところありません」

「あのシステムだと、乗船名簿もないんだろうな」

「シーバスは、普通の定期路線ですからね。お金を払って乗るだけです」

「何でもいい。他に手がかりを捜してくれ」

「……何か摑んだんですか」

私は簡単に事情を説明した。話を聞いても、愛美は納得した様子ではなかった。

「それは……ちょっと無理じゃないですか」

「神経戦は得意な方だけど」

「八時間たっぷり寝てからにした方がいいですよ」

彼女の指摘に、私は刑事課の大部屋にある時計を見上げた。午前十時……また早朝に叩き起こされたので、既に体は悲鳴を上げ始めていた。年だ、とつくづく思う。だが、突っ走るべき時は迷ってはいけない。

「今日中に決着をつける」

「そんなに上手くいくと思ってるんですか」愛美が疑わしげに言った。

「上手くやらないと駄目なんだよ」

電話を切り、私はパソコンの画面上の写真をプリントアウトした。それを持って、六条が事情聴取を受けている会議室に戻る。だいぶ緊張したやり取りが続いていたようで、六条は上着を脱いでしきりに額の汗を拭っていた。ずっと彼から感じていた、凜とした気配が消えている。

私が席に着くと、やり取りの声が途切れる。私はテーブルの角、彼の斜め横に腰を下ろし、六条の前にプリントアウトしたものを置いた。

「あなたのアタッシェケースを持っていった人間を見つけました。ただし、まだ特定できていません。あなたは、この男が誰か、ご存じですか」

「知りません」六条の目は空ろだった。

「この男と取り引きしていたんですか？」

「直接会ってはいないので……」

最悪、この男は事件と関係ないのかもしれない。たまたま目にした高価そうなアタッシエケースを置き引きしただけ、という可能性もある。しかしここは、チャンスに賭けるしかないのだ。

「これから、牛田事務所に当たります」

六条の肩がぴくりと揺れた。私の顔を真っ直ぐ見たが、怯えや戸惑いはない。むしろ目つきは澄んでいた。どこかおかしい、と思う。牛田に直当たりすれば、自分に不利な情報がさらに引き出されると予想できるはずだ。選挙という大きな目標が危うく揺らいでいるはずなのに……彼の態度は、達観したかのようだった。

「またお会いします」一礼し、立ち上がる。

「待って下さい」

六条が、すがるように言った。私はゆっくりと腰を落とし、彼の目を真っ直ぐ覗きこむ。六条は、予想していたよりも簡単に落ちた。私が用意した爆弾は、想像していたよりも強烈な殺傷力を持っていたのだ。

あれこれ面倒なやり取りを終えた後、私はようやく牛田の第一秘書、川口《かわぐち》との面会にこぎつけた。六十絡み、髪は染めているようだが、あまりきちんと手入れされておらず、根元に近い方は白くなっている。その髪をオールバックにし、どこか岩石を彷彿させるごつごつとした顔を晒している。きちんと背広を着こみ、物腰は柔らかかった。

千駄ヶ谷にある牛田の個人事務所を訪ねたのは、私と捜査一課の若い刑事、それに竹永だった。愛美がまだ横浜にいるのが痛かったが、竹永の冷静な態度は必ず役に立つはずだ、と信じる。

ソファに三人並んで座り、川口と対峙する。彼は私たち三人の名刺を低いテーブルに並べて見詰め、困惑した視線を向けてきた。

「失踪課さんに捜査一課さん……何のことか、よく分かりませんが」

「我々も分からないんです」私は切り出した。「分からないことを、こちらで教えていただけるのではないかと思ったんですが」

「まあ、協力はさせてもらいますが」川口の困惑は本物に見えた。「お役に立てるとは思えませんな」

「六条恒美さん、ご存じですよね」

「ああ」川口の顔に、にわかに緊張の色が走る。「厚労省の。エリート官僚ですよね？

彼が、うちの事務所に何か関係があるんですか」

「こちらこそ伺いたい。どうなんですか？」

「何が？」川口の口調が、わずかにぞんざいになった。「意味が分かりませんな」

「聞いているのはこっちなんですがね」私はわざと乱暴な口調で質問を投げた。「彼は、一時マスコミにつきまとわれました。脱税疑惑がある、という情報が流れたんです」

「脱税？」川口の顔がわずかに白くなった。「そんな話は知らない」

「あなたたちがマスコミに流したんじゃない？」

「冗談じゃない」

川口の口調が突然変貌した。裏にある乱暴な一面が、もろに表に出ている。だが私は、かえって安心した。取り調べをする人間にも様々なタイプがいるが、私は乱暴な人間の相手をする方が得意だ。相手が暴れまわっているうちに、穴が見えてくる。だが川口は、すぐに元に戻ってしまった。これは簡単にはいかない、百戦錬磨《れんま》の相手だと覚悟を決める。

「六条さんが次の選挙に出馬する話は、ご存じですね」

「そういう情報は伝わってきてますよ。同じ選挙区になりそうだし」川口が軽い調子で言った。

「しかも同じ党から。選挙の前に、まず公認争いですね」

「そんなことはまだ何も決まっていない」

「牛田さんにすれば、大変な強敵の出現じゃないですか。ご本人も、定年が迫っていますしね」

「定年とは、失礼な言い方だ」川口が気色ばんだ。「強制力はないし、牛田先生には関係ない」

私は思わず鼻を鳴らしそうになった。ジイサンがいつまでも居残るということか。しかし、党内に定年制に関する決まりがあるのは事実である。牛田は区議、都議とステップを踏んで、衆院議員として当選五回。現在は既に六十八歳になっている。次の選挙のタイミング次第では、出馬できない年齢だ。

「では、牛田さんはまだ、政治の世界に踏み止まるおつもりなんですね」

「当然です。選挙準備も粛々と進めている」

「そのためには、まず対抗馬を叩き潰すことが大事ですよね。党中央で、有力な新人を推挙する動きがある。それは、次の選挙で牛田さんを公認せず、放り出すのと同じことですからね。敵を潰さない限り、将来はない」

「失礼な」川口が吐き捨てる。「牛田先生の功績を知らないのか？　新人に取って代わられるような弱いものではない」

馬鹿なことを……牛田は、議員として誇れる実績をほとんど持っていない。大臣経験、なし。党の役職も、幹事長補佐、全国広報委員長止まりである。官僚出身の有能な人間が出てくれば、この男の代わりを務めさせようと党本部が乗り出してきてもおかしくはない。どんなに愚鈍な政治家でも、そういう空気の変化だけは素早く見抜けるものだ。そして、自らの身を守ろうとする時だけ、策略が冴《さ》える。

「政治には興味がないので」私は静かに言った。

「一介の刑事さんには、関係ない世界かな」川口が薄い笑みを浮かべた。「愚か者」とでも言いたいであろうところを、辛うじて我慢している感じである。

「そうですね。普段の我々の仕事には、関係がありません。ただし今回、あなたたちは、私の網の中に入ってきた。そうなったら、見て見ぬ振りをするわけにはいきません」

私は膝の上で拳を握り締めた。掌に汗をかいているのが分かったが、それを川口に悟られてはいけない。川口は私の目を凝視したまま、指先で自分の膝を叩いた。決定的な攻撃を放つタイミングを図っているようであった。

「六条さんは、あなたたちにとって、強大な敵になり得る存在だった」

「彼にはまだ、何の実績もない」

「政治家としての実績がなくても、期待値は高いでしょう。だから党は、この選挙区の議員をすげ替えようとした。牛田さんが党内でどれほどの力を持っているかは知りませんが、要するに用なしになったんじゃないですか？」

「失礼な！」

叫んで、川口が立ち上がる。髪から透けて見える地肌まで真っ赤になっていたが、私たちは一切反応しなかった。冷ややかな目で、怒りを冷ますように川口を凝視してやる。川口が後ろで手を組んだまま、事務室内を歩き回り始めた。他の職員が心配そうに見詰めている。言い抜けるための時間稼ぎだ。ほどなくソファの所に戻って来ると、私たちを見下ろして、「失礼にもほどがある」と厳しい口調で責める。

「では、謝罪します」私は顎を上げたまま、軽い調子で言った。「用なしなのかどうか、私には確認しようがありませんから」

「私には、確認できましたけどね」竹永がさりげなく切り出した。「然るべき筋から聴いた話ですから、間違いありません」

大嘘だった。さすがの竹永も、党の公認を決めるべき立場の人間にまでは、つながりがない。だがそのはったりは、川口の顔色を赤から蒼へと変化させた。乱暴に腰を下ろすと、ソファがかすかな軋み音を立てる。

「いい加減なことを言うな」反論の言葉にも力がない。

「警察官は、いい加減なことは言いません」竹永が完璧なポーカーフェイスを決めこんで、平然と嘘をついた。「別に、川口さんがお認めになることはないですけどね。実際に公認が決まるのは、もっと先——選挙の日程が具体化してからでしょう？　今の段階では、まだ何も決まっていないんですよね」

「当然だ」即座に断言したが、口調に芯《しん》がない。

「それでも、早く手を打つ必要はあった」私は話を引き取った。

「何を言ってるのか、さっぱり分からない」

「選挙で負けるのは、仕方ないことかもしれません。時の運もありますし、最近は気まぐれな風も吹きますからね。でも、戦いの土俵に上るのも許されないというのは、相当きつい状況じゃないですか。お前は用なしだ、お前では勝てないと言われているに等しい。これ以上の屈辱はないでしょうね。でも、牛田さんは、そういう状況を察して、自ら身を引くようなことは考えていない」

「当然だ。牛田先生は、まだまだ働ける。むしろこれからだ」

政治の世界で、本当に役立つ人材は三分の一ぐらいしかいないのではないか、と思う。一、二回当選したぐらいでは、まだ右も左も分からないだろう。一方、当選回数を重ねたものの年を取ってきた政治家は、気力、体力、判断力が落ちてきて、旧弊なやり方にしがみつくようになる。その間に挟まれた世代こそが、政治を動かす原動力になるのだろうが、往々にして上から押さえつけられ、下からは足を引っ張られて十分な力を発揮できない。結局、牛田のように年を重ねただけの人間が、自分の地位にしがみつくことのみを目標にしてしまうからこそ、こんないびつな構造が出来上がるのではないだろうか。

馬鹿馬鹿しい。こんな政治談議は、飲み屋か床屋ですればいい。もっとも最近は、そういう場所で政治の話題が口に上ることすら、少なくなっているだろうが。

「では、どうしても選挙に出るおつもりだ、と」

「当然だ」

「そのためには、ライバルになる六条さんに退場してもらわなければならない」言葉を変えた繰り返しが頭に染みているだろうか、と私は訝った。

「正々堂々と勝負すれば、負ける相手じゃない」

「そうですか？」私は首を捻った。「情報戦で、先に優位に立とうとしたんじゃないですか」

「何が言いたい」川口が大きな目をさらに大きく見開いた。掌でゆっくりと顎を擦り、私の次の言葉に備える。

「そちらから教えていただけると助かりますがね。自供した方が、心証がよくなりますよ」私は皮肉を交え、ちくちくと攻撃を続けた。

「自供？　何のことだ。失礼なことは言わんでくれ」

「自供という言葉が悪ければ、他の言葉に置き換えてもらっても結構です。とにかく、真実を話していただきたい」

「君たちは、因縁をつけにきたのか」川口が身を乗り出した。「そういうことにつき合っている暇はない。ふざけているなら、然るべき人間に報告させてもらうぞ。明日から出勤の必要はなくなる」

「では、そうして下さい」私は彼に向かって右手を差し出した。「私たちがここにいるのは、決して独断ではないんですよ？　牛田事務所から事情聴取することに関しては、上層部も了解しているんです。それがひっくり返せるかどうか、試してみればいい」

私は携帯電話を取り出し、テーブルに置いた。そのまま短縮ダイヤルを操作し、警視庁の代表番号を呼び出す。

「刑事部長にでも警視総監にでも、どうぞ自由に連絡して下さい。代議士の秘書から電話がかかってきたからといって、すぐに取り次ぐかどうかは分かりませんけどね。何だったら、警察庁に連絡してもらってもいいですよ。その場合、話がつながったとしても、私のところに電話がかかってくるのは何時間も後でしょうね。ご存じの通り、官僚機構の問題点は、横の連絡が悪いことですから。その間に、どこまでも突っ走れますよ……誰にも停められない所まで」

「開き直るつもりか？」

「その言葉はそっくりあなたにお返しします。開き直らないで、きちんと説明していただきたい。六条さんの金銭――脱税スキャンダルをマスコミに流したのはあなたたちじゃないんですか？　これは、対立候補を潰す作戦としては極めて有効でしょう。高級官僚が脱税していたとなったら、誰もが批判の目で見ます。そんな中、わざわざ出馬するはずがない。党の公認は取れないでしょうし、無所属で出馬しても勝ち目はないでしょう。非常に効果的だと思います」

「馬鹿なことを言うな！　証拠はあるのか！」

「ありません」

言うと、川口が乾いた笑い声を上げ、哀れむような目つきで私を見た。

「あんたたちは、いったいどうしてこの件にかかわっているんだね」

「最初は、六条さんが行方不明になったので、捜していたんです。その後で、いろいろ不思議な出来事が起きましてね……誘拐騒ぎもそうです。それで調べていくうちに、この事実に突き当たったんですよ」

「うちの事務所が、そんな卑怯な真似をした事実はない」

「どうしてもお認めにならない？」

「事実でないことを認めるわけにはいかん」

川口は強情だった。腕組みをすると、まるでバリアを張り巡らしたように口をつぐんでしまう。

「こういうことではないんですか？　あなたたちは六条さんの金銭スキャンダルを摑み、それを材料に、六条さんに出馬を諦めさせようとした。そのために、彼と長い話し合いをしたんじゃないんですか」全てを諦めた六条の証言によれば、だ。そして、牛田事務所が六条のスキャンダルを摑むために動いているという元々の情報は、城戸から得たものである。「六条さんの失踪の原因はそれでした。彼は、騒がれるのは承知の上で、一気に解決しようと、あなたたちとの話し合いに臨んだ。あなたたちは横浜のホテルで待つように指示し、彼の携帯電話を取り上げて、一種の精神的な軟禁状態に置いた」

「私は、彼には会ったこともない」

「失礼……あなたが直接乗り出した、と言っているわけではありません。他にメッセンジャー役がいたんですね。我々はいずれ、その人間に辿り着きます。口封じをするなら、今のうちですよ」

「失礼な。うちはヤクザの事務所じゃない」

それは間違いないが、体質として似ている部分があるのは否定できないだろう。話を止めないためだけにうなずき、先を続けた。

「あなたたちが実際に関与していたかどうか、証明するのは難しいでしょう。ですが、不可能ではない」

「そんなことをしてどうするつもりなんだ」

「脅迫が成立しますね」私は耳の後ろを擦った。そんなことは簡単だ、こちらの胸先三寸でどうにでもできる、と知らしめるゼスチャー。「立候補の妨害をしたんだから、当然立件できます。公選法に抵触するかどうかはともかく」

「そんな話には乗れないな」

「そうですか……では、諦めるとしましょうか」

私が腰を浮かしかけると、川口の表情に不安の色が浮かんだ。これだけしつこく攻撃を仕かけてきたのが、どうしてあっさり引く？　まだ何か隠しているんじゃないか？　そんな疑念が透けて見えた。

「二度と来ないで欲しいな」

「そうですね。どうも私には、政治に対するアレルギーがあるらしい。さっきから、体が痒くて仕方がないんですよ」

「ふざけるな！」川口が拳をテーブルに叩きつける。本気で怒っている様子だが、見ているうちに、私の方ではますます冷静になってきた。

「こちらも二度と来たくないですが、取り敢えずこの写真を見ていただけますか」

切り札。私は監視ビデオからプリントアウトした男の写真をテーブルに置いた。川口の方へ押しやると、写真の発する邪気に怖気《おじけ》づいたように、ソファに背中を預ける。唇をきつく嚙み締めていたが、わずかに震えているのに気づいた。組んだ腕も安定せず、居心地悪そうにもぞもぞと動いている。

「これが誰か、ご存じですか」

「知らない」

「では、こちらで特定させていただきますが、よろしいですね。それほど難しいことではないんですよ」私は簡単に状況を説明した――嘘を織り交ぜながら。「シーバスの乗員から目撃証言も取れています。見つけ出すのは時間の問題ですよ。我々がこの男に直当たりしたらどうなりますかね」

「どうなるんだ？」

「こちらの事務所の名前が出てくるでしょう。そうしたら、私とは別の人間が、また調べに来ると思います。その際は、こんな風に友好的な話し合いはできないでしょうね。牛田先生ご本人とも、取調室で会うことになるかもしれません」

「……脅す気か？」

「冗談じゃない」私は顔の前で大袈裟に手を振った。「これは、捜査秘密――方針の漏洩《ろうえい》ですよ。これから私たちがどう動くか、わざわざ教えてさし上げているわけです。これが表沙汰になったら、私は処分されるでしょうね」

「何が望みだ？　金か？」

「贈賄《ぞうわい》申しこみ、現行犯ですね」

竹永がぼそりと言い、腰から手錠を抜いた。川口の顔が一気に蒼褪め、唇が戦慄《おのの》く。

「まあまあ」私は竹永の前に腕を差し出し、彼の動きを止めた。川口ににやりと笑いかけ、「どうします？」と念押しする。

「何が」川口の声は震えていた。

「こっちは別に、金が欲しいわけじゃないんですよ。欲しいのは情報です。そうですね……例えば、この男が誰か教えてもらえれば、今の段階では十分です」

「その男から話を聴けば、またうちに来るんだろう」

「いやあ」私は意識して下卑《げび》た笑みを浮かべた。「その辺は、考えてもいいですよ。私が欲しいのは、実行犯だ。その裏で何が起きていたのか、本当の黒幕が誰なのか……そういうことが表沙汰にならないのは、珍しくないでしょう。政治の闇は深いですからね。私はそもそも、そんな面倒なことに手を突っこむのは好きじゃない」嫌いな腹芸を繰り広げている自分に嫌気がさしてきた。

「あんた、そんな適当なことを言っていて、本当に刑事なのか?」川口が目を丸くする。

「子どもみたいなことを言わないで下さいよ。世の中、何でも可視化できるわけじゃないでしょう。手に入れられる物で満足しなくちゃいけない場合もあります。こういう商売を長くやっていると、どうしても諦めが肝心になりましてね」一旦言葉を切り、肘を膝に乗せて姿勢を低くし、ぐっと前に顔を突き出す。「で、この男は誰なんですか?」

　私はビルの壁に背中を預け、煙草に火を点けた。冷たい空気に煙が溶けこみ、手の震えが収まってくる。

「無茶な作戦ですよ、まったく」竹永がぼそりと感想を漏らした。

「上手くいったじゃないか」

「本当にこれでよかったんですか？　最終的に牛田事務所まで持っていかないと意味がないでしょう」

「持っていける自信はあるのか？」

「それは、やってみないと分かりません」

私と竹永は、しばらく睨み合った。先に折れたのは竹永で、ふっと笑みを漏らして溜息をつく。

「ま、その辺の事情は、高城さんよりも私の方が分かってるはずなんですけどね……熱くなるような年でもないのに」

「二課的には、闇の中に葬っちまう事件の方が多いよな」

「事実です。褒められたことじゃないですよ」

「俺たちは、制限された権力の中で戦ってる。法律の壁もあるし、時間の壁もある。その中で、できることだけをやればいいんだよ」

「えらく大人の対処方法ですね」

「十分オヤジだからな」

腕時計を見た。時間はない。こういうことは、できるだけ早く決着をつけるに限る。

「行くぞ」

「ま、最後までおつき合いしますよ」竹永が溜息をつき、肩をすくめた。「締めが肝心ってことかな」

20

結局、夜になった。私たちは裏づけを取るために走り回り続け、ようやく問題の男を特定した。肉体的な疲労はピークに達していたが、逆に気持ちは昂《たかぶ》る。

現場は二か所。石岡卓也《いしおかたくや》の自宅と、出入りしている広域指定暴力団の組事務所に、それぞれ十数人の捜査員が張り込んでいた。私たち失踪課の面々は、ほぼ全員が事務所の周囲に集まっている。

「結局、半径一キロぐらいの中で完結していた話だったんですね」愛美が感想を漏らした。黒っぽいコート姿の彼女は、赤坂の闇にほぼ溶けこんでいる。

「上手いこと言ってる場合か？」

六条の自宅、牛田の事務所、そして広域指定暴力団「校道会《こうどうかい》」の事務所は、確かに非常に狭い地域に集中しているのだ。そして赤坂には今も暴力団の事務所が多く集まり、夜になると柄の悪い連中の姿が目立つようになる。昔のように、服装だけではっきり分かるようなことはないが、発する独特の気配は変わらない。

私たちの張り込み班には、組織犯罪対策本部の荒熊豪《あらくまごう》が参加していた。暴力団対策のエキスパートであり、本人も暴力団員顔負けの風貌をしている。大きな腹を抱えた巨体、丸々と太った顎に走る太い傷。ダブルの背広に編み上げげのコマンドソールのブーツという不思議な格好が定番で、その場に立っているだけで睨みを利かせられる。私にとっては昔からの大事な先輩だ。一時は関係が険悪になったのだが、今回の応援を頼んだ際、以前の諍《いさか》いを気にしていない様子だったのでほっとしていた。

荒熊は一か所に立ち止まらず、事務所の入ったビルの周辺を歩き回って警戒を続けていた。刑事がこれだけ張り込んでいると、暴力団側も当然気づく。トラブルが起きないように警戒するのが、彼に頼んだ仕事だった。

明らかにその筋の人間と分かる若い男が、私と愛美に鋭い視線をぶつけてから去って行く。まだ午後七時なのに、完全に酔っ払ったサラリーマンの二人組が、道路の幅を一杯に使いながら蛇行していた。この時間から酔えるほど、仕事がないのか……ビルの上から下までぶら下がるネオンサインは賑やかで、長引く不況が嘘のようだ。もっとも、昔からの赤坂を象徴する高級クラブの他に、チェーンの居酒屋や、若者向けの安そうな店の看板も目立つ。

「来ました」

愛美が緊張した口調で告げる。私は彼女の視線を追い、事務所の入ったビルに近づく石岡の姿を発見した。甘いというべきか、夕べとほとんど同じ服装をしている。ジーンズが薄青の物に変わっただけで、キャップもジャケットも同じだ。ジャケットのポケットに両手を突っこみ、足早に歩いている。途中、若いサラリーマンとぶつかりそうになり、一瞬足を止めて文句を言った。サラリーマンの顔が引き攣るのが見える。

そのタイミングで、私たちは彼の許へ殺到した。私と愛美に両側から挟みこまれ、石岡が緊張した表情を浮かべる。私には怒りの視線をぶつけてきたが、いかにも幼い。二十二歳だということは分かっていたが、それよりもずっと若く見えた。

「石岡卓也だな？　警視庁失踪課だ。恐喝容疑で逮捕する」

私の宣言に、石岡がいきなり踵を返し、愛美を突き飛ばした。愛美はバランスを崩しながらも必死で手を伸ばし、腕を押さえようとする。一瞬、石岡の勢いが止まり、そこへ醍醐が突進してきた。声を上げながら腹にタックルすると、石岡の細い体がくの字に折れ曲がる。そのまま持ち上げ、自分の体重を利用してアスファルトに叩きつけた。ごつん、と硬い嫌な音が響く。

「醍醐、やめろ！」

私は思わず叫んだ。背中を激しく打った石岡が、海老反《えびぞ》りになって悲鳴を上げている。

「大丈夫ですよ、手加減しましたから」両手を叩き合わせながら、醍醐が立ち上がった。

「体重差を考えろ」私は手錠を出し、石岡の右手の自由を奪った。石岡が悪態をついたが無視し、話しかける。「六条さんを脅迫して金を奪った件、これからゆっくり聴かせてもらう。証拠は挙がってるからな、観念しろよ」

「俺は何もやってねえ！」石岡が抵抗し、手足をばたつかせた。醍醐がすかさずジャケットの襟を摑み、強引に引っ張り上げて立たせる。ジャケットのどこかが破れる音がして、石岡が情けない悲鳴を上げた。醍醐はそのまま石岡を押しこみ、ビルの壁に背中を叩きつける。

「面倒かけるんじゃないよ、坊や」

醍醐が脅しをかけている間、私は手錠を石岡の左手にもかけ、両手を完全に縛《いまし》めた。石岡の唇の端から細く血が流れ落ちていたが、抵抗したのだからこれぐらいは仕方ないだろう。

だが、騒ぎを聞きつけたのか、ビルから次々と校道会の連中が出てきた。

「何の騒ぎだ、コラ！」

「容疑は何だ、容疑は」

「うちの若い奴に何しやがるんだよ！」

お決まりの因縁。私は無視して石岡を連行しようとしたが、囲まれてしまった。まずい……他の刑事たちの応援がないと、脱出できそうにない。今のところ、こちらは三人、向こうは十人以上いる。時間を稼いで応援を待つか……だが、十人力の援軍がすぐに到着した。

「お前ら、こんな所で騒いでるんじゃねえよ」

荒熊が大股でこちらに向かって来る。私たちを囲んだ輪をあっさりと突破すると、私の一番近くにいた組員の頭を、平手で軽く叩いた——軽く見えたのだが、組員の首が一瞬縮んだようだった。

「この若いのは貰ってくからよ。余計な手出しは無用だぜ。騒ぐと、お前らも公務執行妨害でつき合ってもらう。高城、それだけでいいのか？」

「いや、恐喝事件についても、じっくり話を聴かせてもらいますよ」

「こう見えて、このオッサンは怖いぞ」荒熊が私に向けて親指を倒した。「泣いて謝った人間は数知れずだからな。阿呆だから、手加減できないんだよ。平成の暴走機関車って呼ばれてるんだぞ。さあ、どうする？」

輪が割れたところを、荒熊が砕氷船のように悠々と出て行く。一度だけ振り返ると、「大人しくしてろよ」と低い声で警告を与えた。動きが止まる中、私と醍醐は石岡の両腕を摑んで、その場から脱出した。

石岡を覆面パトカーに押しこみ、荒熊に改めて礼を言う。

「お手数おかけしました。だけど、誰が暴走機関車ですか？」彼のネーミングセンスの悪さには唖然としてしまう。

「それぐらい言っておいていいんだよ」荒熊が煙草に火を点けた。「しかし、校道会も弱くなったな。一声で引っこむような連中じゃなかったんだが」

「荒熊さんの迫力が増したんじゃないですか」この前会った時よりも膨れた腹を見詰める。

「今さら迫力が増してどうするんだよ」荒熊が豪快に笑ったが、すぐに真顔になる。「ま、しっかりやれよ。ずいぶんややこしい事件だと聞いてるが」

「そうですね。ちょっと、普通には処理できない感じです」

「お前なら上手くやるだろうよ」荒熊が巨大な手で私の背中を叩いた。彼の癖で、いつも逃げようと思って逃げ遅れる。息が詰まるほどの衝撃と痛みで、思わず涙が滲んできた。

「高城さん、行きますよ」愛美が車の窓を開けて顔を出した。醍醐と二人、後部座席で石岡を挟んで座っている。俺に運転しろというのか……痛みの残る背中を浮かしたまま、運転席に座れるだろうか。荒熊に対する感謝と恨みの気持ちを半分ずつ抱きながら、私は慎重にドアを開けた。

「牛田事務所から頼まれたんだろう」

私の指摘に、石岡は素早くうなずいた。だが、彼の口から出てきたのは、私の知らない名前だった。その男を追及できるかどうか……川口との口約束を守る必要はまったくないが、壁は高い。第一、川口はこちらの手の内を知っているのだから、既に何らかの防衛策を講じていると考えた方がいいだろう。

「よし、整理する。あんたは牛田事務所の依頼で、六条さんの身辺を探り始めた。スキャンダルのネタを探るのが狙いだったんだな」

「そうだよ」不貞腐れた言葉遣いだが、実際には完全に落ちている。口は重いが、肝心の話はきちんと喋っていた。

「それで、あの家に多額の現金があるらしい、と分かった。どうやって知った?」

「家に忍びこんだ」

「警備会社と契約してるんだぞ?　どうやってやったんだ?」六条家の玄関に貼ってあったステッカーを思い出す。

「そんなもの、何とでもなるんだよ」石岡がにやりと笑った。自分の腕を自慢しているようだが、勝手に言わせておくことにした。罪を告白するのと同じである。

「しかし、あの金庫は、簡単には見つからないはずだ」

「時間をかけたからね」

「それはおかしい」

昼間も、専業主婦の麗子はずっと家にいる。気づかれずに忍びこみ、時間をかけて中を捜索するのは不可能だ。

「家族が旅行に行ってた時があってね。昼間はずっと空いてたんだ」

思い出した。三週間ほど前だろうか、舞が有給休暇を取り、母親とパリへ旅行に行っていたことがある。六条は同行しなかったようだが、彼は昼間ずっと家を空けているから、石岡が家捜しする時間はたっぷりあったはずである。

「金庫は開けたのか？」

「さすがにそれは無理」石岡が気取って肩をすくめる。

「金庫の所在を確認した時は、盗もうとは思わなかったのか」

「そういう依頼じゃなかったからね」

「プロらしく、きちんと責務を果たしたわけか」

「そりゃそうだ」

「ふざけるな！」

私は思わずデスクを両の拳で叩いた。空の灰皿——吸う暇がなかった——がひっくり返り、石岡が慌てて椅子に背中を押しつける。

「その後、お前はどうした。誘拐騒動は、本当に金があるかどうか確かめるためだったんじゃないか？　六条さんが牛田事務所と長い話し合いに入っている間を利用して、六条さんが誘拐された事件をでっち上げ、実際にあの家に――金庫に金があるかどうかを確認した。そこまで分かれば、事務所としては強い手になるからな」

「……さあね」顔を背け、目を合わせようとしない。

「それと、夕べの件はどうだ？　お前は六条さんと直接接触しただろう。事務所は、情報だけ確認できればそれで十分だった。だけどお前は、実際に金を奪おうとしたんだろう？お前の携帯電話に通話記録が残ってるんだから、申し開きはできないぞ。シーバスの中で六条さんに金を置き去りにさせ、それを奪っていったんだな？　今、お前の家に家宅捜索が入っている。そろそろ見つかった頃じゃないかな」私は大袈裟に左腕を上げ、腕時計を見た。

「知らねえな」相変わらず、私の顔を見ようとしない。

「六条さんは、お前と落ち合うために、警察の警戒網を突破する必要があった。俺は、そのために利用されたんだよ」まんまと彼の芝居に乗ってしまった愚かさを、今さらながら悔いる。

「だとしたら、馬鹿な話だよな。気づけって」

石岡が嘲笑《あざわら》ったが、私は無視した。ゆっくりと首を振り、お前は追いこまれた、と無言で伝える。

「牛田事務所が守ってくれると思うか？　向こうは、お前が勝手にやったことだと言ってるんだぞ」

「まさか」石岡の顔が蒼くなった。

「こんなことで冗談を言うと思うか？　お前はもう、見捨てられたんだ。組も当てにできないぞ。連中からすれば、お前が勝手にやったことで、関与したくないんだ。もしも何か言ってきても、荒熊さんに一喝されて引っこむような連中だぞ？　何ができると思う」

「まさか……」繰り返す石岡の声が低くなった。

「そのまさか、なんだよ。お前はもう孤立無援だ。誰も助けてくれない。ここで全部喋って、こっちの捜査に協力した方がいいんじゃないか」

「俺は……」

「本当に悪いのは誰だと思う？　お前に仕事を依頼した牛田事務所じゃないか。そいつらを、そのままにしておいていいのか。どうせなら、一泡吹かせてやろうと思わないか？」

そんなことはできない。この線は最後までつながることなく、途中で切れる――それでも、石岡を完全自供させるために、今はこの手を繰り出すしかなかった。

「話せば楽になる。お前一人が罪を背負い込むことはないんだぞ」

「クソ……」

お前はただ利用されただけだ。この事件全体では、本当に小さな単なる駒。それが余計な欲を出したがために、この取調室で私と対峙することになっている。

「きっちり話を聴いてやるよ。それで、本当に悪い奴をあぶりだしてやろうじゃないか」

自分の嘘にうんざりしながら、私は上等の笑みを浮かべて彼に語りかけた。


取り調べは午後九時まで続き、私は心底疲れ果てた。腹も減っている。背広姿のまま外へ出て、取り調べで熱くなった頭を冷やす寒さを楽しみながら、ネクタイを緩める。煙草に火を点けながら、つくづく年を取ったものだと疲労感を味わっていたのだが、それでも気持ちの奥で燻《くすぶ》る熱気は消えなかった。今夜中に、どうしても確認しておかなければならないことがある。そこがはっきりしなければ、この事件の輪は閉じない。

私は頭の中で、事件の全体像をまとめようとした。事の発端は、六条の出馬に危機感を持った牛田事務所の焦りである。スキャンダルを求めて石岡を雇い、いかにも大金が隠してありそうな金庫の存在を摑んだ。この事実を六条につきつけてホテルに軟禁し、出馬取り止めを迫ったが、六条は応じない。その間に誘拐事件をでっち上げて、実際に金があることも確認したが、六条は動揺しなかった。話し合いは決裂。しかし六条は、背中に銃を突きつけられたような気分になっただろう。

もしも石岡が色気を出して、金を奪おうなどと考えなければ、事態はここまで大袈裟に、複雑にはならなかったはずだ。牛田事務所にしても、この件については冷や汗をかいただだろう。石岡に「やめろ」とストップをかければ、反発した石岡がどこかで裏の事情を暴露するかもしれない。そうすると、次にスキャンダルに見舞われるのは牛田事務所なのだ。

石岡の数々の犯罪……家宅侵入や脅迫の共犯として、牛田事務所の人間を立件できる可能性は極めて低い。牛田事務所は、突っこめば突っこむほど全面的に否定するだろうし、依頼の事実を立証するのはまず無理だ。石岡は、自分を助けるために裁判で訴えるかもしれないが……それはそれでいい。裁判でどんな証言が出てくるかまでは、私たちは関与できないのだから。

事件としては、ここまでだ。マスコミに誘拐の情報をリークしたのが誰かは分からないが、これは牛田事務所ではないのでは、と思う。石岡でもない。となると、警察内部の人間が漏らしたとしか考えられない。だが、この件について本格的に犯人探しが行われるとは思えなかった。

残った一番大きな謎は、あの金がどこから出てきたのか、ということである。国税なり地検なりが本格的に乗り出して捜査しても、立件できるかどうかは分からない。しかし立件とは関係なく、全ての出発点はこの金だったのだから、どうしても明らかにしておきたかった。これから六条と対決――最後の対決をするつもりでいたが、手持ちの材料がない状態で落とせるとは思えない。

「高城さん」

顔を上げると、舞が心配そうな顔つきで立っていた。

「どうした、こんな時間に」

「母と話しました」

「そうか」

まともに話はできたのだろうか。彼女と母親の間に微妙な距離があるのは、見ていても分かるほどだった。

「すみません」

深々と頭を下げる。彼女が頭を下げるというのは私の想定にはまったくないことで、言葉を失ってしまった。顔を上げた時、彼女の目から大粒の涙が零れ落ちた。

「本当にすみません」

「ちょっと待て」私は彼女の腕を取り、署内に引っ張っていった。歩道にはまだ人通りが多く、私が彼女を泣かしているように見えるだろう。「どういうことなんだ。何があった？」

「全部、母のせいなんです」

六条はさすがに疲労の色が濃かった。朝早くから事情聴取を受け続け、既に十数時間が経過している。当然、昨夜はほとんど寝ていないだろうから、体力は限界に達しつつあるはずだ。問題にされかねないやり方だが、本人は文句一つ言っていないようだった。

私は、今朝最初に会ったのと同じ会議室で、再び彼と対峙した。舞を同席させることも考えたが、彼女よりも六条の方が衝撃を受けるだろうと考え、外で待機させている。

「お疲れですね」

「ええ……」

「食事は取られましたか？」

「少しは」

「私はまだです」

六条が、真意を測りかねるように、私の顔を凝視した。

「深い意味はありません」苦笑してみせる。「ただ腹が減った、というだけです。ただし、腹が減っている状態の方が、頭の回転はよくなります」

「よく、そんな風に言いますね」六条の喋り方はまだ穏やかだった。

「あなたを脅迫して、現金を奪った男を逮捕しました。奪われた五千万円も、無事に取り戻しました」

「そうですか」

「どうして払ったんですか？　無視するか、警察に届け出る手もあったでしょう」

「私はまだ……しがみつきたかったんでしょうね」

「今の立場に？　それとも選挙に？」

「両方。金で解決できることなら、と考えたのは確かです」

「こういうことですね」私は話を整理にかかった。「石岡は、事実を摑んだだけでは満足できず、金を要求した——事務所とは関係のない暴走です。あなたは、脱税を指摘した牛田事務所の人間と話し合うために、向こうから指示されて、しばらくホテルに実質的に軟禁されていた。ところが話し合いは上手くいかず、あなたが知らない間に、実際に金があるかどうかを確認するために誘拐騒動まで起きていた。それは失敗しましたけど、石岡はあなたのご家族が本気で金を用意したのが分かって、間違いなく金を脅し取れると踏んだんでしょうね」

「そういうことになります」六条が溜息をついた。

「事実を公表されたくなかったら金を払え、と脅されたんですね」

「ええ……横浜から家に戻って初めて、誘拐事件のことを知りました。すぐに、あの事務所の人間か、事務所から命じられた人間がやったのだろうと思ったんですが、私の方からは、何も言えない。意味も分からなかった。その後、直接五千万円を要求する電話がかかってきて、これはまずいと……弱かったんですね。でも、表沙汰にするわけにはいかなかった」

「どうして五千万円だったんでしょうね。誘拐騒動の時は、一億円だった」

「簡単に手で持ち運べる金額というと、五千万円が限界なんじゃないですか。一千万円でほぼ一キロです。運搬も面倒になりますよ」

「要求が中途半端な男ですね」私はゆっくりと首を振った。「どうせ奪うなら、もっと大きな額を要求すればいいのに……それより、一つ、確認させて下さい」

「ええ」

「嘘はなしでお願いします」

「もう、そういうことで気を遣いたくないですよ」六条が自虐的に笑った。「私はもう、あなたたちの掌の上に乗っているようなものでしょう」

「そんなことはありません」私はすっと深呼吸した。「これから話すことを、六条さんがご存じかどうかは分かりません。もしかしたら六条さんは、詳しい事情を知らなかったかもしれない」

「どういうことですか」六条が警戒して声を低くした。

「あなたが誘拐されたと脅迫電話がかかってきた時、奥さんはすぐに一億円を用意しました。自宅にそんな金があることを、あなたは知っていましたか」

「……いえ」六条の視線がテーブルに落ちた。

「あの金は、まさに脱税して作ったものだったんです」その話を、私は舞から聞いた。彼女にすれば、一大決心だっただろう。家族が崩壊するのを覚悟の上で、母親と対決して真実を引き出した。

六条の肩がぴくりと動いた。脱税――高級官僚にとっては、最も避けたい犯罪だろう。しかし、自分以外の家族がかかわっていたとしたら。

「奥さんは、あなたと結婚する時に、持参金代わりに住田製薬の株を持ってきました。それが今でも毎年、多額の配当を生んでいるんですね。最初はきちんと納税していたようですが、ここ数年、大きなお金を作る必要が生じてきたんじゃないですか？　あなたのために」

「私の……選挙のために？」六条が目を見開いた。

「ええ。あなたが選挙に出ようとする気持ちは、大事だと思います。正直に言えば、今のような政治不信の時代に、わざわざ苦難の道を歩もうとしているだけで、尊敬に値します。ただ、政治には――選挙には金がかかる。奥さんは、あなたを手助けするために、配当による儲けを申告しないで、その分の金を溜めこんでいたんですよ。額が大きいですから、国税も無視できないと思います」

「私は……」

「資金のことについて、奥さんと話はしませんでしたか？」

「しました。妻は、金のことは心配ないと言ってくれたんですが……私は、住田製薬の方で、何らかの形で調達してくれるのではないかと思っていました」

実際には、六条も薄々感づいていたのではないだろうか。だが妻を追及すれば、脱税の事実を知ることになる。彼は、「自分は知るべきではない」と判断したのかもしれない。知らなかったことにしておけば、万が一ばれた時も言い逃れができる、と。自分の将来のために逃げ道を残すという、卑怯な手を選んだのではあるまいか。

「分かりました。では、石岡に渡す五千万円は、どうやって調達したんですか」

「妻に相談しました。情けない話ですが、他にそんな金は……誘拐騒ぎの時の一億円の件がありましたから、金があるのは分かっていました」

「その時点で、おかしいとは思わなかったんですか」彼が本音を語っているかどうかは分からない。

「そこまで考えが及ばなかった」六条が深く溜息をついた。「そんなことより、どうして分かったんですか？　妻が喋ったんですか？　それとも、あの男が……」

「石岡は、そこまで詳しい事情は知りません。所詮チンピラですから」

「だったら、誰が？」

「お嬢さんです」

「舞が？」六条が目を見開いた。「舞が、妻から聞き出したんですか」

「そうです」

「いや、まさか」六条が唇を噛む。「あの娘には、そんなことはできない。そういう性格じゃないことは、あなたもよくご存じでしょう」

「この事件で変わったのかもしれません。あるいは覚悟ができたのか……」刑事としての覚悟なのだろうか。あるいは家族としての覚悟か。

「そう、ですか」

六条の体から一気に力が抜けたように見えた。舞がどんな覚悟を決めたのか、私にはまだ分からない。これからも聞く機会があるかどうか……一つだけはっきりしているのは、舞の家族は元には戻らない、ということだけだ。事件を経験した家族は、嫌でも変わってしまう。私の家族がそうであったように。真弓が経験したように。

家族は変わるのだ。些細なきっかけで崩壊することも珍しくない。

それでも人は生きていく。たとえ一人になっても。

「高城さん、私は政界に打って出るのが、自分の最後の仕事だと思っていました。これまで続けてきた仕事を、より大所高所に立って完成させることこそ、自分の人生の大きな目標だと信じていました」

「ええ」普段なら、こんな抽象的な選挙演説を聞いても鼻白むだけだが、私は六条の真剣な表情に引きこまれた。

「官僚と政治家の関係……分かりますか？　脱官僚の旗を掲《かか》げて、素人同然の政治家が余計な口を出して、事態を混乱させている。私は、歯痒くてならなかった。官僚を上手く使える政治家は、どんどん減っているんです。こんなことを自分の口で言うのは気恥ずかしいですが、官僚はプロの集団ですよ？　きちんと役割を与えられ、評価されれば、実力以上の力も出せるんです。日本という国は今、大きく脇道に逸《そ》れてしまった。そしてそれは、我々官僚にも責任があります」

突然始まった彼の大演説に、私は戸惑いを覚えた。この話はどこへ行くのだろう――口を挟める雰囲気ではなかった。

「官僚を使いこなす政治家がどこにいるのか……見当たらないんですよ。だったら、自分がやるしかないでしょう。私なら、官僚たちのプライドを上手く刺激して、能力を引き出してやれる自信があります。これは名誉欲でも権力欲でもなく、日本の将来を見据えての判断なんです。生意気だと思いますか？」

「いや」ここまで堂々と正論を吐かれてしまうと、反論できない。そもそも最近は、こんな正論を聞く機会がなくなっていた。そして、少しでも正論を吐く人間に対しては、斜め上から切ってみせるのが「論客」の仕事だと言わんばかりの態度を取る人間ばかりである。そういう人間に限って、自分では絶対手を汚さない。

「例えば、あのインド人男性の件です」

「シンさん？」

「亡くなったのは、残念なことでした。ただあれが、政治と行政が駄目になっている一種の象徴なんですよ。民間企業は、利益を第一に考えて知恵を絞る。外国人の頭脳労働者を日本に入れることに関しては、民間任せにしないで、行政が積極的にやるべきなんです。あんな事件が起きたと聞いて、私はやはり、自分が政治の場に出て行かなくてはいけない、と思いを強くしました。あんな不幸が起きないために、政治と行政にはできることがあるはずなんです」

私はうなずいたが、六条の言い分は論理から外れかけている、と疑わしく思った。シンの事件の背景には、まったく個人的な事情がある。政治家がいくら旗を振っても、殺されてしまう人間はいるのだ。このままでは六条は、都心部からカラスが消えないのも自分の責任だ、とか言い出しそうである。

「今、企業は海外に目を向けています。日本で仕事をするよりも、海外へ生産拠点や本社機能さえ移した方が、効率的だと考えている。しかし、企業が消えれば、日本の動力源がなくなるんですよ。そういうことは避けなければならない。そのためにも、逆に海外から人材を受け入れて、国内での企業活動を活発化させなければ――」

ふいに、六条の顔から強気が消えた。肩が落ち、声に力がなくなる。

「私の人生は、仕事ばかりでした。そのために家族も犠牲《ぎせい》にしてしまった。今まで、夫らしいこと、父親らしいことをほとんどしてこなかった。もしも代議士になったら、そういう傾向はますます強まるでしょう。そんなことは分かっていたのに、妻は法を犯してまで支えてくれたんです」

舞の想い出とはずれがあるわけか。何故か胸が痛む。父親はいつでも、独り合点して空回りしてしまうものだ。

「そうですね」

「私は、その思いに報いなければならない」

「奥さんが無理をした……それを無駄にしないためにも、選挙に出るんですか」結局出馬表明か、と私は白けた気分になった。だが、六条の次の台詞が、私の予想を打ち砕く。

「選挙には出ません。役所も辞めることになると思います」

「六条さん……」

私は言葉を切り、彼の顔をまじまじと見詰めた。諦めたわけではない。悲壮感もなかった。ただ事実を認め、妙にすっきりした表情である。

「妻は、私のためにあんなことまでしてくれた。妻が面倒なことに巻きこまれるなら、私も一緒に責任を負わなければなりません。それが夫婦というものでしょう」

彼の言葉は、私の胸に染み、鈍い痛みを呼び起こした。苦難に直面した時、夫婦は様々な反応を見せる。協力して乗り切ろうとする、あるいは互いに責任をなすりつけ合い、離反する……私は、自分たち夫婦が選んだ道を正しいとは、一切思っていない。結婚生活に未練があるわけではないが、他にもっと上手い方法があったのではないかと、今でも後悔することがある。だが六条は、キャリアと未来をあっさり切り捨てようとしている。

「六条さん、それでいいんですか？　私が言うのもおかしいかもしれないけど、あなたはまだ、何かの罪を犯したとして立件されたわけじゃないんですよ」

「いや、妻は間違いなく、税の申告をしていなかった。明らかに脱税です。しかもその目的が、私の選挙のためだったんですから、どう考えても私も同罪でしょう」

「それは、あなたが決めることじゃない」

「気持ちの上では同罪なんです」六条が力をこめて繰り返した。「妻にも娘にもいろいろと迷惑をかけてしまいました。もう遅いかもしれませんけど、これからはきちんと家族としての役目を果たしますよ」

とはいっても、舞はもう三十過ぎである。父親に可愛がられる、という年齢ではないのだが……しかしそれは、私が口出しすべき問題ではない。

「今回の件では、大変ご迷惑をおかけして」六条が頭を下げた。全身から疲労感が滲み出ている。

「もっと早く話してくれれば、ここまで大事にはなりませんでしたよ」単なる恨み節だと思いながら、つい口にせざるを得なかった。

「分かっています。それも含めて、私の判断は間違っていました」

「……どうするんですか、これから」

「分かりません。私は、人の役に立つ仕事がしたかった。そのために官僚を選んだし、政治家として立とうとも考えました。でも、そう考えた時点で、間違っていたのかもしれませんね。父のように、研究者や教育者になるべきだったのかもしれない。人の役に立つためには、いろいろな方法があるでしょう」

「それは、今からでもできるんじゃないですか。あなたが得たノウハウを後輩たちに伝えるのも、大事な仕事ですよね」

「それが許されれば、です」

許すのは誰なのか。最後まで許さないのは彼自身なのではないか、と思った。人間はすぐに何かに甘え、依存する存在だが、時には想像もしていないほど自分に厳しくなることがある。今の六条が、そんな立場に自分を置いているのは明らかだった。

「お世話になりました」

舞が深々と頭を下げた。明治通りから渋谷中央署に向かって吹きつける風が、彼女の髪をふわりと揺らす。いつもの縦ロールの髪型。両手には、デパートの紙袋をぶら下げている。

「六条、今さらだけど、本当に辞めるのか」私はかすれた声で訊ねた。師走《しわす》になって舞は辞表を提出し、父親の捜索願を届け出てからちょうど一か月経った今日、警視庁を去ることになった。夕方、失踪課の面々が署の外に出て、彼女を見送っている。公子は花束を用意しようとしたのだが、舞は事前に断っていた。本当は見送りもいらない。荷物をまとめて黙って出て行くだけにしたい……と言ったのだが、それは真弓が許さなかった。

「勝手言ってすみません」舞が素直に謝る。その声に、一時の暗さは感じられなかった。以前のように、だらだらと語尾を延ばした喋り方は影を潜めているが、あれは明らかに異常だったのだ。この年代の、普通の社会人の喋り方になった、と言っていいだろう。

「まったく、師走の忙しい時に勘弁してくれよ」

醍醐が軽い口調で文句を言った。舞が薄い笑みでそれを受け止める。すっと頭を下げる姿は、優美と言ってもよかった。ゆっくりと田口に視線を向け、口を開く。

「田口さん、引き継ぎの方、よろしくお願いします」

「あいよ……でもこっちは、パソコンが苦手だからねえ」田口が苦笑する。「あんたも、あんなややこしいこと、よくやってたね」

実際、それについては、彼女を評価していいと思う。失踪課における舞の主な仕事は、所轄から上がってくるデータの整理と分析だった。外の捜査に出たがらない彼女にはうってつけの仕事で、毎日定時に終わらせるのも楽だっただろう。しかし、手を抜いてはいなかった。失踪課が積み重ねている膨大なデータのかなりの部分は、彼女の手で整理されたものなのだ。

愛美は無言だった。何か言ってやればいいのに、と肘で彼女の腕を突いたが、反応はない。仕方なく、私は話をまとめにかかった。

「何も、君が責任を感じる必要はないんだ」

「そんなんじゃないんです。ただ、私が警察にいたらおかしいと思いますから。犯罪者の娘になるんですよ」犯罪者、と言った時に彼女の顔が引き攣った。「筋が通らないでしょう」

「まだどうなるか分からない」

国税の捜査は、具体的には始まってもいない。あの連中はいつも、膨大な仕事を抱えこみ、捜査は先延ばしになりがちだ。六条夫妻は上申書を提出したというが、それ故、捜査は先延ばしになっているのかもしれない。具体的に事実を説明し、容疑を認めた人間に対しては、慌てて調べる必要がないということなのだろう。やるなら早くしろと、私の口から言えることでもないし、状況を聴こうとしても門前払いされるのがオチだろう。

結局この事件の真相は、今のところ、私たちの胸の中にしかない。石岡の裁判が始まれば、六条たちの事情も明るみに出ることになるのだが……。

「私、家を出るつもりです」

「どうしてまた」極端に振れ過ぎているのでは、と私は訝った。

「このままじゃ、ずっと甘えてしまうから。私もいい年なんですよ。一人で何とかしてみます」

「その心がけは立派だと思うけど、大丈夫なのか？　これからどうするんだ」

「何とかします」力強くはないがはっきりとうなずき、舞が繰り返した。「とにかく、お世話になりました」

「森田」私は振り向き、背後に控えた彼に声をかけた。「車を出せ。荷物も多いし、送るように……構いませんよね、室長」

真弓がかすかにうなずく。本当は、こんなことに覆面パトカーを使ってはいけないのだが、このまま一人で帰してはまずいような気がした。森田が慌てて署の中へ消えて行く。舞も拒絶するつもりはないようで、師走の寒風にさらされながら、じっと立っていた。言葉も少なく、会話は途切れがちになる。

不意に、愛美が口を開いた。

「困ります、六条さん」

「何が？」舞が首を傾げる。

「補充が来ないんですよ。勝手に辞めて、本当に困ります」本気で怒っている。そしてその目から、一筋の涙が流れ落ちるのを私は見た。

「ごめんね。でも、あなたはせいせいしてるんじゃない？　私のこと、嫌いでしょう」

「嫌いです」あっさりと愛美が言い切った。「嫌いですよ……」繰り返した言葉が風に流される。

舞の笑みがゆっくりと広がった。口を開こうとした瞬間、明治通りを走ってきた覆面パトカーがすぐ横につける。舞は口を閉ざし、私たちに向かってうなずきかけた。それ以上言葉を発しようとせず、車に乗りこむ。当然のように、リアシートを選んだのは彼女らしかった。窓を開け、愛美に向かって叫ぶように話しかける。

「高城さんのこと、ちゃんと見ててね」

愛美が答えを返す前に窓が閉まり、車は発進してしまった。取り残された私たちは、スカイラインの姿が見えなくなるまでぼんやりと見送っていた。

最初に真弓が動き出す。何事もなかったかのように、すっと伸びた背筋は、「まだ仕事がある」と無言で語っていた。私は愛美と並んで署内に入った。寒風から逃れてほっと一息つき、愛美の顔をちらりと見る。泣いた形跡は、もう残っていなかったし、今さらそれを指摘するのも大人げない感じがした。

「別れの言葉としては最悪だな。最後に『嫌いです』はひどい」

「だって、勝手過ぎるじゃないですか。一人減になって、これから本当にきつくなるんですよ」

「君が二人分、働けばいい」

「冗談じゃないです。何で私が六条さんのフォローをしなくちゃいけないんですか」愛美が頬を膨らませた。

「まあ……とにかく、これ以上人が少なくなったら困るな」私は、先月の彼女の見合い話を思い出していた。「君は、いきなり辞めるなんて言い出すなよ」

「何で私が辞めなくちゃいけないんです?」

「いや、特に理由はないけど……」愛美は本気で怒り始めている、と直感した。「ここにいてくれれば、それでいいから」

「私は辞めませんよ」

愛美が低い声で言った。それで私は、少しだけ安心した。一度も確認しなかったが、見合いは結局上手くいかなかったのだろう。

「高城さんのこと、見てなくちゃいけないし」

「何なんだ、それ?　六条も言ってたけど」

「分かりませんか?」愛美が立ち止まる。交通課の前の通路で、向き合う格好になった。

「高城さんみたいにだらしない人を放っておいたら、チームの輪が乱れるっていうことですよ」

「俺がどうしてだらしない?」

「自分で分かってないのは最悪ですね」愛美の目が怒りに燃える。「少しは自覚して下さい。今後は失踪課に泊まるのは絶対禁止。夜になって煙草を吸うのもやめて下さい」

「まあ、それは……」私は言葉を濁した。

「いいですね？」愛美が私の顔に人差し指を突きつけた。「子どもじゃないんですから。いい年したオッサンがルールを守れなくてどうするんですか」

「一言余計だ」

「一言でも二言でも言いますよ。それと、一人で抱えこまないで下さい」

「何が」

「……綾奈ちゃんのこと。私たち、人捜しのプロなんですよ。高城さんが綾奈ちゃんを捜すのは、プライベートなことになるかもしれないけど、私たちがやる分には、仕事なんです。誰にも文句は言わせません」

決然と言い放って、愛美が失踪課に消えていった。

「あんな年下の娘に心配されるようじゃ、あんたも駄目だねえ」田口がにやにやしながら話しかける。

「頼んだわけじゃないですよ」

「ああいうのは、案外世話焼きの女房になるんだがね」

「関係ないでしょう」

「あいよ」田口がひらひらと手を振りながら去って行った。

この男ともつき合っていかなくてはならないのか……人数減による純粋な戦力ダウン。意識の低い、素人同然の新しい刑事。今後の失踪課の行く末に、私は漠然とした不安を抱いた。

この作品はフィクションで、実在する個人、団体等とは一切関係ありません。

本書は書き下ろしです。

中公文庫

遮《しゃ》 断《だん》
——警《けい》視《し》庁《ちょう》失《しっ》踪《そう》課《か》・高《たか》城《しろ》賢《けん》吾《ご》

2011年10月25日　初版発行

著　者　堂《どう》場《ば》瞬《しゅん》一《いち》

発行者　小林敬和

発行所　中央公論新社
〒104-8320　東京都中央区京橋2-8-7
電話　販売 03-3563-1431　編集 03-3563-3692
URL http://www.chuko.co.jp/

DTP　ハンズ・ミケ
印　刷　三晃印刷
製　本　小泉製本

Published by CHUOKORON-SHINSHA, INC.
Printed in Japan　ISBN978-4-12-205543-8 C1193

定価はカバーに表示してあります。
落丁本・乱丁本はお手数ですが小社販売部宛お送り下さい。
送料小社負担にてお取り替えいたします。

各書目の下段の数字はＩＳＢＮコードです。978－4－12が省略してあります。

中公文庫既刊より

と-25-7
標《しるべ》なき道　堂場瞬一
「勝ち方を知らない」ランナー・青山に男が提案したのは、ドーピング。新薬を巡り、三人の思惑が錯綜する――レースに全てを懸けた男たちの青春ミステリー。〈解説〉井家上隆幸
204764-8

と-25-18
約束の河　堂場瞬一
法律事務所長・北見は、ドラッグ依存症の入院療養から戻ったその日、幼馴染みの作家が謎の死を遂げたことを知る。記憶が欠落した二ヵ月前に何が起きたのか。

205223-9

と-25-21
長き雨の烙印　堂場瞬一
地方都市・汐灘の海岸で起きた幼女殺害未遂事件。ベテラン刑事の予断に満ちた捜査に疑いをもった後輩の伊達は、独自の調べを始める。〈解説〉香山二三郎
205392-2

と-25-23
断絶　堂場瞬一
汐灘の海岸で発見された女性の変死体。県警は自殺と結論づけたが、刑事・石神は独自に捜査を継続、地元政界の権力闘争との接点が浮上する。〈解説〉池上冬樹
205505-6

た-81-1
ボーダー 負け弁・深町代言《だいげん》　大門剛明
若手イケメン弁護士として活躍していた深町代言はとある事件で東京を離れる。伊勢で所属したのは、志は高いが実績はまるでナシな負け組弁護士が集まる貧乏事務所だった。

205508-7

い-74-12
「死霊」殺人事件 警視庁捜査一課・貴島柊志　今邑彩
妻の殺害を巧妙にたくらむ男。その計画通りの方法で死体が発見されるが、現場には妻のほか、二人の男の死体があった。不可解な殺人に貴島刑事が挑む。

205463-9

い-74-13
繭の密室 警視庁捜査一課・貴島柊志　今邑彩
マンションでの不可解な転落死を捜査する貴島は、六年前の事件に辿り着く。一方の女子大生誘拐事件の行方は？　傑作本格シリーズ第四作。〈解説〉西上心太
205491-2